テリ文庫

キス・キス

〔新訳版〕

ロアルド・ダール
田口俊樹訳

早川書房

7377

KISS KISS

by

Roald Dahl

Translated by
Toshiki Taguchi
Published 2022 in Japan by
HAYAKAWA PUBLISHING, INC.
This book is published in Japan by
arrangement with
THE ROALD DAHL STORY COMPANY LIMITED
c/o DAVID HIGHAM ASSOCIATES LTD., LONDON
through TUTTLE-MORI AGENCY, INC., TOKYO.

目次

キス・キス〔新訳版〕

女主人
The Landlady

ビリー・ウィーヴァーは午後の鈍行列車に乗ってロンドンを発った。途中、スウィンドンで乗り換え、バースに到着する頃にはすでに夜の九時前後になっていた。通りをはさんで改札口とは反対側の家並みの上、星がきらめく澄んだ夜空に月がくっきりとかかっていた。空気は死ぬほど冷たく、頬にあたる風はまるで氷の刃のようだった。

「ちょっとお尋ねします」と彼はポーターに尋ねた。「この近くに格安のホテルはありませんか?」

「パブの〈ベル&ドラゴン〉をあたってみたらどうですかね」ポーターはそう言って、通りの先を指差した。「泊めてくれると思いますよ。通りの向かい側を四分の一マイルほど行ったあたりです」

ビリーは礼を言うと、スーツケースを取り上げ、〈ベル&ドラゴン〉まで四分の一マイルほどの道のりを歩いた。バースに来たのはこれが初めてで、この市《まち》に知り合いはいなかったが、ロンドンの本社のミスター・グリーンスレードからすばらしい市《まち》だと聞かされていた。「宿は自分で探しなさい」ミスター・グリーンスレードからはそうも言われていた。「落ち着いたらすぐに現地の支店長のところに出向くように」

ビリーは十七歳。新品の濃紺のコートに新品の茶色いスーツを身にまとい、新品の茶色いフェルト帽をかぶって気分は上々、宿へ向かう足取りも軽かった。近頃は何事も機敏にこなすことを心がけていた。機敏さこそ成功したすべてのビジネスマンに唯一共通する特徴だと思うようになったからだ。実際、本社のお偉方はいつでもすばらしく機敏に動きまわっている。それはもう驚くほどだ。

ビリーが歩いている広い通りには商店が一軒もなく、通りの両側には高さのある人家だけが建ち並んでいた。家の造りはどれも同じで、屋根付きのポーチがあり、階段を四、五段上がったところに玄関のドアがあった。見るかぎり以前は派手な佇まいだったようだが、手入れ不足から今やドアも窓も木枠の塗料が剝げかけ、堂々たる白い外壁にもひびがはいり、染みが浮き出ているのが暗がりでも見て取れた。

そのとき、六ヤードと離れていない街灯に明々と照らし出されたある家の一階の窓――上のほうの窓ガラスのひとつ――に〈お泊《B》まり《&》と朝食《B》〉と活字体で書かれた表示板が立て掛けられているのが、いきなり眼に飛び込んできた。丈のあるきれいなネコヤナギを活けた花瓶がその表示板のすぐ下に置かれていた。

ビリーは足を止めた。窓のほうへ少し近寄ってみた。窓の両端には（ヴェルヴェット地のように見えた）緑色のカーテンが引かれており、その脇に飾られたネコヤナギがひときわ引き立って見えた。さらに近寄り、ガラス越しに中をのぞくと、赤々と燃える暖炉の炎がまず眼にはいった。暖炉の手前のカーペットの上では、可愛くて小さなダックスフントが鼻を腹に埋めるようにして体を丸め、眠っていた。外の暗がりから見るかぎり、部屋そのものも趣味のいい家具であふれていた。小型のグランドピアノに大きなソファ、ふかふかの肘掛け椅子が何脚か置かれていた。部屋の隅に眼をやると、鳥かごに大きなオウムが飼われていた。こういう家に生きものが飼われているというのはたいていいい兆候だ、とビリーは自分に言い聞かせた。全体的に宿泊先として申し分がなさそうに思えた。まちがいなく〈ベル＆ドラゴン〉よりは快適そうだった。

一方、B＆Bよりパブのほうが自分の好みに合いそうな気もした。夜ともなればビールやダーツが愉しめ、話し相手には事欠かない。おまけにたぶんずっと格安にちがいない。パブにはこれまでに何度か泊まったことがあり、パブに泊まること自体彼は気に入っていた。下宿屋にはこれまで一度も泊まったことがなく、はなはだ正直に言えば、少しばかり怖れをなしてもいた。下宿屋と聞いただけで、茹ですぎた水っぽいキャベツと強欲な女主人、それに居間に立ち込める燻製ニシンの強烈なにおいが思い起こされる。

寒風の中、そんなふうに二、三分あれこれ迷ってから、とりあえず〈ベル＆ドラゴン〉まで行って見てから決めることにして、ひとまず下宿屋のまえから立ち去りかけた。

そのとき、妙なことがビリーの身に起きた。うしろにさがりながら窓から眼をそらしかけた瞬間、なんともおかしな具合に、いきなり窓に立て掛けられた小さな表示板に眼を奪われ、そこから離せなくなったのだ――〈お泊まりと朝食〉。そう書かれていた。〈お泊まりと朝食〉、〈お泊まりと朝食〉、〈お泊まりと朝食〉。ことばのひとつひとつがまるで黒くて大きな眼のように、窓ガラス越しに彼をじっと見ていた。彼をつかまえ、今立っている場所に無理矢理引き止め、下宿屋から立ち去らせまいとしていた。で、気づいたときにはもう、窓から玄関のほうに向かい、階段を上がり、呼び鈴に手を伸ばしていた。

呼び鈴を押して奥の部屋で鳴っているのが聞こえた次の瞬間には――実際、あっというまだったにちがいない、ビリーにはブザーから指を離す暇もなかったのだから――玄関のドアが勢いよく開き、そこに女性が立っていた。

普通は、呼び鈴を鳴らしてからドアが開くまで少なくとも三十秒ぐらいは待たされるものだ。しかし、このご婦人はまさにびっくり箱だった。呼び鈴を押すなり――いきなり飛び出してきたのだから！　ビリーは飛び上がった。

歳は四十五歳から五十歳、ビリーを見るや、いかにも歓迎するように温かい笑みを浮かべた。

「どうぞ、おはいりになって」女主人は愛想よくそう言って、ドアを押さえたまま脇にどいた。ビリーは気づいたときにはもう反射的に家の中にはいろうとしていた。女主人について その家にはいらねばと思う強迫観念――あるいは、正確には異様なまでの欲求――に突き動かされていた。

「窓の表示板を見ました」とビリーは自分を取り戻して言った。

「はい、わかっております」

「どこに泊まろうか考えてたんです」

「用意はもうすっかりできてますから、お若い方」と彼女は言った。ピンク色の丸い顔にとてもやさしそうな青い眼をしていた。

「〈ベル&ドラゴン〉に行く途中だったんです」とビリーは言った。「でも、お宅の窓の看板がたまたま眼にとまったものだから」

「そんなことより、あなた」と彼女は言った。「そんな寒いところにいないで、中におはいりなさいな」

「料金はおいくらですか？」

「五シリング六ペンス。朝食付きで」

とてつもなく安かった。ビリーが払ってもいいと思っていた料金の半額以下だった。

「高すぎるようなら」と彼女は続けた。「そういうことなら、ほんの少しだけなら値下げしてもかまいません。朝食に卵は要ります？　このところ、卵は高くて。卵が要らないなら六ペンス安くしてもけっこうです」

「五シリング六ペンスでかまいません」とビリーは答えた。「ぜひともこちらに泊まりたいです」

「そうおっしゃるのはわかってたわ。さあ、おはいりになって」

おそろしくいい人に思えた。クリスマス休暇に学校で一番仲良しの友達の家に泊まりにいくと、温かく迎えてくれる友達の母親。まさにそんな感じだった。彼は帽子を取って敷居をまたいだ。

「帽子はそこに掛けてください」と彼女は言った。「コートはわたしが預かりましょう」

玄関にはほかに帽子やコートはなかった。傘もなく、ステッキもない――何もなかった。

「わたしたちしかいません」彼女は階段を上がりながら肩越しに振り返り、彼に笑いかけた。「だって、あなた、このささやかな休息所にお客さまをお迎えするなんて、そうしょっちゅうあることじゃないんですから」

このおばさん、ちょっと変わってる、とビリーは心の中で思った。しかし、一泊五シリング六ペンス。おばさんがいかれていようとどうしようと、そんなこと、誰が気にする？「泊まりたい人がきっと大勢押しかけてるにちがいないって思いましたけど」と彼は礼儀正しく答えた。

「はいはい、そのとおり。そのとおりですとも。もちろんそうなんですけど、ただ困ったことに、わたしにはほんの少し選り好みをするところがあるんです。ちょっと気むずかしいところがね――わたしの言いたいこと、おわかりになりますでしょ？」

「ええ、はい」

「でも、準備はいつでもしているんです。昼も夜もこの家のすべてをきちんと整えています。ひょっとしてこちらの選り好みに適うお若い殿方がいらっしゃるかもしれないでしょう？

それって、とても嬉しいことですわ。時々にしろ、ドアを開けたら、まさにお迎えするにふさわしい若者がそこに立っているなんていうのは、それはもうほんとうに嬉しいことです」彼女は階段を半分ほどのぼっていたが、片手を手すりに置いて立ち止まると、顔だけ振り向き、青白い唇に笑みを浮かべてビリーを見下ろしながら言い添えた。「そう、あなたのようなね」そう言って、青い眼をビリーの全身にゆっくりと這わせた。その視線は足元までくだると、また上に戻った。

二階まで上がると、彼女は言った。「この階はわたし専用の階です」

ふたりはもう一階分、階段をのぼった。「ここはすべてあなたの階で、ここがあなたの部屋。お気に召すといいんだけれど」そう言って彼女は明かりをつけると、狭くとも居心地のよさそうな部屋にビリーを案内した。

「朝には窓から朝日が差し込みますのよ、ミスター・パーキンズ。ミスター・パーキンズでしたよね？」

「ちがいます」とビリーは答えた。「ウィーヴァーです」

「そうそう、ミスター・ウィーヴァー。素敵なお名前ですこと。シーツのあいだに湯たんぽを入れてありますから、シーツはすっかり乾いて温まっているはずです、ミスター・ウィーヴァー。初めてのベッドでも湯たんぽが入れてあって、シーツもきれいだととても気持ちのいいものです。でしょう？　でも、寒かったら、いつでもガスストーヴをつけてくださいね」

「ありがとうございます」とビリーは言った。「ほんとうにありがとうございます」彼はベッドカヴァーがすでに取り除かれ、上掛けも半分に折りたたまれていて、客がすぐにでもベッドにもぐり込めるようになっているのに気づいた。

「うちを選んでくださってほんとうに嬉しいわ」と彼女は真剣な顔でビリーの顔を見つめて言った。「実はちょっと心配してたんです」

「全然大丈夫です」とビリーは明るく答えた。「ぼくのことで心配なんかしないでください」そう言って、スーツケースを椅子に置くと荷解きを始めた。

「お夕食はどうします？　ここに来るまえにもう何かお召し上がりになれたの？」

「腹は全然すいていません。でも、ありがとう」とビリーは言った。「できれば、すぐにでもベッドにはいりたいです。明日は早く起きて会社に行って報告しなきゃならないんで」

「そういうことでしたら、わたしはこれで失礼しますね。荷解きの邪魔にならないように。でも、ベッドにはいるまえに一階の居間に降りてらして、宿帳に記帳してくださいます？　誰でもそうしなくちゃならないのがこの国の法律ですから。どんな法律も破りたくなんかありませんでしょう、この段階では。手続きはまだあるんですから。でしょう？」そう言って彼女は小さく手を振ると、そそくさと部屋を出てドアを閉めた。

宿の女主人はいくらかいかれているように見えたが、とりあえずビリーは少しも気にならなかった。なんといっても、彼女はまったくもって人畜無害だった。それはもう疑いようがない。むしろ、どこから見ても思いやりがあって気前のいい女性に見えた。戦争で息子を亡くしたか何かでいまだに立ち直れずにいるのではないか。おおかたそんなところだろうとビリーは思った。

数分後、スーツケースの中身を出して手を洗うと、一階まで軽い足取りで階段を降り、居間にはいった。女主人の姿はなかったが、暖炉の火が赤々と燃え、そのまえでは相変わらず小さなダックスフントが寝ていた。部屋は申し分なく暖かくて居心地がよかった。運がよかった、とビリーは手をこすり合わせながら思った。なかなかいいところじゃないか。

ピアノの上に宿帳が開いて置かれており、ビリーはペンを取って名前と住所を書き込んだ。ビリーのまえにそのページに書かれている名前はふたつしかなかったが、宿帳に記入するときには誰もがするように、ビリーも書かれていた名前を見た。ひとりはカーディフのクリストファー・マルホランド、もうひとりはブリストルのグレゴリー・W・テンプルだった。妙だ、とすぐにビリーは思った。クリストファー・マルホランド。その名前に聞き覚えがあったのだ。

そんなにありふれた名前ではないのにいったいどこで耳にしたのか。

学校の同級生？　いや、ちがう。数えきれないほどいる姉さんの男友達のひとり？　かもしれない。それとも父さんの友達？　いや、ちがう、ちがう。そうではない。ビリーはもう一度宿帳に眼を落とした。

クリストファー・マルホランド　カーディフ　カシードラル・ロード二三一

グレゴリー・W・テンプル　ブリストル　シカモア・ドライヴ二七

実のところ、二番目の名前にも最初の名前と同じように聞き覚えがあるような気がしてきた。

「グレゴリー・テンプル？」記憶をたどりながら声に出して言ってみた。「クリストファー・マルホランド……？」

「ほんとうにチャーミングな坊やたちだったわ」ビリーの声に答えるようにうしろで声がした。振り返ると、女主人が部屋にはいってきたところだった。ティーセットをのせた大きな銀のトレーを両手で持っていた。胸のまえの少し高い位置で腕を差し出すようにして持っているので、トレーではなく、暴れ馬の手綱でも握っているかのようだった。

「なんとなく名前に聞き覚えがあるような気がするんです」とビリーは言った。

「ほんとうに？　それは面白いこと」

「確かに以前どこかで聞いたように思うんです。でも、それっておかしくないですか？　もしかしたら新聞で見たのかもしれないけど、でも、全然有名人じゃないでしょ？　有名なクリケット選手とかサッカー選手とかじゃないでしょ？」

「有名人」と女主人はソファのまえの背の低いテーブルにトレーを置いて言った。「いいえ、まさか。有名なんかじゃありませんよ。ただ、びっくりするほどハンサムでした。ふたりともね。それはもう請け合います。背が高くて、若くてハンサムで。そう、ちょうどあなたみたいでしたよ」

ビリーは宿帳に眼を戻すと、日付に気づいて言った。「これを見てください。最後に記帳されたのは二年以上もまえなんですね」

「そうだったかしら?」

「ええ、そうです。クリストファー・マルホランドなんかそれよりさらに一年近くまえです——今から三年以上も」

「まあまあ」女主人は首を振ると、品のいいため息をそっとついて言った。「そんなことは考えてもみませんでした。光陰矢のごとしってほんとうにこのことですわね、ミスター・ウィルキンズ?」

「ウィーヴァーです」とビリーは言った。「ウィ・ー・ヴァ・ー」

「あらあら、そうですとも!」女主人は大きな声をあげてソファに坐った。「わたしってなんて馬鹿なんでしょう。謝りますわ。右の耳からはいったらそのまま左の耳へ抜けてしまう。それがわたしなんです、ミスター・ウィーヴァー」

「ちょっといいですか?」とビリーは言った。「これって何から何まで実に不可解じゃありませんか?」

「いいえ、お若い方、ちっとも」

「いいですか、まずふたりの名前です。マルホランドとテンプル。ぼくはこの名前をいわば別々に記憶しているようでもあり、それと同時になんとなく奇妙な形でふたつの名前がつながってるような気もするんです。ふたりとも同じ分野で知られているとでも言えばわかってもらえるでしょうか——たとえば……ボクサーのデンプシーとタニーとか、チャーチルとローズヴェルトみたいに」

「面白いですこと」と女主人は言った。「でも、そんなことより、お若い方、このソファのわたしの横におかけなさいな。お休みになるまえにおいしいお茶とジンジャー・ビスケットを用意しましたから」

「ほんとうにおかまいなく。そんなに気を使っていただかなくてもよかったのに」そう言って、ビリーはピアノのそばに立ったまま女主人が忙しげにカップとソーサーを用意するのを眺めた。彼女はてきぱきと動く小さな白い手をしており、爪には赤いマニキュアが施されていた。

「新聞で見たのはまずまちがいありません」とビリーは言った。「すぐに思い出すと思います。きっと思い出します」

何かが記憶のへりのすぐ外にとどまり、記憶の中にはいってこないことほどじれったいこともない。ビリーとしてはあきらめたくなかった。

「ちょっと待って」と彼は言った。「待ってください。マルホランド……クリストファー・マルホランド……イートン校の生徒の名前じゃなかったかな？　西部地方を徒歩旅行していて、ある日忽然と……」

「ミルクは？　お砂糖は？」

「はい、お願いします。ところが、忽然と……」

「イートン校の生徒ですって？」と彼女は言った。「まさか、お若い方、そんなはずはありません。だって、うちにいらしたとき、わたしのミスター・マルホランドは絶対にイートン校の生徒なんかじゃなかったですから。ケンブリッジの学生だったんですから。さあ、こちらにいらしてわたしの横にお坐りになって。この素敵な暖炉のまえで暖まりましょう。ほら、お茶もはいりましたよ」女主人はソファの自分の横の座面をぽんぽんと叩くと、坐ったままビリーに笑みを向けて彼が腰かけるのを待った。

ビリーはゆっくりと部屋を横切ると、ソファの端に腰をおろした。彼女はティーカップをビリーのまえのテーブルに置いて言った。

「さあ、これでいいわ。暖かくて気持ちがいいでしょう？」

ビリーがお茶を飲みはじめると、彼女もカップを手に取って飲んだ。三十秒かそこらどちらも何も言わなかった。しかし、ビリーには女主人が彼を見つめているのがわかった。彼女は体を半分ほどひねって、ティーカップのふち越しに彼を見ていた。その視線が自分の顔に注がれているのが感じられた。時折、独特のにおいが鼻をかすめた。女主人の体が発しているにおいのようだった。少しも不快なにおいではなかったが、何かを彼に思い出させるにおいだった――それがなんなのかはわからなかったが。くるみのピクルスのにおい？　真新しい革？　それとも、病院の廊下のにおい？

「あの素敵なミスター・マルホランドはお茶に目がなくて」ようやく女主人が口を開いた。

「あんなにたくさんお茶を飲む人は生まれてこのかた見たことがありません」

「彼がここを発ったのはわりと最近ですよね」とビリーは言った。頭の中ではまだふたつの名前が渦巻いていた。新聞で見たのはもうまちがいなかった——それも見出しで見たのだ。

「発った？」と女主人は両眉を吊り上げて言った。「いえいえ、お若い方、発ってなどおられませんよ。ミスター・マルホランドは今もここにいます。ミスター・テンプルも。ふたりとも四階にいらっしゃるんです。おふたりご一緒で」

ビリーはカップをゆっくりとテーブルに置いて、女主人をまじまじと見つめた。彼女はビリーに笑みを返して白い手を伸ばすと、なだめるように彼の膝を叩いて尋ねた。「歳はおいくつ？」

「十七です」

「十七！」と女主人は大きな声をあげた。「まあ、完璧なお歳ね！　ミスター・マルホランドも十七でした。でも、彼のほうがちょっと背が低いかしら。ええ、そうね、低いわね。それに歯もそんなに白くなかったわ。ミスター・ウィーヴァー、あなたの歯ってほんとうにおきれいね。ご存知でした、そのこと？」

「見かけほどよくはないんです」とビリーは言った。「奥歯は詰めものだらけなんです」

「ミスター・テンプルはもちろんもう少し年上でしたけど」と女主人はビリーのことばを無視して続けた。「実のところ、あの方は二十八でした。でも、そう言われなかったら、そんな歳だなんて思いもしませんでしたよ。絶対に。だって、ミスター・テンプルの体には疵ひとつなかったんですから」

「何ひとつですって？」

「まるで赤ちゃんのような肌でした」

間《ま》ができた。ビリーはティーカップを手に取ると、紅茶をもうひとくち飲み、カップをそっとソーサーの上に戻して女主人がさらに何か言うのを待った。が、彼女のほうはまた押し黙ってしまった。ビリーは坐ったまままっすぐまえを——部屋の遠くの隅を——見つめて下唇を噛んだ。

「あのオウム」と彼はようやく口を開いて言った。「ひとつ言いましょうか？　最初に通りから窓越しに見たときには完全に騙されました。生きているとばかり思いました」

「残念ながら、ああ、もう生きてはいません」

「それにしてもすばらしい出来ですね」とビリーは言った。「とても生きているようにしか見えません。誰がつくったんです？」

「わたしです」

「あなたが？」

「ええ、もちろん」と彼女は言った。「わたしの可愛いバジルにももうお会いになりました？」女主人はそう言うと、暖炉のまえで気持ちよさそうに丸くなっているダックスフントを顎で示した。ビリーは見て、初めて気づいた。この犬もオウムと同様、音ひとつ立てず、身じろぎひとつしていなかった。ビリーは手を伸ばして犬の背中にそっと触れた。硬くて冷たかった。指で毛を掻き分けると、毛の下に皮膚が見えた。完璧に保存された、乾いた灰色がかった黒い皮膚だった。

「これはこれは」とビリーは言った。「すばらしい！」ビリーは犬からすぐ横に坐る小柄な女性に眼を移すと、深い賞賛のまなざしで見つめた。「こんなふうに仕上げるのはおそろしくむずかしいことなんでしょうね」

「全然」と女主人は答えた。「可愛いペットが亡くなったときにはいつも自分で剝製にしてるんです。お茶のおかわりはいかが？」

「いえ、もう結構です」とビリーは言った。その紅茶はほんのりとアーモンドの苦味がした。あまり好きにはなれない味だった。

「記帳はしてくださいました？」

「ええ、しました」

「よかった。あとであなたの名前をまた忘れてしまっても、いつでもここに降りてきて宿帳を見られるんですから。今でも毎日のようにそうしてるんです。ミスター・マルホランドとミスター……ミスター……」

「テンプル」とビリーはあとを引き取って言った。「グレゴリー・テンプル。失礼ですけど、ここ二年か三年のあいだ、そのおふたり以外にはお客はひとりもいなかったんですか？」

女主人は片手でカップを高く掲げると、首をわずかに左に傾げ、横目でビリーを見上げ、またあのおだやかな笑みをビリーに向けて言った。

「ええ、お若い方、あなただけよ」

ウィリアムとメアリー
William and Mary

ウィリアム・パールは死んでも大金を遺すことはなく、遺言もいたって簡単なものだった。親類へのささやかな形見以外、財産はすべて妻に遺された。

ミセス・パールは事務弁護士の事務所で弁護士と一緒に遺言の確認をした。手続きが終わって帰りかけると、弁護士が机の上のフォルダーから封印された封筒を取り出し、依頼人に差し出して言った。

「これをあなたにお渡しするように言われていました。亡くなられる直前にご主人からうちに送られてきたものです」しかつめらしく青白い顔をした弁護士だったが、そう言いながらも未亡人への気づかいからか、伏し目がちに顔をずっと横に向けていた。「プライヴェートな内容のようです、ミセス・パール。家に持ち帰られて、おひとりで読まれるといいと思います」

ミセス・パールは封筒を受け取ると、通りに出て歩道で立ち止まり、渡された封筒を指で確かめた。ウィリアムからのお別れの手紙？　たぶん。それも形式ばった手紙。そうに決まっている——形式ばった堅苦しい手紙に決まっている。そんなふうにしかできない人だったのだから。形式ばらずに何かをすることなど生涯一度もない人だったのだから。

親愛なるメアリー、私がこの世から旅立ち、大いに狼狽させてしまうことをおまえは決して許さないだろう。しかし、私たちがともに歩んだあいだ、おまえをとてもうまく導いてくれた教えを守りつづけてくれることと信じている。品格を守って、あらゆることに努力すること。金は節約すること。特にしてはいけないのは……などなど。

典型的なウィリアムの手紙。

あるいは、最期のときを迎えて気弱になり、何か素敵なことを書き遺してくれたということも考えられるだろうか。この手紙は素敵なやさしいメッセージ、一種のラヴレター、三十年もの人生を彼に捧げたことへの感謝を表した、心のこもった温かな手紙かもしれない。百万回もシャツにアイロンをかけ、百万回も食事をつくり、百万回もベッドメーキングをしたことに対する感謝の手紙。繰り返し何度も何度も、少なくとも一日に一度は読み返し、鏡台に置いた箱の中に、ブローチと一緒に末永くしまっておきたくなるような手紙かもしれない。

死期が近づいた人間がどんなことをするかなど見当もつかない。ミセス・パールは胸にそうつぶやくと、封筒を小脇にはさみ、家路を急いだ。

玄関から居間に直行し、帽子もコートも脱がずにソファに坐った。封筒を開け、中身を取り出すと、十五枚から二十枚ほどの白い罫紙が現われた。ふたつ折りにされ、左の上の隅がクリップでとめられている。どの紙も、彼女のよく知っている、右に傾いた几帳面な小さな文字で埋められていた。しかし、相当な分量があり、いかにも事務的に整然と書かれており、最初の一枚も手紙にふさわしい書き出しになっていないことに気づくと、彼女は訝しさを覚えた。

紙からいったん眼をそらすと、煙草に火をつけ、一服して灰皿に置いた。

ひょっとして、あのことについてのことだとしたら——ミセス・パールは自分に言い聞かせた——もしそうなら読みたくない。

人は故人からの手紙を読むのを拒んだりできるものだろうか。

もちろん、できる。

でも……。

暖炉をはさんで反対側に置かれた、今は坐る者のいないウィリアムの椅子をちらっと見た。革張りの大きな茶色の肘掛け椅子。何年もウィリアムが坐っていたためにシートに窪みができている。背もたれの上のほう、頭があたっていたところは革が黒ずみ、楕円形のしみができている。ウィリアムはその椅子に坐ってよく読書をし、彼女のほうは向かいのソファに坐って、ボタン付けをしたり、靴下を繕ったり、上着の肘につぎあてをしたりしたものだった。時々、ウィリアムのふたつの眼が本から離れて、彼女に向けられることがあった。じっと見つめているにもかかわらず、何かを計算しているかのような妙に感情のこもっていない眼だった。彼女はその彼の眼が好きになれたためしがなかった。互いに寄り合った、氷のように冷たい小さな青い眼。そんな眼と眼のあいだに刻まれた不満げな二本の深い縦皺。彼女はいつだってその眼に見つめられてきた。ひとり家にいるようになって一週間が経った今でも、時々あの眼に見られているような気がして落ち着かなくなることがある。あの眼に追いまわされ、戸口から、誰も坐っていない椅子から、夜には窓の外から、見つめられているような気になるのだ。

彼女はゆっくりとハンドバッグに手を伸ばして眼鏡を取り出すと掛けた。そして、うしろの窓から射し込んでいる遅い午後の陽の光がとらえられるよう、紙をまえに高く掲げて読みはじめた。

親愛なるメアリー、これはおまえだけのために書いたもので、私が逝ったらすぐに手渡されるはずだ。

この何枚もの手紙を見てもどうか驚かないでほしい。ランディが私にしようとしていることと、彼のすることに私が同意したわけ、彼の理論と望みとはどんなものなのか。この手紙は、私の役目としてそれらを正確におまえに説明しようとするもの以外の何物でもない。おまえは私の妻なのだからそれらを知る権利がある。むしろ知らなくてはならない。この数日間、私はランディのことをおまえに話そうと相当努力をした。が、おまえはまったくもって聞く耳を持たなかった。おまえのその態度は、まえにも言ったが、きわめて愚かなことだ。いささか身勝手なことだとも思うが、こういうことはたいてい無知から来るものだ。すべての事実を知りさえすれば、おまえもただちに考えを変えることを私は百パーセント確信している。だからこそおまえに望むのだ。私がもはやおまえと一緒にはいられなくなったあと、おまえの心もいくらかは落ち着いたら、この手紙を通じて私の話にもっとじっくりと耳を傾けようと思ってくれることを。誓って言うが、この私の手紙を読めば、おまえの反感は消えるだろう。それは逆に熱意に取って代わられるだろう。私は、私がしたことをおまえがいくらかでも誇りに思ってくれることをあえて願う。

読むうち、私のこうした冷徹な書き方も赦してもらえるのではないかと思うが、自分の言いたいことをおまえに伝えるには私としてもこの方法しかなかったのだ。わかると思うが、人生が終わりに近づき、私の心があらゆる感傷に満たされたとしても、それは自然なことだ。日に日に私は途方もなくせつない気持ちになっている。夕暮れどきにはなお一層。気をつけていないと、この手紙にも感情があふれ出してしまいそうだ。

たとえば、私には書きたいことがある。おまえのこと、何年ものあいだおまえが私にとっていかに申し分のない妻だったかを書き記したいと思っている。だから私は自分に約束したのだ。まだ時間と体力が残されているようなら、次はそのことを書こうと。

私はまた、十七年間暮らして教鞭を執った、このわがオックスフォードについて語ることも切望してやまない。オックスフォードというこの場所の栄光について伝えたいのだ。その只中で働くことを許されたことの意味について、できればいささかなりとも説明したいのだ。この陰鬱な病室にいてさえ、私の心には私が愛したものと場所のすべてが今も次々と浮かんでくる。いつもそうであったように、そのどれもが美しく輝いているのだが、今日はまたなぜかそれらをことさら鮮明に思い浮かべることができる。詩人のラヴレースがよく散歩をしたウスター・コレッジの庭園にある湖をめぐる遊歩道。ペンブルック・コレッジの門。モードリン・タワーから西に広がる町の景観。クライスト・チャーチの大ホール。セント・ジョンズ・コレッジのささやかな小さな岩石庭園。私はあそこで珍しい品種の繊細なヴァルトシュタイン種も含めて、十種類以上のカンパニュラを数えたことがある。しかし……なんとなんと！　私は話を始めもせず、感傷の罠にかかってしまっている。今から始めさせてもらおう。ただ、どうかゆっくり読んでくれ。理解の妨げになるから、悲しみや非難といった感情は一切交えることなく。約束してほしい。ゆっくり読むことを。さらに読むまえに心を落ち着かせ、忍耐強くなることを。

人生半ばであまりに突然に私を襲った病気の詳細はおまえも知ってのとおりだ。それをここに書いて時間を無駄にすることはないとは思うが、ただ、早い時期に医者の診察を受けなかった私が愚かだったことは自ら進んで認めざるをえない。癌は現代医学をもってしても治せない数少ない病気のひとつだ。癌細胞が広範囲に広がっていなければ、外科手術も可能だが、私の場合は放置して手遅れになっただけでなく、厚かましい癌細胞に膵臓まで攻撃されて、手術を受けることも生存することも同じように不可能になってしまったのだった。

その結果、私は余命ひと月から半年ということになり、一時間ごとにより陰鬱な気持ちになっていたのだが、そんなところへいきなりランディが現われたのだ。

六週間前の火曜日のことだ。それも朝のずいぶんと早い時間で、おまえが面会に来る時間よりずっとまえだった。で、彼が病室にはいってくるなり、私には何か狂気のようなものが隠されているのがわかった。見舞い客はみな私になんと声をかければいいのかわからず、まるで足音を忍ばせるようにおずおずと決まり悪げにはいってくるものだが、彼の場合はちがっていた。笑顔で堂々とはいってくると、大股でベッドに近寄り、その場に立って、きらきらと異様に輝く眼で私を見下ろして言ったのだ。「ウィリアム、友よ、完璧だ。きみみたいな人を探し求めてたんだ!」

ジョン・ランディがわが家を訪れたことは一度もなく、おまえが彼に会ったこともまずなかったと思うが、実のところ、彼と私は九年来の友人だ。そのことは最初に説明しておかねばなるまい。もちろん、私は第一に哲学の教師だ。が、おまえも知ってのとおり、最近は心理学にも手を出していた。だから、ランディと私の関心事には若干重なる部分ができていた。彼はきわめて優秀な神経外科医で、トップレヴェルのひとりだが、最近は親切にも研究の成果を――とりわけ異なるタイプの精神病質者に対する前頭葉切断術《ロボトミー》のさまざまな結果に関する研究成果を――見せてくれたりしていた。だから、わかると思うが、火曜日の朝、彼が突然押しかけてきても、私たちは見知らぬ間柄などではまったくなかったということだ。

「なあ、ウィリアム」と彼はベッドのそばに椅子を引き寄せながら言った。「きみはあと二、三週間で死ぬ。そうだね？」

そんな質問もランディから言われると、ことさら思いやりに欠けるものとも思えなかった。タブーに触れる勇気のある見舞い客はある意味で気分転換にもなった。

「きみはこの部屋でまさにここで息を引き取る。それから運び出されて火葬されるわけだ」

「埋葬だ」と私は言った。

「それはなおさらよくない。それからどうなる？　きみは天国に行くと信じてるんだろうか？」

「それはどうかな。そう考えると気休めにはなるだろうが」

「あるいは地獄とか？」

「地獄に送られる覚えはあんまりないが」

「それはなんとも言えないと思うがね、ウィリアム」

「いったいきみはなんの話をしてるんだね？」

「まあ」とランディは言った。そう言いながら、私を慎重に観察しているのが私にはわかった。「死んでしまったらもう二度と自分に関することが耳にはいってくることもない。私は個人的にはそう思っている。ただ……」そこで彼はことばを切ると、笑みを浮かべて顔を近づけてきた。「……ただ、もちろん、私に身を任せる分別がきみにあれば話は別だが。私の提案を前向きに考えてみる気はないかな？」

彼は奇妙にも飢えた眼つきで私をじろじろと見ていた。観察し、値踏みしていた。まるで私がカウンターに置かれた極上の牛肉のひとかたまりで、彼のほうはその肉をすでに買い、店員が包むのを待っているかのように。

「ウィリアム、これはいたって真面目な話だ。私の提案を前向きに考えたくはないか？」

「なんの話をしているのか私にはさっぱりわからない」

「では、聞いてくれ、説明するよ。聞いてくれるかい？」

「話したいなら話せばいい。聞いたからと言って、私には失うものはもう大してないだろうからね」

「むしろ逆だよ。きみは実に多くを得る――それも死んでからなおさら」

彼は私がそのことばを聞いてびっくりすることを期待していたにちがいない。が、どういうわけか私には聞くまえから心の準備ができていた。で、ベッドにじっと横たわったまま彼の顔をただ見つめた。あの白いゆっくりとした笑みを。彼が笑うといつも左上の犬歯に取り付けた義歯の金《きん》の留め具がのぞいた。

「ウィリアム、これは私が数年にわたってひそかに続けてきた研究でね。この病院にも協力者がひとりかふたりいる。特にモリソンだな。動物実験では満足のいく結果が何度も得られていて、今はいつでも人に応用できる段階に来てるんだよ。途方もなく大きな計画だから、最初は信じがたい話に聞こえるかもしれない。しかし、外科的見地に立てば、実現不可能と断じる根拠などいかなるものもなさそうなんだよ、これが」

ランディは身を乗り出してベッドのへりに両手をついた。彼は骨ばってはいるものの、目鼻立ちの整ったハンサムな男だ。いわゆる医者らしい顔の男ではまったくない。おまえにもわかると思うが、いかにも医者らしい顔というのがある。眼球からネオンサインのように点滅する鈍い色の光を放ち、そのネオンサインには〈おまえを救えるのは私だけ〉と書かれている。そんな顔だ。そのときランディの両眼は大きく見開かれ、爛々と輝き、その中心では興奮の小さな火花が躍っていた。

「かなり昔の話になるが」と彼は続けた。「ソ連から持ち込まれた短い医療記録映像を見たことがあってね。いささか不気味ながら、なかなか興味深い映像だった。胴体から完全に切断された犬の頭。そんなものが出てくるんだが、その頭には人工心肺につながれた動脈と静脈があって、正常な血液循環がなされてるんだよ。つまり、犬の頭はちゃんと生きてるのさ。何かトレーのようなものの上にぽつんと置かれた状態なのに。脳もちゃんと機能していた。それはいくつかのテストで証明されていた。たとえば、犬の唇に餌をすりつけると、舌が伸びてきて餌を舐め取ろうとするんだ。さらに犬の眼は部屋を横切る人を追っていた。

このことから言えるしごくもっともなことは〝頭部および脳の機能維持はそれ以外の身体部位との接続を必要としない〟ということだろうか。もちろん、適切に酸素を含んだ血液の供給が確保された上での話だけれども。

さて、この映画を見て、私はこんなことを思ったのだよ。人間の脳も頭蓋骨から取り出し、当人の死後も独立した器官として生きさせ、永遠に機能させつづけることはできないだろうかとね。たとえば、きみが死んだあとのきみの脳とか」

「そういうことにはあまり興味は持てないね」と私は言った。

「話の邪魔をしないでくれ、ウィリアム。最後まで話させてくれ。その後も実験を重ねた結果、私に言えるのは、脳というのは実に自立性に富んだ器官ということだ。脳脊髄液も自分でつくる。つまり、脳の内部での思考と記憶に関する魔法のようなプロセスは四肢や胴体、頭蓋骨さえなくてもなんら支障をきたさないということだ。さっきも言ったように、適切な状況下できちんと酸素を含んだ血液を送りつづけることができればね。

なあ、ウィリアム、自分の脳のことを今一度よく考えてみてくれ。それは完璧な状態にある。そして、その中にはこれまできみが学んできたことがぎっしりと詰まっている。今の脳にするためにはきみにしても何年にもわたる努力が必要だった。加えて今はそのきみの脳が第一級の独創的な考えを編みだしはじめたところじゃないか。なのに、それ以外の身体部位と一緒にじきに死に絶えようとしている。愚かでちっぽけな膵臓が癌に蝕まれたがだけのために」

「よけいなお世話だ」と私は彼に言った。「もうそこまでにしておいてくれ。そもそもむかつく話に加えて、たとえ成功したとしても——それ自体なんとも疑わしいが——無意味もいいところじゃないか。いったい私の脳を生き永らえさせることにどんな利用価値がある？ 話すことも見ることも聞くことも感じることもできないのに。個人的な意見を言わせてもらえば、それ以上不快なこともないよ」

「意思の疎通ははかれるようになるはずだ」とランディは言った。「視覚にしてもある程度は確保することに成功するかもしれない。でも、さきを急ぎすぎてもいけない。そうしたことはあとで全部説明するよ。いずれにしろ、何が起ころうときみはすぐにも死ぬ。それは厳然たる事実だ。が、そんなきみの体にはいっさい触れない。きみが死ぬまでは。それが私の計画だ。なあ、ウィリアム、科学という大義のための献体を拒むようじゃ真の哲学者とは言えないよ」

「それは論点のすり替えだ」と私は応じた。「そもそもきみが私の処置を終えたときには私は生きているのか、それとも死んでいるのか。その点がどうも疑問に思えるんだがね」

「なるほど」と彼は言って小さく笑った。「確かにそれはきみの言うとおりだ。それでも、ちゃんと話を聞きもしないでそんなに簡単に撥《は》ねつけるのはどうかな」

「聞きたくない。私はそう言ったはずだ」

「まあ、一服してくれ」彼はそう言ってシガレットケースを差し出した。

「私は煙草は吸わない。それはきみも知ってるはずだ」

彼は自分のために一本取り出すと、銀色の小さなライターで火をつけた。一シリング硬貨ほどの大きさの実に小さなライターだった。「私が使ってる器具をつくってくれてる会社からのプレゼントだ」と彼は言った。「なんとも精巧にできてるだろう？」

私はライターを受け取り、よく見てから彼に返した。

「続けてもかまわないかな？」と彼は言った。

「いや、もう話してくれなくてもいいよ」

「ただ横になったまま聞いていてくれればいいんだから。きみとしてもかなり興味をそそられるはずだよ」

ベッドの横に置かれた皿にブドウが盛られていた。私はその皿を胸の上にのせてブドウを食べはじめた。

「きみの臨終の瞬間には」とランディは続けた。「私はその場に立ち会わなければならない。ただちに作業に移って、きみの脳を生かしつづけるためにね」

「そのときは脳は頭の中にはいったままなのか?」

「最初のうちはそうだ。そうせざるをえない」

「で、そのあとはどこに脳を入れておく?」

「訊かれたから言えば、洗面器みたいなものの中だ」

「きみはこのことをほんとうに真面目に考えてるのかな?」

「真面目も真面目、大真面目だ」

「わかった。続けてくれ」

「知ってると思うが、心臓が止まって新鮮な血液と酸素の供給がとだえると、脳組織は急速に壊死する。心停止後、四分から六分のうちに脳全体が死んでしまう。三分後でも相当なダメージをこうむる。だから手早く処置を施して、脳の劣化を防ぐ必要がある。でも、そこのところは装置の手を借りるから、きわめて簡単にすむはずだ」

「装置? どんな?」

「人工心肺だ。もともとはフランスの外科医アレクシス・カレルとあの飛行家のチャールズ・リンドバーグが考案したものだけれど、われわれにはその改良版があるんだ。この人工心肺は血液に酸素を供給し、その血液を適温に保ち、適圧で送り出すことができる。それ以外にもこまごまとした必要な機能を果たす。複雑なことでもなんでもない」

「死の瞬間にはどうするんだ？　聞かせてくれ」と私は言った。「いの一番に何をするんだ？」

「脳の中の動脈と静脈の配置についてきみは多少なりとも知ってるか？」

「いや」

「だったら、聞きたまえ。むずかしいことじゃない。脳に血液を送るのはふたつの主要な供給源、すなわち内頸動脈と椎骨動脈だ。それぞれ二本ずつあって、都合四本の動脈がある。いいかな？」

「ああ」

「戻りの経路はもっと単純だ。血液を運び出すのは内頸静脈と呼ばれるたった二本の大静脈だ。つまり、昇っていく動脈が四本――それは首を通って昇る、もちろん――と降りてくる静脈が二本。これらは当然、脳それ自体の周囲で枝分かれしてほかの血管とつながっているわけだが、そちらはわれわれには関係ない。そういう血管にはまったく触れない」

「なるほど」と私は言った。「じゃあ、私がたった今、死んだとしよう。さあ、きみはどうする？」

「ただちに頸部を切開して四つの動脈、つまり内頸動脈と椎骨動脈を見つけなければならない。次に灌流《かんりゅう》をおこなう。要はそれぞれの動脈に太い中空針を挿入するのさ。それら四本の中空針は管で人工心肺とつながっている。

それから手早く左右の頸静脈を切断し、こちらもやはり機械の心臓につなげて回路を完成させる。さあ、ここでスウィッチを入れる。機械にはすでにきみと同じ型の血液がはいっているから、もうなんの心配もない。きみの脳の血流がそうやって回復する」

「私はさっきのソ連の犬みたいになるわけだ」

「それはちがう。まずもってきみは死んだときにまちがいなく意識を失っているだろう。意識を取り戻すまではけっこう時間がかかると思う。そもそも意識を取り戻すとしてね。しかし、意識があろうとなかろうと、きみはきわめて興味深い状態に身を置くわけだ、だろう？死んで冷たくなった体と生きている脳を併せ持つわけだから」

ランディはこの〝愉快な〟見通しを玩味《がんみ》するかのように間を置いた。その考えにわれを忘れてすっかり夢中になっているものだから、私が同じようには感じていないかもしれないことなど、明らかに彼には思いもよらないことのようだった。

「ここからはゆっくり時間がかけられる」とランディは続けた。「また、実際のところ、そうする必要があるんだ。まずわれわれがするのは手術室にきみを搬入することだ。もちろん人工心肺と一緒にね。血液の供給は決して止まってはならないからね。次の問題は……」

「わかった」と私は言った。「もうたくさんだ。こまごまとしたことまで聞かせてもらうには及ばない」

「おやおや、でも、きみはちゃんと聞いておくべきだよ」と彼は言った。「自分の身に何が起きてるのか、最初から最後まで正確に把握しておくのはきみにとって重要なことだよ。だって、そうだろ、あとになって意識が戻ったときに自分が今いるのはどこなのか、どのようにしてそこにたどり着いたのか、正しく記憶できていたら、それはきみの立場からしても大いに満足できることじゃないか。きみ自身の心の平和のためだけにも知っておくべきだよ。だろう？」

私はベッドに横たわったまま彼をじっと見つめた。

「さて、次の問題はきみの脳をそっくりそのまま傷つけることなく死んだ体から取り出すことだ。体には使い道がない。実際、すでに腐敗が始まっている。頭蓋と顔面も無用だ。むしろどちらも邪魔な代物だ。まわりに残しておきたくない。欲しいのは脳だけだ。きれいな美しい脳。生きた完璧な脳だ。だからきみを手術台にのせたら、私は鋸《のこぎり》を手に取る。小さな振動鋸だ。そいつでもって頭蓋の丸い覆い部分をそっくり取り除く。きみはその時点ではまだ意識をなくしているだろうから、わざわざ麻酔を使うまでもないだろう」

「おいおい、無茶はよしてくれ」

「知覚はもうないんだよ、ウィリアム、それは請け合うよ。何分かまえにきみはもうすっかり死んでるんだ。それを忘れないでくれ」

「麻酔もせずに脳天を鋸で切るなんてとんでもないよ」と私は言った。

ランディは肩をすくめて言った。「私としてはどっちでもいいけど。お望みとあらば喜んで局部麻酔のプロカインを少々使ってあげるよ。それできみの気が少しでも休まるのなら、プロカインを頭皮全体に染み込ませてあげよう。首から上、頭部全体にね」

「ご親切にどうも」と私は言った。

「ただ」と彼は続けて言った。「ときには途方もないことが起きることもある。つい先週のことだが、意識不明の状態で運び込まれた男がいた。で、麻酔はいっさい使わずに頭部を切開し、小さな血栓を除去したんだけれど、まだ頭蓋の内部で処置をしているときだった。その男が眼を覚ましてしゃべりはじめたんだ。

〝ここはどこだ？〟なんて訊いてきたんだよ。

〝病院ですよ〟

〝ほう〟と男は言った。〝そいつはたまげた〟

〝教えてくれませんか〟と私は訊いてみた。〝これは不快じゃないですか？　私がやってることだけれど〟

〝いいや〟と男は答えた。〝ちっとも。何をしてるんだ？〟

〝脳にできた血栓をちょうど取り除いてるところです〟

〝そんなことを？〟

〝じっとしていてください。動かないで。もうちょっとですから〟

〝そうか、そいつのせいだったんだな、ひどい頭痛が続いてたのは〟と男は言った」

ランディはそこでことばを切って、思い出し笑いをした。「一言一句、そのとおり言ったんだ。ただ、翌日にはそのことはまるで覚えていなかった。面白いもんだよ、脳というやつは」

「プロカインをお願いしたい」と私は言った。

「仰せのとおりにするよ、ウィリアム。さてと、さっきも言ったように、私は小型の振動鋸を手に取って慎重にきみの頭蓋冠――頭蓋の丸い部分全体――を取り除く。これによって脳の上半分があらわになる。というか、脳を覆っている外層がね。知っているかどうかわからないが、脳にはそのまわりに異なる三つの被膜があるんだ――外側の硬膜《ドゥーラ・メイタ》あるいはドゥーラ、中間にあるクモ膜《アラクノイド》、そして内側の軟膜《パイア・メイタ》あるいはパイアだ。たいていの人は、脳は剝き出しの状態で頭の中の液体に浮かんでいるものと思ってるようだが、そうじゃない。今言った三つの強靭な膜にしっかりと包まれていて、脳脊髄液が流動してるのはまさしくこの内側のふたつの膜のわずかな隙間、すなわちクモ膜下腔の中だ。でもって、この液体は――まえにも言ったが――脳でつくられ、静脈系に浸透作用によって排出されるんだ。

私としてはこの三層の膜をすべて残しておきたい。そっくりそのまま無傷で。だって、ドゥーラ、アラクノイド、パイアなんて素敵な名前じゃないか。そうすることにはいろいろと理由があるんだが、なんと言っても、いちばんの理由は硬膜《ドゥーラ》の中に静脈洞が走ってるからなんだ。脳の血液はここを流れて頸静脈に送り込まれるんだよ。

さて」とランディは続けた。「われわれはきみの頭蓋骨の上半分を取り除いた。だから、脳のてっぺんが膜に覆われた状態であらわになっているわけだ。ただ、次の手順がなかなか厄介でね。脳をまるごと、被膜ごと解放してやらなきゃならない。脳をきれいに持ち上げて体から切り離せるように。そのときには四本の動脈と二本の静脈を切断することになるが、人工心肺にすぐにつなげられるようにその切断された部分は脳からぶら下がった状態にしておく。この作業はものすごく複雑で、かなりの時間がかかる。たくさんの骨を少しずつ慎重に削り取って何本もの神経を切断し、数えきれないほどの血管を切ってつながなきゃならないからだ。それをどうにかうまくやり遂げるには、ロンジュールという鉗子《かんし》型の器具を使って、きみの頭蓋骨の残っている部分をちょっとずつ嚙み取るようにして削っていくしかない。脳の被膜の側面と下の部分が完全に剝き出しになるまで、その作業を続けるんだ。上から下へ、ちょうどオレンジの皮を剝くように。これに関する問題はきわめて技術的な話になるから、詳しくは説明しないが、私としては成功する見込みは充分にあると思っている。あとは手術の腕前と根気強さの問題にすぎない。おまけに、忘れちゃ困るが、時間は充分あるわけだ。だって、手術台の横では人工心肺が作動していて、脳をいくらでも生かしつづけてくれてるんだからね。

さて。こうしてきみの頭蓋骨も脳の側面を取り囲んでいるほかの組織も、すべて首尾よく取り除けたとしよう。この時点では、脳の基部だけが体につながっている状態だ。おもに脊柱と、二本の大静脈、それから血液を脳に送っている四本の動脈でつながっているわけだ。で、次はどうするか。

第一頸椎のすぐ上で脊柱を切断する。その中にある二本の椎骨動脈を傷つけないように細心の注意を払って。でも、ここで忘れちゃいけないのが、硬膜、つまり外側の膜のこの部分には、脊柱を受け入れる穴があいてるということだ。だから、この硬膜の端を縫い合わせてふさがなきゃならないわけだが、これは全然問題ない。

　ここからいよいよ最後の手順に移ることになる。片側にあるテーブルには、特殊な形をした洗面器のような容器が用意されていて、その中にはいわゆるリンゲル液がはいっている。神経外科の手術で体液の代用として使われる特殊な溶液だ。ここで、もう一度動脈と静脈を切断し、脳を体から完全に切り離す。そうしたら、それを両手で持ってその容器に移す。プロセス全体の中で血流が完全に遮断されるのは、最初に人工心肺につなぐまでの時間を除けばこのときだけだ。とは言っても、脳を容器に移してしまえば、動脈と静脈の切り口を人工心肺につなぎ直すのにはさほど時間はかからない。

　まあ、こんな具合だ」とランディは言った。「きみの脳は容器に移されてもちゃんと生きている。その後も長いあいだ生きつづけられない理由はひとつもない。ひょっとすると何年も生きつづけるかもしれない。われわれが血流と装置をきちんと管理しさえすれば」

「でも、それは脳としてちゃんと機能してるのかい？」

「なあ、ウィリアム、なんでそんなことまで私にわかる？　脳が意識を取り戻すのかどうかさえはっきりとは言えないんだから」

「それでも、もし機能してるとしたら？」

「それだよ、それ！　そうなったらすばらしいじゃないか！」

「そうかな？」と私は言った。正直なところ、私にはそうは思えなかった。

「もちろん、そうとも！　容器の中でじっとしたまま、思考は見事に冴え、記憶力も……」

「なのに、見ることも、触れて感じることも、においを嗅ぐことも、聞くことも、話すこともできないわけだ」と私は言った。

「ああ！」と彼はいきなり大きな声をあげた。「私も何か忘れてるとは思ってたんだ！　眼のことを話してなかったね。聞いてくれ。私はきみの片方の視神経をそっくりそのまま残そうと思ってるんだ。片方の眼球と一緒に。視神経というのは小さなもので、太さは体温計ほど、長さは二インチばかりで、脳と眼をつないでるわけだが、視神経のいいところは、神経といいながら、実は神経ではないところなんだよ。袋状に延びた脳の突起物でね。硬膜、つまり脳の被膜が視神経に沿って延びていて、眼球にくっついた恰好になってるんだ。だから、眼の裏はほとんど脳と接していて、そこには脳脊髄液も流れてる。

　こうしたことはすべて眼球を残すという目的に適っていて、片方の眼が保存できると考えることにはなんの問題もない。きみの眼窩《がんか》のかわりに眼球を入れるプラスティックの小さなケースもすでにつくってある。つまり、脳は容器の中でリンゲル液の中に沈み、ケースに入れた眼球は溶液の表面に浮かんでるという寸法だ」

「つまり、天井を見つめることになるわけだ」と私は言った。

「そうだな、そうなるだろうね。残念ながら、筋肉はないから眼球を動かすことはできない。

でも、容器の中でじっと動かず、静かに気楽に世の中を眺めるというのもちょっと愉しいかもしれない」

「すばらしい」と私は皮肉を言った。「だったら、片方の耳も残したらどうだ？」

「今回は耳はやめておこうと思うんだ」

「耳も欲しい」と私は言った。「耳にはこだわりたいね」

「いや、無理だ」

「バッハを聞きたいんだよ」

「どんなにむずかしいかわかってないからそんなことを言うんだよ」とランディは静かな声音で言った。「蝸牛《かぎゅう》と呼ばれる聴覚器官は、眼球よりもはるかにデリケートな仕組みでね。おまけに骨で覆われている。蝸牛と脳をつなぐ聴神経も部分的に骨に覆われてる。それを傷つけずにそっくりそのまま取り出すなんてまず無理だ」

「骨の中にあるまま骨ごと容器に移すことはできないのか？」

「それも無理だ」と彼はきっぱりと言った。「そもそもすごく複雑な構造なんだから。それに、どっちにしても眼は見えるんだから、耳が聞こえるかどうかはさほど大きな問題じゃないよ。きみに伝えたいことは紙に書いて、いつでも読めるように掲げることにすればいい。何ができて、何ができないか、それを決めるのは私に任せてほしい」

「まだやるとは言ってないよ」

「わかってる、ウィリアム、わかってるって」

「だいたい私にはこの計画がそれほど魅力的だとは思えない」

「むしろ脳もろとも死んでしまったほうがいいと？」

「まあ、そういうことだな。まだ断言はできないが。話すこともできないんだよね、だろう？」

「もちろん、できない」

「じゃあ、どうやってきみに意思を伝えればいい？　私に意識があるかどうか、どうやったらきみにわかる？」

「意識を取り戻してるかどうかを知るのは簡単なことだよ」とランディは言った。「ごく普通の脳波計でわかる。容器に入れたきみの脳の前頭葉に直接電極をつければいい」

「それでほんとにわかるのか？」

「ああ、もちろん。それぐらいのことはどんな病院でもできるよ」

「しかし、私のほうはきみと意思の疎通はできない」

「実を言うと」とランディは言った。「それができると思うんだ。意思の伝達に関する興味深い研究をしているヴェルトハイマーという人物がロンドンにいるんだが、その人と連絡を取り合っていてね。きみも聞いたことはないかな、何かを考えているときの脳は電気を放ち、化学物質を分泌していて、これらの放出はラジオ波のような波形を描くんだけど。知ってたかい？」

「少しは知ってる」と私は言った。

「そう、ヴェルトハイマーはこれに関して脳波計にちょっと似た機器をつくった。脳波計よりずっと高精度なものだ。彼はこれを使えば、一定の狭い範囲のことなら、脳が実際に考えていることを解釈するのに役立つと言明している。解読することばや思考のグラフのようなものを描くらしい。ヴェルトハイマーにも来てもらって、きみに会うよう頼んでみようか？」

「いや、けっこうだ」と私は言った。ランディは私がこの計画に応じるものと決めてかかっていた。その態度がなんとも業腹だった。「もういいから帰ってくれ。私をひとりにしてくれ」と私は言った。「私を言いくるめようとしても無駄だからな」

彼はすぐに立ち上がると、ドアへ向かった。

「ひとつ質問がある」と私は言った。

彼はドアノブに手をかけたまま立ち止まった。「なんだい、ウィリアム？」

「これだけ教えてくれ。私の脳がきみが言った容器にはいっているとして、その脳は今と同じように機能を果たすと本気で信じてるのか？　今と変わらず、思索し、推論できると思ってるのか？　記憶力はどうだ、残ってるのか？」

「なぜできないと思うのかわからない」と彼は答えた。「同じ脳じゃないか。しかも生きてるんだからね。傷ついてもいない。実のところ、誰もまったく手を触れないんだから。硬膜を開きさえしない。ただ、言うまでもないけど、大きなちがいは、視神経は一本だけ残っても、脳とつながってるほかの神経はすべて切断されているところだ。これはつまり、きみの思考はもはや感覚の影響を受けないということだ。きみが生きるのは、どこまでも純粋で、あらゆるものから切り離された世界だ。何にも煩わされない。痛みにさえ。痛みを感じる神経がないんだから、感じるわけがない。ある意味ではほぼ完璧な状態になるわけさ。心配も、恐怖も、痛みも、空腹も、渇きもない。欲望すらない。あるのは記憶と思考力。それだけだ。残した眼がうまく見えるようになれば、読書だってできる。どれひとつを取ってもなんとも快適な環境に私には思えるがね」

「そうかな?」

「そうとも、ウィリアム、快適だよ。哲学博士にはなおさらだ。とてつもない経験になるはずだよ。人類がいまだかつて到達したことのない、あらゆることを超越した、静穏な状態で、世界のありようをじっくり考えられるんだから。何が起こるかなんて誰にもわからないんだから! 偉大な思考や解決策——われわれの生き方に大変革を起こすような偉大な考えがきみのもとに舞い降りてくるかもしれないじゃないか! 想像してみてくれ、どれほど精神を集中できることになるか!」

「そして、どれほど欲求不満を覚えることになるか」と私は言った。

「ばかばかしい。欲求不満なんてありえない。欲望がなければ欲求不満なんて覚えるわけがないだろうが。でもって、きみはどんな欲望も抱けないんだから。少なくとも、肉体的な欲望はいっさい」

「死ぬまえのことは覚えておけるはずだ。だったら、その頃に戻りたいと思うかもしれない」

「なんだって！　こんなひどいところへか！　居心地のいい容器を出て、このしっちゃかめっちゃかの世界にか！」

「もうひとつだけ答えてくれ」と私は言った。「どれぐらい生かしておけると思ってる？」

「脳を？　そんなこと誰にわかる？　しかし、まあ、何年も何年もだろうな。だって理想的な状態なんだから。人工心肺のおかげで、老化を惹き起こす要因なんて存在しないに等しいんだから。たとえば血圧は常に一定に保たれる。これは実生活では不可能な状態だ。温度も一定に保たれる。血液化学成分もほぼ完璧で、血液中には不純物もウィルスも細菌も何もない。こういうことを予測するのは馬鹿げてる。それは言うまでもない。それでも、こういった環境下にあれば、脳は二、三百年は生きるんじゃないだろうか。じゃあ、今日のところはこれで」と彼は言った。「また明日ちょっと寄るよ」最後にそう言ってそそくさと出ていった。私の心をひどく掻き乱して。それはおまえにも想像がつくと思うが。

　彼が帰ったあと、私がまず感じたのはこの計画全体に対する強い嫌悪だった。とにもかくにも話が全然愉快ではない。脳の機能は何ひとつ損なわれないまま、自分がぬるぬるした小さな塊《かたまり》になってリンゲル液の中に沈んでいる、という考え自体にそもそも虫唾《むしず》が走る。奇怪で、卑猥で、不道徳なことこの上ない。次に私を悩ませたのは、ランディに容器に入れられてしまったら襲われるに決まっている無力感だ。そうなったら、もう後戻りはできない。抗議することも自分の意思を説明することもできないのだ。生かされつづけるかぎり、私はそこに縛りつけられたままということになる。

たとえばもしその状況に耐えられなくなったらどうなる？　ひどい痛みのあることがわかったらどうなる？　ヒステリーを起こしたらどうなる？

逃げるにも脚がないのだ。叫ぼうにも声がないのだ。何もないのだ。このさき二百年ずっとただにたっと笑って、耐えなければならないのだ。

にたっと笑おうにも口もないわけだが。

そんなことを考えていると、おかしなことが頭に浮かんだ。こういうことだ。脚を切断された人間は脚がまだあるという錯覚によく陥るのではなかったか。ないはずの爪先が痒くてしょうがなかったり、あれやこれや看護師に訴えたりするのではなかったか。そんな話をつい最近聞いたような気がしたのだ。

すばらしい。同じ前提に立てば、容器にひとつぽつんと入れられた私の脳が私の肉体に関して同じような錯覚を覚えないともかぎらないではないか。その場合、通常の痛みや苦痛が押し寄せてきても、私にはアスピリンを飲んで痛みを取り除くことさえできない。脚がこの上なくひどいこむら返りを起こしていると感じても、あるいは、胃がひどい消化不良を起こして、その数分後にはいともたやすく私の哀れな膀胱が――これはおまえもよく知っていることだが――いっぱいになり、すぐに出さなければ破裂してしまうという感覚に襲われても、為す術がないのだ。

冗談じゃない。

私はベッドに横になったまま、こうしたいまいましいことを何時間も考えていた。すると、あれは正午頃だっただろうか、まったく突然、気分が変わりはじめた。その計画の不快な面があまり気にならなくなり、気づいたときには、ランディの提案をより合理的な見地から考えられるようになっていたのだ。私は自問した。結局のところ、自分の脳が数週間後に必ずしも死んでなくならないという考えには、心慰められる面もあるのではないか、と。実際、そうだった。私は自分の脳にいささか誇りを持っている。私の脳は繊細で、明晰で、豊饒な器官だ。莫大な量の情報を蓄え、創意に富む独創的な理論をいまだ生み出す能力を持っている。自分で言うのもなんだが、脳ということに関して言えば、恐ろしくすぐれた脳だ。一方、私の肉体のほうは――ランディも捨てたがっている私の貧相な老いた肉体のほうは――まあ、メアリー、おまえさえ私の肉体に関しては、保存する価値のあるものはもう何も残っていないという私の意見に同意せざるをえないと思う。

私は仰向けに横たわり、ブドウを食べた。ブドウは旨かった。小さな種が三つあり、それを口から取り出して皿のへりに置くと、私は静かに口に出して言った。

「やろう。そうとも、絶対にやるぞ。ランディが明日また来たらはっきり言おう、私はやると」

それほどあっけないことで、そのときから私はずいぶんと気分がよくなり、量のある昼食もぺろりとたいらげ、みんなを驚かせた。おまえがいつものように面会にきたのはその直後のことだ。

そのときおまえは言った。とても元気そうだと。すごく生き生きしていて、元気そうで、愉しそうだ、と。何かあったの？　何か嬉しい知らせでもあったの？

ああ、あったとも、と私は答えた。そして――おまえは覚えているだろうか――おまえを坐らせ、楽にしてくれと言い、できるだけやさしい口調で何があったのかすぐさまおまえに説明しはじめたのだ。

ところが、悲しいかな、おまえは聞こうともしなかった。詳しいことはまだこれっぽっちも話さないうちから、烈火のごとく怒りだし、そんな話は気持ち悪くて実に不快だ、恐ろしい、とても考えられないと言い、私が話を続けようとすると、すたすたと歩いて病室から出ていってしまった。

ああ、メアリー、おまえも知ってのとおり、私はこの問題について、そのとき以来何度もおまえと話し合おうとしてきた。なのに、おまえは頑なに聞く耳を持たなかった。そのためこうしてこの手紙があるわけだが、私としては、これを読むことを自分に許すだけの良識をおまえが持ってくれていることを願うばかりだ。これを書くにはかなりの時間がかかった。最初の文を書きはじめてからすでに二週間が経っている。以前と比べると、私も今ではずいぶん弱ってしまった。これ以上書く力が残っているかどうか。しかし、別れのことばを言うつもりはない。それだけははっきりしている。なぜなら、ランディがこの計画に成功すれば、機会が、またおまえの顔が見られる機会がささやかにしろあるのだから。もっとも、それはおまえが私を訪ねにきてくれればの話だが。

この手紙は自分が死んでから一週間が過ぎるまでおまえに渡さないよう、弁護士に言うつもりだ。したがって、おまえが坐ってこれを読んでいる今頃はもう、ランディが実行してからすでに七日が経っていることになる。もしかしたら、おまえはもうすでにどんな結果になったか知っているかもしれない。まだ知らないなら、意図的に距離を置き、いっさい関わらないようにしてきたのなら——たぶんそういうことになっているのではないかと思うが——どうか今、考えを改め、ランディに電話して、私がどんなことになっているか確かめてほしい。それぐらいはおまえにもできるはずだ。ランディには私の死後七日目におまえから電話があるかもしれないと伝えてある。

おまえの忠実な夫
ウィリアム

追伸。私が逝っても正しく生きなさい。そして、妻でいることより未亡人でいることのほうがむずかしいということを常に忘れないように。カクテルを飲んではいけない。金を無駄づかいしてはいけない。煙草を吸ってはいけない。ペーストリーを食べてはいけない。口紅をつけてはいけない。テレビを買ってはいけない。夏には、私のバラの花壇と岩石庭園の除草を怠らないように。それから、ついでながら言っておくが、私にはもう用がないわけだから、電話は解約するといいだろう。

ミセス・パールは手紙の最後の一枚をおもむろにソファの上に置いた。小さな口がきゅっとすぼまり、小鼻のまわりが白くなっていた。

それにしても、まったく！　未亡人には少しは気楽に過ごす権利があって当然なのに。これほどにも長い年月をともに過ごしたのだから。

すべてがひたすらおぞましかった。考えることすら。なんと汚らわしく恐ろしいことなのか。身震いがした。

バッグに手を伸ばし、気づいたときにはもう一本煙草を探していた。火をつけて深く吸い込み、煙の雲を部屋じゅうに吐き散らした。その煙を通して愛しのテレビが見えた。そのぴかぴかの新品の大型テレビは、ウィリアムが仕事に使っていた机の上にどこかしら申しわけなさそうに、と同時にどうだと言わんばかりに鎮座していた。

彼女は思った。彼が今あれを見たら、いったいなんと言うだろう？

煙草を吸っているところを夫に最後に見つかったときのことがふと思い出された。一年ぐらいまえのことだ。彼女はキッチンの窓を開け、そのそばに坐って、ラジオをつけ、ダンスミュージックを大音量で流しながら、夫が仕事から帰宅するまえにせかせかと吸っていて、コーヒーのおかわりをカップに注ごうと振り向いたら、そこに彼がいたのだ。たいそうむっつりとし、キッチンの戸口をふさぐようにして立ち、あのぞっとする眼で彼女を睨みつけていたのだ。両眼とも真ん中の小さな黒い点に怒りの炎を宿して。

その一件があってから四週間、生活費の支払いはすべて彼がやり、彼女には一ペニーも渡そうとしなかった。もっとも、彼女が六ポンド以上ものへそくりを粉石鹼の箱に入れて流しの下の戸棚に隠していることは、彼にしても知る由がなかったが。

「なんなんです？」と彼女は食事中に一度尋ねたことがあった。「わたしが肺癌になるんじゃないかって心配してくださってるの？」

「いや」と彼は答えた。

「じゃあ、どうして煙草を吸っては駄目なんです？」

「それは私が駄目だと言ってるからだ。それが理由だ」

彼は子供も駄目だと言った。そのためふたりのあいだに子供はひとりもいなかった。

今頃、と彼女は思った。あのわたしのウィリアム、あの偉大なるなんでも反対男はどこにいるのだろう？

ランディは電話がかかってくるのを期待しているはずだ。でも、電話をかけなくてはいけないのだろうか？

いや、どうしてもというわけでもないだろう。

彼女は煙草を吸いおえると、その吸いさしですぐにまた新しい煙草に火をつけ、夫が仕事をしていた机の上にテレビと並べて置かれている電話に眼をやった。ウィリアムは電話をかけるように言っていた。手紙を読んだらすぐにランディに電話をするようにとことさら強く言っていた。彼女はためらい、長年のあいだに染みついてしまってなかなか捨てきれずにいる義務感に激しく抗った。それから、やおら立ち上がると、部屋を横切り、机の上の電話のところまで歩いて、電話帳に載っていた番号を見つけた。そして、ダイアルをまわして待った。

「もしもし、ミスター・ランディをお願いします」

「どちらさまですか？」

「パールです。ミセス・ウィリアム・パール」

「しばらくお待ちください」

ほとんどすぐにランディが電話口に出た。

「ミセス・パール？」

「そうです、ミセス・パールです」

わずかに間《ま》ができた。

「やっと電話してくださって嬉しいかぎりです、ミセス・パール。お元気そうでなによりです」その口調は淡々としていて、感情がなく、儀礼的だった。「さっそくですが、病院にご足労いただくわけにはいきませんか？　そうすれば少しお話ができるんで。どんな結果になっているか、一刻も早くお知りになりたいことでしょうし」

彼女はなんとも答えなかった。

「とりあえずすべてとてもうまく運んだと言えそうです。実際のところ、期待したよりはるかにうまくいきました。生きているだけではなくて、ミセス・パール、意識もあるんです。意識は二日目に戻りました。興味深いでしょう?」

　彼女は医者が話をさらに続けるのを待った。

「それに眼も見えてます。それはまちがいありません。眼のまえにものをかざすと、即座に脳波計に変化が見られるんです。で、今は毎日あれに新聞を見せています」

「どの新聞です?」とミセス・パールは問いつめるような声音で言った。

「《デイリー・ミラー》です。見出しの文字がほかより大きいので」

「主人は《ミラー》を嫌悪していました。《タイムズ》にしてください」

　短い沈黙のあと医者は言った。「わかりました、ミセス・パール。これからはあれに《タイムズ》を見せるようにします。言わずもがなですが、われわれはできるかぎりのことをしたいと思ってます。あれが機嫌よく過ごせるように」

「彼」彼女は言った。「〝あれ〟ではありません。〝彼〟です」

「彼」と医者は言った。「そのとおりです、失礼しました。彼が機嫌よく過ごせるように。できるだけ早くこちらにお越しいただきたいのはそういうこともあるからなんです。あなたに会うのは彼にとってもいいことだと思うんです。彼とまた会えることをあなたがどれほど喜んでいるか、態度で示してあげてください。笑いかけるとか、投げキスをするとか、そんなことをなんでもしてあげてください。あなたが近くにいることがわかれば、それが彼には大いに慰めになるはずです」

長い沈黙ができた。

「そういうことなら」とミセス・パールはようやく口を開いた。それまでとは打って変わって、いかにも屈従的で疲れた声音になっていた。「どうやらそちらにうかがって、主人の様子を見せていただいたほうがよさそうですね」

「よかった。そうしてくださると思ってました。では、お待ちしています。三階にある私のオフィスに直接おいでください。では」

その三十分後、ミセス・パールは病院にいた。

「ご主人の姿を見ても驚かないでくださいね」とランディは並んで廊下を歩きながら彼女に言った。

「はい、驚きません」

「最初は多少ショックを受けると思いますが。今の彼はあまり人に好印象を与えられる状態にはいないんで」

「夫の見た目に惹かれて結婚したわけではありませんから、先生《ドクター》」

ランディは彼女のほうを向くと、その姿をまじまじと見た。その大きな眼、すねたような怒ったような佇まい。彼は思った。なんと奇妙な女なのか。昔はなかなか魅力的な顔だちだったのはまちがいなさそうだが、今では見る影もない。口元はゆるみ、頬はしまりなくたるみ、顔全体に張りというものがまったくない。喜びのない結婚生活を何年も過ごした末に、ゆっくりと、しかし、確実にこうなったのだろう。彼はそんな印象を受けた。そのあとふたりはしばらく無言で廊下を歩いた。

「中にはいってもどうか慌てずに」とランディは言った。「あなたの顔が眼の真上に来ないと彼にはあなたが部屋にはいってきたことがわかりません。眼は常に開いたままですが、彼には眼を動かすことはできません。ですから視野はとても狭いんです。今のところ、眼は天井を見上げるようにしてありますが。それから、もちろん彼には何も聞こえません。私たちは好きなだけ話ができます。ここです」

ランディはドアを開けると、彼女を小さな正方形の部屋に通した。

「いきなり近づかないほうがいいでしょう」そう言って、彼は片手を彼女の腕に置いた。

「慣れるまでしばらくここにいてください」

部屋の真ん中に置かれた背の高い白いテーブルの上に大きめの琺瑯《ほうろう》のボウルがのっていた。だいたい洗面器くらいの大きさで、ボウルからは細いビニールのチューブが六本ほど出ていた。それらのチューブはまとめられてガラスの管につながり、そのガラスの管の中で血液が人工心肺を通して流れ、循環しており、装置自体が柔らかでリズミカルな鼓動音を発していた。

「彼はあそこです」とランディは言って洗面器大の容器を指差した。その位置は高すぎて彼女には容器の中は見えなかった。「もう少し近づいてください。近すぎてもいけませんが」

彼は夫人を二歩まえに進ませた。

首を伸ばすと、ミセス・パールにも容器の中のリンゲル液の表面が見えた。透き通り、静止しているその表面に、ハトの卵大の小さな楕円形のカプセルが浮かんでいた。

「それが眼球です」とランディは言った。「見えますか？」

「ええ」

「わかっているかぎり、今のところ状態は完璧です。彼の右の眼です。プラスティックの容器には彼が眼鏡に使っていたのと同じようなレンズがはめられています。だから、今も彼には以前と同じようにものがよく見えているはずです」

「天井というのは大した見物《みもの》とも思えませんけど」とミセス・パールは言った。

「その点はご心配なく。彼を愉しませるためのプログラムを準備しているところなんです。でも、最初からあまり慌ててやりたくはないんで」

「彼にいい本を与えてあげてください」

「ええ、そうします、そうします。ご気分は悪くないですか、ミセス・パール？」

「大丈夫です」

「では、もう少しまえに行きましょう。いいですか、そうすればすべてご覧になれますから」

彼は夫人をさらに進ませ、テーブルからほんの二ヤードほど手前で立ち止まった。そこからなら彼女にも容器の中がのぞけた。

「どうです」とランディは言った。「あれがウィリアムです」

ウィリアムは彼女が想像していたよりずっと大きく、暗い色をしていた。表面に走るあらゆるうねやひだのせいで、脳というより巨大な酢漬けの胡桃(くるみ)を連想させた。その基部から四本の動脈と二本の静脈が伸びていて、血管が切断された個所にビニールのチューブがきれいにつながれていた。それらのチューブは人口心臓が鼓動音を発して血液を注ぎ込むと、一斉に小さく震えた。

「身を乗り出してください」とランディは言った。「身を乗り出して、そのお美しいお顔が眼の真上に来るようにしてください。彼に見えるように。にっこり笑って、投げキスをしてもかまいません。私があなたなら、きっと何か素敵なことも言うでしょうね。彼には聞こえませんが、大まかなことはわかるはずです」

「彼は投げキスなんかされたがらないと思います」とミセス・パールは言った。「さしつかえなければ、わたしのやり方でやらせてください」彼女はテーブルのへりに近づき、容器の真上に顔が来るまで身を乗り出すと、ウィリアムの眼をまっすぐに見下ろして囁いた。

「こんにちは、あなた。わたしよ――メアリーよ」

眼は生きているときと同じように輝いていて、彼女をじっと見つめ返した。その視線には凝り固まったような一種独特の力強さがあった。

「ご機嫌いかが、あなた？」と彼女は言った。

プラスティックの丸い容器はすべて透明になっており、眼球全体を見ることができた。だから、眼球の底面から脳へつながっている視神経も見られた。まるで灰色の短いスパゲッティのようだった。

「気分はいかが、あなた?」

本来あるべき顔がない状態で夫の眼をのぞき込むのは奇妙な感じだった。見えるのは眼だけで、それをじっと見ていると、次第に眼が大きくなり、しまいには眼しか見えなくなり、それ自体が一種の顔のようになった。白眼の表面には毛細血管が網状に走っていて、淡青色の虹彩には中央の瞳孔から放射状に三本か四本のかなり黒っぽいすじが伸びていた。瞳孔は黒くて大きく、外からの光をきらきらと反射させていた。

「手紙を受け取りました、あなた。それであなたの様子を見ようとすぐに駆けつけたの。あなたの状態はすばらしくいいってドクター・ランディはおっしゃってるわ。わたしがゆっくりしゃべれば、あなたは唇を読んでわたしが何を言おうとしているか、少しは理解できるんじゃないかしらね」

眼が彼女を見つめているのはもうまちがいなかった。

「みなさんあなたの世話をするためにあらゆる手を尽くしてくださっています。ここにあるすばらしい装置はいつも休まず動いてます。わたしたちの古ぼけたつまらない心臓よりずっと優秀よ。それはもうまちがいないわ。わたしたちの心臓なんていつ壊れてしまうかもわからないのに、あなたのは永遠に動きつづけるんですもの」

彼女は眼に顔を近づけ、注意深く見つめた。そして、この眼がこうも独特な様相を呈しているのはなぜなのか考えた。

「とてもお元気そうね、あなた。ほんとうに。ほんとうにそうよ」

この眼はふたつあった頃よりずっと好ましく見える、と彼女は内心思った。どこかしら柔らかで、今までになかった落ち着きや思いやりといったものがある。それはたぶん、真ん中の丸い瞳孔と関係があるのだろう。ウィリアムの瞳孔はいつだって黒っぽいただのちっぽけな点だった。ちらりと見ただけで、人の頭に深くはいり込み、その性格を見通してしまう。そして、いつも即座に相手が何をしていたのか、何を考えていたのかさえ、見抜いてしまう。でも、今見ているこの眼は大きくておだやかでやさしい。もうほとんど牛の眼みたい。

「意識があるのはまちがいないんですね」顔も上げずにミセス・パールは尋ねた。

「ええ、そうです。完全に戻っています」とランディは答えた。

「主人にはわたしが見えてるんですね？」

「完璧に」

「それって、すごいことじゃありません？　でも、何が起こったのか、きっと主人は不思議に思ってることでしょうね」

「いいえ、全然。ご主人は自分がどこにいるかもどうしてここにいるかも完璧に理解しておられます。忘れるはずがありません」

「主人には自分がこの容器の中にいることがわかってるんですか？」

「もちろんです。しゃべる能力があれば、今この瞬間にもごく普通の会話をあなたと交わすことだってできるはずです。私が見るかぎり、精神面において、ここにいるウィリアムと、あなたがひとつ屋根の下で暮らしてこられたウィリアムとのあいだには、なんのちがいもないはずです」

「まあ、なんてこと」ミセス・パールはそう言うと、この興味深い事実をしばらく黙って考えた。

　これってどういうことか、とミセス・パールは眼のさらに向こうを見ながら――溶液の底に静かに横たわっているぶよぶよした大きな灰色のくるみみたいなものをじっと見つめながら――自問した。そう、今の状態の夫など願い下げとは必ずしも言えないということだ。正直言って、こっちのウィリアムとのほうがずっと心おだやかに暮らしていけるんじゃないか。こっちとならなんとかやっていける。

「静かですね、主人」とミセス・パールは言った。

「もちろん、静かです」

　ミセス・パールは思った。これなら言い争うこともなければ、粗探しをされることもない。ひっきりなしに小言を言われることもなければ、従うべきルールもなければ、喫煙を禁じられることもなければ、夜、咎めるような冷ややかな眼で本のへり越しにのぞかれることもない。これならシャツを洗濯してアイロンをかけなくてもいい。料理をつくらなくても。なんにもない。あるのは人工心肺の鼓動の音だけだ。その音にしたところがむしろ心を和ませてくれる音で、どう考えてもテレビの邪魔になるほどやかましくはない。

「先生《ドクター》」とミセス・パールは言った。「なんだか急にこの人がたまらなく愛おしく思えてきました。それって奇妙に聞こえます？」

「いいえ、よくわかります」

「小さな専用容器に張った溶液の底に横たわる姿を見ていたら、この人があまりに静かで、あまりに無力に見えてきて」

「ええ、わかりますとも」

「この人ったらまるで赤ちゃんみたい。そんなふうに見えるんです。まさにちっちゃな赤ん坊みたいに」

ランディはミセス・パールの背後に立ってただ見守った。

「ねえ、あなた」とミセス・パールは容器の中をのぞき込みながらそっと言った。「これからはこのメアリーがひとりであなたのお世話をしますからね。心配することなんて何ひとつないわ。いつこの人を家に連れて帰れます、先生《ドクター》？」

「なんとおっしゃいました？」

「いつ連れて帰れるかって訊いたんです――わたしの自宅に」

「ご冗談でしょう」とランディは言った。

ミセス・パールはおもむろに振り向くと、ランディをまっすぐに見て言った。「どうしてわたしが冗談を言わなければならないんです？」そう尋ねたミセス・パールの顔は輝いていた。丸いその眼もきらきらしていた。まるでふたつのダイヤモンドのように。

「彼を動かすなんてとても無理です」

「どうして無理なの？」

「これは実験なんですから、ミセス・パール」

「あれはわたしの夫です、ドクター・ランディ」

ランディの口元に怪訝そうな奇妙な笑みがかすかに浮かんだ。「いや、それは……」

「あれはわたしの夫なんですよ」ミセス・パールの声に怒りは感じられなかった。彼女はどこまでもおだやかに、ただあたりまえのことを確認しているといった口調で話していた。

「そこはいささか微妙な点です」とランディは唇を舌で湿らせて言った。「あなたは今は未亡人なんですよ、ミセス・パール。あなたとしてもその事実は認めないと」

　ミセス・パールはいきなりテーブルを離れると、窓辺まで歩いて言った。「わたしは本気で言ってるんです」そう言って、ハンドバッグに手を入れ、煙草を探した。「彼を返してほしいんです」

　ランディはミセス・パールが煙草をくわえ、火をつけるのを見ながら思った――自分がとんでもない誤解をしているなら話は別だが、この女には何かちょっと変わったところがある。夫が容器に閉じ込められていることをほとんど喜んでいる。

　ランディは想像してみた。あそこにあるのが自分の妻の脳で、その妻の眼があのカプセルから自分をじっと見つめ返してきたら、どんな気持ちになるだろう。

　喜ぶなどありえなかった。

「そろそろオフィスに戻りませんか」とランディはミセス・パールに声をかけた。

　ミセス・パールは窓辺に立ち、見るかぎりおだやかで落ち着いた様子で煙草を吹かしていた。

「ええ、わかりました」

そう言って、テーブルの横まで来ると足を止め、もう一度容器の上に身を乗り出した。

「あなた、そろそろメアリーは帰りますね。心配することなんて、何ひとつありませんから。わかりました？　できるだけ早くあなたの面倒をきちんと見られるわが家に連れて帰りますから。ただ、よく聞いてほしいんだけど……」そこまで言いかけ、ミセス・パールはいったん口を閉じると、一服しようと煙草を口もとに持っていった。

その瞬間、容器の中の眼がぎらりと光った。

ミセス・パールはそのときも眼を見つめていた。するとその中心で、小さくとも爛々たる光がきらめいたのが見えた。瞳孔が黒くて細いピン先ほどにも狭められ、激怒のかたまりのようになっていた。

ミセス・パールはしばらく動かずにいた。身を乗り出して容器を見下ろしたまま、煙草を口もとに寄せ、眼球をじっと見つづけた。

やがて、わざとゆったりとした動作で煙草をくわえると、たっぷり時間をかけて煙を深く吸い込み、肺の中に三、四秒ため込んでから、いきなりふうっと二本の細い煙を鼻から一気に吹き出した。煙は容器に張った溶液に勢いよくあたり、渦を巻きながらその表面に広がると、分厚く青い雲となって眼を覆った。

ランディはミセス・パールに背を向け、戸口のそばに立って待っていた。「さあ、ミセス

・パール」

「そんな怒ったみたいな眼をしないの、ウィリアム」とミセス・パールは静かに語りかけた。

「そんな眼をしたって無駄よ」

ミセス・パールは何をしているのかとランディは振り向いた。

「今となってはね」ミセス・パールは囁いた。「だって、これからはあなたはペットとして、このメアリーの言いつけどおりにするんですもの。わかった、ぼくちゃん？」

「ミセス・パール」とランディが近づいてきて言った。

「だから、もう二度とおいたは駄目よ、坊や」ミセス・パールは煙草をもう一服吸った。

「近頃じゃ、おいたをした坊やにはとってもきびしいお仕置きが待ってるのよ。あなたはよく知ってると思うけど」

ランディはすでにそばまで来ており、ミセス・パールの腕を取ると、やさしく、しかし有無を言わさず彼女をテーブルから引き離しにかかった。

「じゃあね、あなた」とミセス・パールは声を大きくして言った。「すぐにまた来ますから」

「もういいでしょう、ミセス・パール」

「あの人、可愛くありません？」ミセス・パールはまた声を張り上げ、きらきらと輝く大きな眼でランディを見上げた。「もうこの世のものとは思えないくらい。家に連れて帰るのが待ちきれませんわ、わたくし」

天国への道
The Way Up to Heaven

ミセス・フォスターは幼い頃からずっと列車や飛行機や船、さらには劇場の開演にさえ――間に合わないことをほとんど病的に恐れてきた。そのほかの点ではことさら神経質な女性というわけではない。が、時折、そういうものに遅れると考えただけで神経過敏状態に陥り、痙攣《けいれん》を始めるのだった。大したことではない――こっそり目配せでもするかのように、左眼の端の筋肉がほんのわずかにぴくぴくするだけのことだ――ただ、列車であれ飛行機であれなんであれ、無事に間に合ったとしても、そのぴくぴくはその後も一時間かそこらは治まらない。そこが厄介だった。

列車に間に合うだろうかといった単純な不安が深刻な強迫観念になる人々がいるというのは、なんとも奇妙なことだが、ミセス・フォスターの場合、駅に行くのに家を出なければならない時間の少なくとも三十分前には帽子をかぶり、コートを羽織り、手袋をはめ、出かける準備をすっかり整えてエレヴェーターから降りる。それからは坐っていることなどほとんどできず、そわそわしながら部屋から部屋へと歩きまわる。そこへ夫がそれまでしていたことをやめてようやく姿を現わして促すのだ。妻の様子に気づいているはずなのに、そっけない冷ややかな声で、もう出かけたほうがよくはないか、と。

ミスター・フォスターにも妻の愚かさに苛立つ権利はあるかもしれない。しかし、不必要に妻を待たせて彼女の苦痛を増長することについては言いわけできないだろう。もちろん、彼がわざとそうしていたと断言はできないが。とはいえ、出かけなければならないときの彼のタイミングは実に絶妙で――おわかりだろうか、決まってほんの一分か二分だけ遅れるのだ――態度もいたってのんびりしているので、それが意図的でないとはとても信じられない。意地の悪いちょっとした私的な拷問を妻である不幸なレイディに加えているとしか思えない。あまつさえ、彼にはわかっているはずなのだ――妻が思いきって大声をあげ、彼を急かせることなど絶対にないことが。その点に関してミセス・フォスターは夫によくしつけられていた。彼はまた、間に合う最後の瞬間を過ぎてものんびり待っていると、妻がパニック寸前になることもわかっていたにちがいない。結婚生活というのは後年になっても一度か二度は特別な機会があるものだが、そんなときでさえ彼はまるで列車に乗り遅れたがっているかのようだった。哀れな妻の苦しみをただ単に深めるだけのために。

しかし（誰にも断言はできないにしろ）彼がわざとやっているとすれば、彼の態度は二倍にも不可解なものになる。このどうすることもできない些細な欠点を除けば、ミセス・フォスターが愛情あふれるすばらしい妻であり、これまでもずっとそうだったのは厳然たる事実だからだ。彼女は三十年以上にわたって夫に忠実によく仕えてきた。その点に疑いの余地はない。そのことは彼女自身わかっていた。ひかえめな性格の彼女でさえ。だから、夫がわざと意地悪をしているなどとは、長いこと努めて考えないようにしてきたのだけれども、最近は時折そのことに疑念を抱くようになっていた。

彼女の夫、ミスター・ユージーン・フォスターはもうすぐ七十になるのだが、妻とともにニューヨーク市東六十二丁目に建つ、六階建ての大邸宅に住み、四人の使用人を抱えていた。陰気な家で、訪ねてくる者はほとんどいなかった。それでも、一月のこの日の朝、家は活気づき、誰もがたいそう忙しなく動きまわっていた。メイドのひとりが埃よけの布の束を各部屋に置いてまわり、もうひとりのメイドがそれを広げて家具を覆っていた。執事はスーツケースを運びおろして玄関広間に置いていた。コックは調理場から何度も顔を見せては執事となにやらことばを交わしていた。ミセス・フォスターはというと、古めかしい毛皮のコートをまとい、頭に黒い帽子をのせ、部屋から部屋へと飛びまわり、作業を監督するふりをしていた。が、実のところ、彼女は何も考えていなかった。すぐに夫が書斎から出てきて準備をしてくれないと飛行機に乗り遅れてしまう、ということ以外は何も。

「今、何時かしら、ウォーカー？」と彼女は執事のそばを通りかかると尋ねた。

「九時十分でございます、奥さま」

「車はもう来てる？」

「はい、奥さま。待機しています。今から荷物を積み込もうと思っています」

「アイドルワイルド空港（現在のケネディ空港）までは一時間かかるわね」と彼女は言った。「わたしが乗る飛行機は十一時に離陸するの。出国手続きがあるから、その三十分前には着いていないと。これじゃ遅れちゃう。もう遅れるとしか思えない」

「奥さま、まだ時間は充分にあります」と執事はやさしく言った。「ご主人さまには、九時十五分にはこちらを出なくてはならないと申し上げてあります。それまでまだ五分あります」

「ええ、ウォーカー。わかってる、わかってるわよ。でも、早く荷物を積み込んでくださいな。お願い」

ミセス・フォスターは玄関広間を行きつ戻りつしはじめ、執事が通りかかるたびに時間を尋ね、何度も自分に言って聞かせた。この飛行機には何があっても乗り遅れるわけにはいかない。旅に出るのをあの人に許してもらうのには何ヵ月もかかった。乗り遅れたりしたら、旅そのものを取りやめたほうがいいなどとも言いだしかねない。いともあっさりと。彼女にとって今なにより問題なのは、空港まで見送りにいくとミスター・フォスターが言い張っていることだった。

「もう駄目」と彼女は声に出して言った。「飛行機に遅れてしまう。そうよ、そうに決まってる。乗り遅れるに決まってる」彼女の左の眼尻の小さな筋肉がすでに狂ったような痙攣を始めていた。眼には涙もにじみそうになっていた。

「ウォーカー、今、何時？」

「九時十八分でございます、奥さま」

「ほら、やっぱりわたしは遅れる！」と彼女は叫び声をあげた。「もう！　どうして早く来てくれないの！」

ミセス・フォスターにとっては大切な旅だった。ひとりでパリまで、ひとりっ子である娘に会いにいくための旅だった。娘と結婚したフランス人の娘婿などどうでもよかった。が、娘のことは大好きで、なにより三人の孫に会いたいという思いを日々募らせていたのだ。孫たちのことは写真でしか知らなかった。写真は何枚も送ってもらっており、それは家じゅうに飾ってあった。孫はどの子も美しく、彼女は彼らに夢中だった。だから、新しい写真が届くたびにただひとりじっと坐り、愛おしそうにしばらく見入った。その小さな顔に納得のいく懐かしい血のつながりを探して。それは彼女にとって大いに意味のあることだった。それが高じて、最近は孫たちから遠く離れたところでなど暮らしたくないという思いがますます強くなっていた。孫たちに訪ねてきてももらえない、一緒に散歩に行くこともできない、プレゼントを買ってやることもできない、成長を見守ることもできないようなところで暮らすなどまっぴらだった。夫がまだ生きているあいだにこのような考えを抱くことは誤っており、ある意味では裏切りになることは、もちろん彼女にもわかっていた。また、もはや多くの事業で現役を退いているとはいえ、夫はニューヨークを離れてパリで暮らすことになど決して同意しないことも。彼女ひとりきりで孫たちに会いにいき、六週間の滞在が許されたのはまさに奇跡だった。それでも……ああ、ずっとパリにいられて、孫たちのそばで暮らせたらどんなにいいことか！

「ウォーカー、今、何時？」

「二十二分すぎでございます、奥さま」

ウォーカーがそう言ったところで、ドアが開き、ミスター・フォスターが玄関広間に姿を現わした。しばらく立ち止まると、彼はとくと妻を見た。彼女もまた夫を――小柄で今でもきびきびした老人を――見返した。顎ひげをたっぷりとたくわえたその顔は、鉄鋼王のアンドルー・カーネギーの古い写真にびっくりするほどよく似ていた。

「さてと」と彼は言った。「予定の便に乗りたいなら、そろそろ出たほうがいいんじゃないか」

「ええ、そうですとも、あなた――そうよ！　準備はもうできています。迎えの車も来ています」

「それはよかった」と彼は言った。それから首を傾げて彼女をじっと見た。傾げた首を小刻みに勢いよく動かしつづけるという彼独特のやり方で。それに加えて、両手を握り合わせて体のまえで高く、胸の近くまで持ち上げるので、どこかしらその姿は立ち上がったリス――セントラル・パークにいるすばしこくて賢い老いたリス――を思わせた。

「あなたのコートはウォーカーが持ってます。着てください」

「ちょっと待ってくれないか」と彼は言った。「手を洗ってくる」

彼女は彼を待った。その脇に背の高い執事がコートと帽子を持ってひかえた。

「ウォーカー、もう間に合わない？」

「いいえ、奥さま」と執事は答えた。「まだ大丈夫でございます」

ミスター・フォスターが戻ってくると、執事は彼にコートを着せた。ミセス・フォスターは急いで外に出ると、キャディラックのハイヤーに乗り込んだ。彼女の夫も彼女に続いて出てきたものの、玄関の階段をいかにもゆっくりと降り、空を仰いで朝の冷気を吸い込むのに途中で立ち止まった。

「少し霧がかかってる」車に乗り込むと、彼は妻の隣りに坐って言った。「こういうときには空港のあたりはたいていもっとひどいことになってる。飛行機がすでに欠航になっていても私は少しも驚かないね」

「そんなことおっしゃらないで、あなた――お願いですから」

そのあとは車が川を渡ってロング・アイランドにはいるまで、ふたりは口を利かなかった。

「使用人たちへの指示はもう全部すませた」とミスター・フォスターが言った。「今日から全員休みだ。給与の半額を六週間分渡した。ウォーカーには、使用人たちを呼び戻すときには彼に電報を打つと言っておいた」

「ええ」と彼女は言った。「彼から聞きました」

「私は今夜クラブに移る。クラブで過ごすのもいい気分転換になるだろう」

「ええ、あなた。手紙を書きますね」

「何事もないか確認するのと郵便を取ってくるのに家には時々戻るつもりだ」

ちに言った。

「そういう雑用のためにウォーカーに留守番をさせなくていいんですね？」と彼女は遠慮がちに言った。

「ばかばかしい。そんな必要はまったくないよ。それにそんなことをしたらあいつには全額払わなきゃならなくなる」

「ええ、そうですね」と彼女は言った。「もちろん」

「それだけじゃない。使用人というものは家に主人がいないとどんなことを目論むか、わかったもんじゃない」ミスター・フォスターはそう言いきると、葉巻を取り出して銀のカッターで端を切り、金のライターで火をつけた。

彼女はじっと坐っていた。膝掛けの下で両手をきつく握りしめて。

「あなたも手紙を書いてくれます？」

「考えておくよ」と彼は言った。「でも、どうかな。きみもわかってると思うが、取り立てて用もないのに手紙を書くということにはどうも賛成できなくてね」

「ええ、わかってます。無理なさらなくてけっこうです」

ふたりを乗せた車はクウィーンズ・ブールヴァードを走った。アイドルワイルド空港のある平坦な湿地帯に近づくと、霧が濃くなり、スピードを落とさなければならなくなった。

「ああ、どうしよう！」ミセス・フォスターは思わず声を上げた。「これじゃ絶対に間に合わないわ！　今、何時なの？」

「大騒ぎするんじゃない」と夫は言った。「どっちみちもう関係ない。こうなったら欠航になるのは目に見えてる。こんな天気で飛ぶはずがない。なんできみはわざわざ家を出たのか、私は理解に苦しむね」

確信はなかったが、急に夫の声に新たな響きが加わったような気がして、ミセス・フォスターは夫を見やった。ひげに覆われた顔から表情の変化を見分けるのはむずかしかった。口元が表情のポイントなのだから。これまで何度も思ったことだが、このときも彼女は口元がもっとよく見られたらいいのにと思った。怒っているときは別だが、眼にはどんな表情も浮かばないのだ。

「もちろん」と夫は続けた。「万一飛んだとしたら、その場合は私もきみの考えに賛成するよ。まちがいなく乗り遅れるだろうな。あきらめたらどうだね？」

ミセス・フォスターは夫から顔をそむけ、車の窓越しに眼を凝らして霧を見つめた。進むにつれて霧がさらに濃くなってきたようで、今では路肩とその先に広がる草地の境しか見えなかった。夫は彼女のほうを見ていた。彼女はもう一度ちらりと眼をやって、ぞっとした。彼女の夫は彼女の左の眼尻のあたりを食い入るように見ていたのだ。眼尻の筋肉が痙攣しているのは彼女にもわかっていた。

「どうなんだね？」

「どうって何が？」

「飛ぶとしても、こうなってはもうとても間に合うとは思えない。こんなんじゃスピードを出すわけにはいかないんだから」

そのあとはもう彼女に話しかけてこなかった。のろのろ運転が延々と続いた。運転手は路肩に黄色いフォグランプを向け、それを頼りに走りつづけた。白いライトや黄色のライトがたえまなく霧の中から現われては、彼らのほうに向かってきた。彼らの車のすぐうしろにずっとぴたりとついてきているライトがとりわけ明るい光を放っていた。

突然、運転手が車を停めた。

「ほら、ごらん！」ミスター・フォスターが大きな声をあげた。「立ち往生だ。こうなることはわかってた」

「そうじゃありません、お客さん」と運転手が振り向いて言った。「着きました。空港です」

ミセス・フォスターは返事もせずに車から飛び降り、空港の正面入口へと急いだ。中は人であふれていた。ほとんどが落胆した様子の乗客たちで、発券カウンターのまわりに立っていた。ミセス・フォスターはそんな人垣を掻き分け、受付係に問いかけた。

「はい」と受付係は言った。「お客さまの便は今のところ出発を見合わせております。でも、どうかそのままでお待ちください。天候はすぐにも回復すると思われますので」

ミセス・フォスターは車に戻り、仕入れたばかりの情報をまだ車に坐ったままの夫に伝えてから言った。「でも、どうぞお待ちにならないで。そんなことをしてもなんの意味もありませんから」

「そうするよ」と彼は答えた。「運転手が連れ帰ってくれるなら。引き返せそうかね、きみ？」

「大丈夫でしょう」と運転手は言った。

「荷物は降ろしてあるね？」

「はい」

「いってきます、あなた」ミセス・フォスターはそう言って、車の中に屈み込んで、夫のごわごわした頬ひげに軽くキスをした。

「いっておいで」と彼は応じて言った。「愉しんでおいで」

車が走り去り、ミセス・フォスターはひとり残された。

それからの時間は悪夢のようだった。航空会社のカウンターにできるだけ近いベンチに坐ったのだが、それが何時間にも及んだ。彼女は三十分ごとに腰を上げては状況が変わったかどうか受付係に尋ねた。毎回おなじ返事を聞かされた――どうかそのままでお待ちください、霧はすぐにも晴れるでしょうから。ようやくスピーカーからアナウンスが流れ、出発は翌朝の十一時まで延期されたと告げられたときには、午後の六時を過ぎていた。

そのアナウンスを聞いても、彼女にはどうしたらいいかわからなかった。そのあと少なくとも三十分はベンチに坐って、くたびれきってぼんやりした頭で思案した。今夜はどこで過ごせばいいか。空港を離れたくはなかった。夫に会いたくなかった。夫があの手この手を使って、どうにかしてフランス行きをやめさせようとするのではないかと思うと、ぞっとした。一晩じゅうベンチに腰かけ、このままじっとしているほうがまだよかった。それが一番安心だった。とはいえ、もうくたくたで、そもそも年配の女性がそんなことをするのは愚かなことだと気づくのに、大して時間はかからなかった。最後には電話のあるところまで行き、家にかけた。

ちょうどクラブに出かけようとしていた夫が電話に出た。ミセス・フォスターは空港で聞かされたアナウンスの内容を伝え、使用人たちはまだいるかどうか尋ねた。

「誰もいない」とミスター・フォスターは言った。

「そういうことでしたら、今夜はどこかに部屋を取ります。だからどうぞお気づかいなく」

「ばかばかしい」と彼は言った。「好きに使える大きな家がここにあるのに。家を使いなさい」

「でも、あなた、誰もいないんでしょ？」

「じゃあ、私が残るよ」

「家には食べるものもないじゃありませんか。なんにもないわ」

「だったら、戻るまえに食べてくればいい。いい加減にしなさい。何をやってもきみは大騒ぎしたがるんだから」

「わかりました」とミセス・フォスターは言った。「すみません。こっちでサンドウィッチでも食べて帰ります」

外に出ると、霧は少し晴れてきていたが、それでもタクシーはゆっくりと時間をかけて走り、ミセス・フォスターが東六十二丁目の家に着いた頃には、かなり遅い時間になっていた。

彼女が家にはいる音を聞きつけ、ミスター・フォスターは書斎から出てくると、書斎の戸口に立って言った。「それで、パリはどうだった？」

「明日の午前十一時に発つことになったわ」とミセス・フォスターは言った。「それはもうまちがいありません」

「霧が晴れれば、ということだな」

「だんだん晴れてきてます。風も出てきたし」

「疲れてるようだね。今日一日そりゃやきもきしたことだろう」

「あまり快適な一日ではなかったわね。すぐ寝ます」

「明日の朝、車が来るよう手配しておいた」と彼は言った。「九時に」

「あら、ありがとう、あなた。明日はもうわざわざ見送りに来てくださらなくても結構ですからね」

「ああ」ミスター・フォスターはおもむろに言った。「行かないよ。でも、一緒に乗っていって、途中クラブで降ろしてもらっちゃいかんという法はない」

ミセス・フォスターは夫を見た。その瞬間、夫が遠く離れて立っているように思えた。なんらかの境界線の先に。急にとても小さく遠く見え、彼のしていることも考えていることもわからなくなった。いったい夫がどういう人間なのかさえ。

「クラブはダウンタウンでしょ」と彼女は言った。「空港に行く途中じゃないわ」

「でも、きみには時間がたっぷりあるじゃないか。私をクラブで降ろすのが嫌なのかね？」

「あら、そんなことはありませんけど――もちろん」

「よろしい。では、明日の朝九時に」

　ミセス・フォスターは二階の寝室に上がった。その日はもうくたくただったので、横になったとたんもう眠っていた。

　翌朝は早起きをして、八時半にはもう一階に降りていた。出かける準備もすっかり整っていた。

　九時少しすぎ、夫が姿を現わして言った。「コーヒーはいれたかな？」

「いいえ、あなた。クラブでおいしい朝食をおとりになると思って。車はもう来ています。ずっと待ってます。わたしはいつでも出発できるわ」

　ふたりは玄関広間に立っていた――ふたりは近頃しょっちゅう玄関広間で会っているようだった――ミセス・フォスターは帽子をかぶり、コートを羽織り、ハンドバッグももう持っていた。夫は襟の位置が高く、細身で体にぴたりと合った、変わった仕立ての上着――エドワーディアン・ジャケット――を着ていた。

「荷物は？」

「空港よ」

「ああ、そうだったな」と彼は言った。「もちろん。だけど、クラブまで私を乗せていってくれるのなら、そろそろ出発したほうがいいんじゃないか？」

「そのとおりよ！」彼女は叫んだ。「そのとおりですとも――お願いします！」

「ちょっと葉巻を何本か取ってくる。すぐに戻るから、車に乗っていてくれ」

ミセス・フォスターはくるりと体の向きを変えると、立って待っている運転手のところまで歩いた。彼女が近づくと、運転手は車のドアを開けた。

「今、何時かしら？」と彼女は運転手に尋ねた。

「だいたい九時十五分ですね」

ミスター・フォスターはその五分後に現われた。夫がのんびりと階段を降りるのを見てミセス・フォスターは気づいた。あんなストーヴの煙突のような細身のズボンを穿いていると、彼の脚はまるでヤギの脚みたいだ。前日同様、ミスター・フォスターは階段の途中で立ち止まると、空気のにおいを嗅ぎ、空模様を確かめた。すっかり晴れているわけではまだなかったが、靄越しに陽射しが射していた。

「たぶん今日は大丈夫なんじゃないかな」そう言って、ミスター・フォスターは彼女の横に坐った。

「急いで、お願い」とミセス・フォスターは運転手に言った。「膝掛けはもういいから。自分で掛けますから。すぐ出して。もう遅れてるの」

運転手は運転席に戻ると、エンジンをかけた。

「ちょっと待った！」だしぬけにミスター・フォスターが声をあげた。「きみ、きみ、少し待ってくれ」

「なんなの、あなた？」ミセス・フォスターが見ると、彼はコートのポケットを探っていた。

「ちょっとしたプレゼントがあるんだ。エレンに渡してほしい」とミスター・フォスターは言った。「さて、いったいどこにいったか？　階上《うえ》から降りてきたときには、確かに手に持っていたんだが」

「あなたは何も持ってなかったわよ。どんなプレゼント？」

「白い包装紙の小さな箱だ。昨日おまえに預けるのを忘れたんだ。今日は忘れるわけにはいかない」

「小さな箱！」とミセス・フォスターは叫んだ。「そんな小さな箱なんて見なかったけど」

彼女は気も狂わんばかりに後部座席を探しはじめた。

彼女の夫は、コートの全部のポケットを探った。それからコートのボタンをはずすと、ジャケットのあちこちを触って調べた。「まいったな。きっと寝室に忘れてきたんだ。すぐ戻るから待っていてくれ」

「あなた、お願い！」彼女は叫んだ。「もう時間がないのよ！　お願いですから、どうか今はあきらめて！　あとで郵送できるでしょうが。どうせまたつまらない櫛なんでしょ？　あなたがあの子に贈るのはいつだって櫛なんだから」

「それじゃ訊かせてもらうが、櫛のどこが悪いんだ？」と夫は珍しくわれを忘れたのにちがいない妻に激怒して言った。彼女にしてもたまにはそういうことがあって当然なのに。

「どこも悪くないわ、もちろん。でも……」

「ここで待っていてくれ！」と夫は命じた。「取ってくる」

「急いでくださいね、あなた！　ああ、お願い、急いで！」

彼女はじっと座席に坐り、待って、待って、待った。

「運転手さん、今何時かしら？」

運転手は腕時計を見て答えた。「九時半ちょっとまえです」

「空港まで一時間で着くと思う？」

「どうにか着くと思います」

そのとき、ミセス・フォスターの眼にふと何か白いものの角が映った。さっきまで夫が坐っていた横の座席の隙間にはさまっていた。彼女は手を伸ばして、包装紙に包まれたその小さな箱を引き抜いた。同時に、箱が座席の隙間に深くしっかりとはさみ込まれていることに気づかないわけにはいかなかった。まるで誰かがわざと手で押し込んだかのようだった。

「あった！」と彼女は声をあげた。「見つけたわ！　まあ、大変、あの人ったらこれを探して永遠に階上《うえ》にいることになるわ！　運転手さん、急いで――中に行ってあの人を呼んできてくださいな。お願い」

ハイヤーの運転手は、アイルランド人の反抗的な小さな口をした男で、夫妻のやりとりをあまり好意的には聞いていなかったが、それでも車から降りると玄関まで階段を上がった。が、また引き返してきて言った。「ドアに鍵がかかってます。鍵をお持ちですか？」

「ええ――ちょっと待って」ミセス・フォスターは必死になってハンドバッグの中を探した。その小さな顔を不安にきつくゆがめ、唇をティーポットの注ぎ口のようにとがらせて。

「はい、これ！　いえ、いいわ――わたしが行きます。そのほうが早いもの。わたしならあの人のいそうな場所がわかるから」

彼女は鍵を片手に持って急いで車から降りると、玄関まで階段を駆け上がり、鍵を鍵穴に挿してまわしかけた――そこで手が止まった。顔を起こすと、全身の動きを完璧に止めた。急いで鍵を開けて急いで家の中にはいろうとしている最中に動きを止めて、待った――五秒、六、七、八、九、十秒、待った。そこに突っ立っているその恰好――顔を起こし、全身を緊張させている恰好――を見るかぎり、彼女は今しがた家の中の遠く離れた場所から聞こえてきた音が繰り返されるのを待って、耳をすましているかのようだった。

そう――彼女が耳をすましているのは明らかだった。彼女の全身が耳をすましていると告げていた。実際、片方の耳を徐々にドアに近づけたようで、今でははっきりと耳をドアに押しあてていた。さらに数秒のあいだ、彼女はその姿勢を保った。顔を起こし、耳をドアに押しあて、手は鍵穴に挿した鍵から離さず、今まさに家にはいろうとしていながら、かわりに家の奥からかすかに聞こえてくる音に耳をそばだて、その音を分析しようとしていた。少なくとも、そんなふうに見えた。

そこで突然、彼女に動きが戻った。ドアから鍵を抜くと、階段を駆け降りた。

「もう遅すぎる！」と彼女は運転手に向かって叫んだ。「あの人を待ってなんかいられない。絶対に無理。飛行機に乗り遅れてしまう。さあ、急いで、運転手さん、早く！　空港まで！」

彼女をもっとよく見ていたら、運転手も気づいたかもしれない。そのときの彼女の顔には血の気がまったくなかった。同時に、表情も一変していた。柔和なところももうトロいところもなくなっていた。かわりに奇妙な厳しさが加わっていた。いつもはあまりしまりのない小さな口も今は唇が薄くなるほどきつく閉じられ、眼はきらきらと輝いていた。口を利くと、声にもなにやら威厳を感じさせる新たな響きがあった。

「早くして、運転手さん、急ぐのよ！」

「ご主人も一緒に旅行するんじゃないんですか？」と運転手は意外そうに言った。

「もちろんちがいます！　途中、クラブで降ろすことになってただけよ。でも、大した問題じゃない。あの人もわかってくれるでしょう。タクシーでも呼ぶでしょう。さあ、のんびり話なんかしてないで。早く出しなさい！　パリ行きの飛行機に乗らなくちゃならないのよ、わたしは！」

ミセス・フォスターは後部座席から運転手を急かしつづけた。運転手は空港までずっとスピードをゆるめなかった。おかげで彼女は数分の余裕を残して飛行機に間に合い、そのしばらくのちには、ついにパリをめざして大西洋のはるか上空にいた。座席の背もたれを快適な角度に傾け、エンジンのうなりを聞いていた。新たな彼女の雰囲気もまだ続いていた。彼女自身、驚くほど自分が強く感じられ、いくらか奇妙なところもあったが、すばらしい気分だった。同時にいささかどきどきもしていた。そうした思いはすべて、ほかのどんなことより自分がしたことに対する純然たる驚きから来るものだった。飛行機が東六十二丁目からもニューヨークからも遠ざかるにつれ、彼女は大いなるおだやかさに包まれ、パリに着いた頃には、実際、自ら望みうるかぎり、どこまでも強くて冷静でおだやかな女に変身していた。

初めて会った孫たちは、写真で見るよりも実物のほうがずっと可愛かった。まるで天使のよう――彼女は自分につぶやいた――なんて可愛い子たちなの。そんな孫と一緒に散歩をしたり、ケーキを食べさせたり、プレゼントを買い与えたり、愉しい話を聞かせたりという毎日が続いた。

週に一度、火曜日になると、夫宛てに手紙――おしゃべりな愉しい手紙――を書いた。ちょっと変わった出来事や噂話がたっぷり盛り込まれたその手紙は、毎回決まってこう締めくくられた――〈では、あなた、食事はきちんととってくださいね。わたしがそばにいないと、あなたはきちんととらなさそうで、それが心配だけれど〉。

六週間が過ぎると、彼女がアメリカに、夫のもとに、帰らなくてはならないことを誰もが残念がった。ただ、〝誰も〟というのは、本人を除いてということだが。意外なことに、彼女はさほど名残り惜しそうには見えなかった。そう見えて当然なのに。また、みんなにさよならのキスをしたときには、態度や彼女が口にすることばに、そう遠くない将来、また戻ってくる可能性のあることをにおわせる何かがあった。

しかし、夫に忠実な妻らしく、滞在期間を予定以上に延ばすようなことはしなかった。パリに来てからきっかり六週間後に夫に電報を打つと、ニューヨークに帰る飛行機に乗った。アイドルワイルド空港に着くと、迎えの車が来ていなかった。ミセス・フォスターはそのことに興味を持った。そのことをほんのちょっと愉しんだ、と言ってもいいかもしれない。と言って、少しも浮かれはしなかった。だから、荷物をタクシーまで運んでくれたポーターにチップをはずむようなこともなかった。

ニューヨークはパリより寒く、薄汚れた雪のかたまりが融けずに道路脇の排水溝に残っていた。六十二丁目の自宅のまえにタクシーが着くと、彼女は運転手に頼んで、ふたつの大きな旅行鞄を玄関前の階段の一番上まで運んでもらった。そうして料金を支払い、運転手を帰すと、呼び鈴を鳴らした。しばらく待ったが、応答がなかった。念のためもう一度鳴らしてみた。遠くで、家の奥の食器室で、呼び鈴が耳ざわりな甲高い音を立てているのが聞こえた。それでも誰も出てこなかった。

彼女は自分の鍵を取り出して、自分で玄関のドアを開けた。

家にはいってまず眼に飛び込んできたのは、床に落ちている郵便物の山だった。郵便受けからすべり落ちたところに溜まっていた。家の中は暗く、寒かった。埃よけの布が大きな振り子時計に掛けられたままになっていた。寒いのに空気は妙にむっと淀んでいて、あたりには、それまで彼女が嗅いだことのない奇妙なにおいがかすかに漂っていた。

玄関広間を足早に突っ切って奥まで進み、左手の角を曲がったところでいっとき彼女の姿が見えなくなった。その彼女の動きにはなにやら意図的で断固としたところがあった。噂の真相探りか、あるいは疑惑の確認に向かう女の風情をかもしていた。そして、数秒後に戻ってきたときには、その顔に満足げな表情がうっすらと浮かんでいた。

玄関広間の真ん中まで戻ったところで、彼女は立ち止まった。次はどうしたものかと思案するかのように。そこで急に振り返ると、夫の書斎にはいり、机の上に夫の住所録を見つけてとくと調べた。それから電話の受話器を取り上げ、ある番号をまわした。

「もしもし——あの——こちらは東六十二丁目九番地の……ええ、そうです。なるべく早く誰か寄越してくださらないかしら。できます？　ええ、二階と三階のあいだで止まってしまってるみたいなの。少なくとも、表示盤の針はそのあたりを指してるわ……すぐに来ていただける？　まあ、それはとても助かるわ。ご存知と思うけれど、わたしは脚がそんなに丈夫じゃないんで、階段をたくさんのぼるのはとてもとても。ほんとうにありがとう。では、よろしく」

彼女は受話器を置くと、夫の机のまえの椅子に腰をおろした。そして待った。エレヴェーターの修理工がもうすぐやってくるのを、のんびりと待った。

牧師の愉しみ
Parson's Pleasure

ミスター・ボギスはシートにゆったりと背を預け、開けた窓に片肘をのせ、のんびりと車を走らせながら思った。田舎のなんと美しいことか。ふたたび巡りくる夏の兆しをひとつふたつ目にすることのなんと愉しいことか。とりわけサクラソウ。それにサンザシ。生け垣のサンザシが白や赤やピンクの花を一斉に咲かせていた。サクラソウはその下に固まって咲いている。それがなんとも美しい。

彼は片手をハンドルから離して煙草に火をつけると、胸につぶやいた。まずブリル・ヒルのてっぺんをめざすのが賢明だろう。そのてっぺんは半マイルほど先に見えていた。きっとあれがブリルの村だ。丘のちょうどてっぺんの木立に囲まれた集落。すばらしい。彼が区分けした場所の中で、日曜日のこの仕事を始めるのに、ああいったほどよい高台のあるところはそう多くはなかった。

丘をのぼり、てっぺんにほど近い村はずれに車を停めると、外に出て、あたりを見まわした。下に眼をやると、田園風景が巨大な緑の絨毯のように広がっており、何マイルも先まで見渡すことができた。申し分なかった。手帳と鉛筆をポケットから取り出すと、車にもたれて、熟練した眼を遠くの景色に向けてゆっくりとさまよわせた。

まず中くらいの大きさの農家が眼にはいった。右手の農地の奥にあり、道路から母屋まで小径が這っていた。その先にはそれより大きな農家もあった。クウィーン・アン様式と思われる家が一軒、背の高い楡の木立に囲まれて建っていた。さらに有望そうな家が左手に二軒。全部で五軒。その方角ではだいたいそんなものだった。

ミスター・ボギスは、丘からおりてもその五軒の農家を簡単に見つけられるよう、それぞれの位置を示す略図を手帳に描くと、車に乗り、村を通り抜け、丘の反対側にまわった。そこからだと、見込みのありそうな家がさらに六軒——五軒の農家とジョージアン様式の白亜の館——が見えた。彼はまず双眼鏡でそのジョージアン様式の屋敷を観察した。小ぎれいないかにも裕福そうな屋敷で、庭も手入れが行き届いている。残念ながら。彼は見るなりその屋敷は除外した。裕福な家を訪ねても意味がない。

となると、このセクションのこの一帯に見込みのありそうな家は全部で十軒。十というのは悪くない数だ、と彼は思った。午後からのんびりと仕事をするにはちょうどいい軒数だ。今は——十二時。仕事を始めるまえにまずパブでビールを一パイント引っかけたいところだが、日曜日のパブは一時にならないと開店しない。よかろう。仕事のあとで飲むことにしよう。彼は手帳に書いたメモを見やり、楡の木立に囲まれたクウィーン・アン様式の家から始めることにした。双眼鏡で見たかぎりでは、いい具合に荒れ果てていた。おそらく住人は幾許かの金で納得するだろう。クウィーン・アン様式の家とはいつも相性がよかった。彼はまた車に乗り込むと、サイドブレーキをはずし、エンジンをかけずに丘をゆっくりとくだった。

変装して牧師の恰好をしているという事実を別にすると、ミスター・シリル・ボギスについて言えるのは、悪人ではないということだ。本業は骨董家具の販売で、チェルシーのキングス・ロードにショールームのある店を構えていた。店自体は広くもなく、取引きの数も多くはないのだが、それでも常に安く、それもうんと安く買い叩き、それをとんでもない高値で売っているので、毎年そこそこの収益を確実にあげていた。実際、彼は有能な商売人だった。家具を買うにしろ売るにしろ、相手によって自分の態度をその都度最もふさわしいものに変えることができるのだ。年配者には謹厳で社交的に、金持ちには屈従的に、信心深い相手には生真面目に、小心者には居丈高に、未亡人には思わせぶりに、オールドミスにはふざけながら強引に、といった具合に。その天賦の才については彼自身よくわかっており、ことあるごとに臆面もなく発揮した。そして、並みはずれた名演技を終えたときには、なんとか自分を抑えはするものの、あたかも劇場じゅうに鳴り響く割れんばかりの観客の拍手喝采に応えるかのように、横を向いてお辞儀を一度か二度したくなることもしばしばだった。

このようにいささか道化じみたところはあったが、ミスター・ボギスは馬鹿ではなかった。それどころか、フランス、イギリス、イタリアの家具に関する知識で彼の右に出る者はロンドンにはいないと言う者さえいるほどだった。すばらしい審美眼を持ち、たとえその家具が本物でも、品格に欠ける意匠があると即座に見抜き、撥ねつけた。そんな彼が愛してやまないのが十八世紀のイギリスの偉大なデザイナーたちの作品だった。言うまでもない。インス、メイヒュー、チッペンデール、ロバート・アダム、マンワリング、イニゴー・ジョーンズ、ヘップルホワイト、ケント、ジョンソン、ジョージ・スミス、ロック、シェラトン。ほかにもいるが、彼はそうしたデザイナーたちの作品にさえしばしば一線を引いた。たとえばチッペンデールでも、中国趣味やゴシック様式を取り入れた時代のものは、一点たりとも自分のショールームに持ち込んだことがなく、同じことがロバート・アダムの重々しいイタリア風デザインのいくつかについても言えた。

ここ数年は、珍しいもの、それもめったにない掘り出し物を驚くほど定期的に見つけ出しており、その彼の手腕は商売仲間のあいだでかなり評判になっていた。彼にはほとんど無尽蔵にお宝が出てくる供給源、個人が所有する蔵のようなものがあり、週に一度車でそこに出向き、そこから勝手に取ってきているだけなのではないか。そんなふうに見えるほどだった。いったいどこで手に入れるのかと尋ねられると、彼は心得顔で笑みを浮かべ、片眼をつぶり、ささやかな秘密というのはどうのこうのとぼそぼそ言うのだった。

が、ミスター・ボギスが小さな秘密を持つことになった思いつきはいかにも単純なものだった。九年近くまえのある日曜日の午後のこと、田舎を車で走っていたときにたまたま起こった出来事からふと閃《ひらめ》いたのだ。

その日曜日の朝、彼はセヴンオークスで暮らす年老いた母に会いに出かけたのだが、その帰り道でのことだ。車のファンベルトが切れ、そのせいでエンジンがオーヴァーヒートし、冷却水がすっかり蒸発してしまったのだ。彼は車を降りると、一番近い家——道路から五十ヤードほど離れたところに建っていた、こぢんまりとした農家——まで歩くと、戸口に出てきた女に水差しに一杯、水をもらえないかと頼んだ。

女が水を汲んでくるのを待つあいだ、なんの気なしに戸口から居間をちらりと見ると、そこに、彼の立っているところから五ヤードも離れていないところに、あるものがあった。彼は頭のてっぺんからどっと汗が噴き出るほど興奮した。オーク材の大きな肘掛け椅子。これまでの人生で一度しか見たことのないタイプだった。背もたれも肘掛けも一列に並んだ八本の美しい紡錘形の小柱で支えられ、背板にはこの上なく繊細な花模様の象嵌細工《ぞうがんざいく》が施されていた。両方の肘掛けの先にはカモの頭部が彫刻されており、その彫刻は肘掛けの半分のところにまで及んでいた。なんてこった、と彼は思った。これは十五世紀後半のものだ！

戸口からさらに顔を突き出した。すると、なんとなんと。暖炉をはさんだ反対側にさらにもう一脚あるではないか！

はっきりとは言えないが、あの手の椅子ならロンドンではどんなに安く見積もっても、二脚で千ポンド以上になることはまちがいない。それにしても、ああ、なんと美しいことか！

女が戻ってくるなり、ミスター・ボギスは自己紹介をして、椅子を売ってもらえないかと尋ねた。

おやまあ、と女は言った。でも、いったいどうしてわたしはあなたに椅子を売らなくちゃならないんです？

そりゃ理由はありません。でも、売っていただけるなら、喜んで、いい値段をつけさせてもらいます。

それってどれぐらいの値のこと？　あの椅子はもちろん売りものじゃないけど。だからただの好奇心よ。ちょっと面白そうだから訊くだけだけど。いくらぐらいの値をつけるつもりなの？

三十五ポンド。

いくらですって？

三十五ポンド。

おやまあ、三十五ポンド。それはそれは、それはとっても興味深いわねえ。まえから値打ちがあるとは思ってたのよ。とっても古いものですからねえ。それに坐り心地がすごくいいの。あの椅子なしには暮らせないわ、まず無理よ。いいえ、売るつもりはないの。でも、ありがとう。

実際にはそれほど古いものではありません、とミスター・ボギスは彼女に言った。それに、ああいうものはそう簡単には売れない。でも、たまたまああいった感じの椅子を欲しがっているお客さんがいるんですよ。だからあと二ポンドぐらいなら出せます――三十七ポンドということで。それならどうです？

ミスター・ボギズは三十分ほど交渉し、最後にはもちろん椅子を手に入れた。相場の二十分の一に満たない額を支払うことで話がついたのだ。

その日の夕方、古いステーションワゴンの荷台に、夢のような椅子二脚をきちんと積み込んでロンドンに戻る道すがらのことだ。ミスター・ボギスの頭に突然、なんともすばらしい考えが浮かんだのは。

おい、いいか、と彼は自分に言い聞かせた。一軒の農家にこれだけのいい品物が眠っているなら、ほかの家はどうだ？　探してなぜ悪い？　田舎を限なく探してなぜ悪い？　日曜日にやればいい。それなら仕事にまったく支障は出ない。ミスター・ボギスはこれまでずっと日曜日を持て余してきた男だった。

で、地図——ロンドン周辺の州がすべて載っている縮尺の大きな地図——を買いそろえ、細字用のペンで縦横に線を引いて、それぞれの州をいくつもの区画に分けた。ひとつの升目が実際には五マイル四方で、彼の見積もりでは、日曜日一日で限なく探そうと思ったら、だいたいそれがいいところだった。町や村はどうでもよかった。彼が求めているのはどちらかと言えばまわりから孤立していて、大きな農家やいささか荒廃した屋敷のあるところだった。この方法で日曜日ごとに一区画ずつこなしていけば、一年で五十二区画になり、いずれはロンドン周辺の州にある農場や屋敷をすべてカヴァーできるはずだった。

とはいえ、もちろんことはそう単純ではない。田舎の住人というのは疑り深いものだ。落ちぶれた金持ちもまたしかり。家の中をあちこち見せてもらえることを期待して、彼らの家の呼び鈴をせっせと鳴らしてまわっても、ただ頼んだだけではどうにもならない。彼らが許可してくれるわけがないのだから。そんなやり方では玄関から先へは決して行き着けない。だったら、招じ入れてもらうにはどうしたらいいか。彼は思った――自分がディーラーであることを明かさないのが一番だ。電話局の技師とか、配管工とか、ガスの検針員のふりをしたらいい。それとも、いっそ聖職者の……。

この瞬間から計画全体がより現実味を帯びはじめた。ミスター・ボギスは上等な名刺を大量に注文した。それには次のように浮き出し印刷された文字が躍っていた――

牧師　シリル・ウィニングトン・ボギス
稀少家具保存協会会長
ヴィクトリア&アルバート博物館協力団体

彼は思った――これから自分は日曜ごとに牧師になるのだ。〝協会〟のため、奉仕活動に休日を費やして地域をまわり、イングランドの田舎の家々に眠る宝の目録作成にいそしむあっぱれな老牧師に。そんな話を聞かされて、追い返そうとする者などいるだろうか？　いやしない。

ひとたび家の中に通され、心底欲しいものが見つかったら――打つ手はいくらでもある。この作戦はミスター・ボギスにしても意外なほどうまくいった。田舎の家を訪れるとどこでも歓待され、むしろ初めのうちは彼にしたところがいささか決まり悪いほどだった。コールドパイやポートワインやお茶やプラム、さらには家族がそろってテーブルを囲む日曜日の昼食まで無理やり勧められるのだ。それもしょっちゅう。そうなると、当然のことながら遅かれ早かれ、うまくいかなくなったり、不愉快な出来事が生じたりするものだ。しかし、九年ということは日曜日が四百回以上もあるのである。訪ねた家の数はそれはもう膨大なものになる。だから、全体としては面白くて、刺激的で、儲かる仕事と言えた。

そんな新たな日曜日、ミスター・ボギスが今回赴いたのは、彼の地図のほぼ最北辺に位置する、オックスフォードから十マイルばかり離れたバッキンガムシャーの田舎だった。最初の訪問先に選んだ荒廃したクウィーン・アン様式の家に向かって丘をくだりながら、彼は予感めいたものを覚えていた。今日は運のいい日になりそうだ。

門から百ヤードほど手前に車を停めて降りると、そこからは歩いた。取引きがまとまらないうちに相手に車を見られたくはなかった。お爺さん牧師と大型のステーションワゴンというのはどうにもしっくりこない気がする。それに、少し歩けば、近くで建物を外から観察して、その場にふさわしい雰囲気を装う心の準備ができる。

敷地内の私道を足早に進んだ。彼は脚が太く、腹の突き出た小男で、丸くて血色のいい顔は役柄にぴったりで、そのバラ色の顔から飛び出た茶色のどんぐり眼《まなこ》は篤実で愚かな印象を人に与えた。黒のスーツに首のまわりには牧師にお決まりの立ちカラーという恰好で、頭には黒のソフト帽をかぶっていた。オーク材の古いステッキを持っていたが、彼の考えによれば、それでいささか田舎じみてのんびりとした風情が添えられているはずだった。

玄関まで歩いてベルを鳴らした。玄関ホールに足音がして、ドアが開いたかと思うと眼のまえに――というより眼の上に――乗馬ズボン姿の大女がぬっと立っていた。手にした煙草の煙を通してさえ、女の体にまとわりついた馬小屋と馬糞の強烈なにおいが鼻をついた。

「何か?」と疑わしげにミスター・ボギスを見ながら女が言った。「なんのご用?」

女が今にもいななきはじめるのではないかと半ば思いながら、ミスター・ボギスは帽子を掲げ、軽く頭を下げると名刺を手渡した。「突然お邪魔してすみません」そう言い、名刺に書かれた内容を読み取る女の表情を観察して待った。

「わからないわね」と女は名刺を突き返して言った。「なんのご用なの?」

ミスター・ボギスは稀少家具保存協会について説明した。

「それってまさか労働党となんか関係あるんじゃないでしょうね?」色の薄いもじゃもじゃ眉の下からきっと睨んで女は言った。

そこからは簡単だった。乗馬ズボン着用の保守派《トーリー》は、男であれ女であれ、ミスター・ボギスにとっては常にいいカモだった。彼は二分を費やして保守党の最右翼を熱烈に称賛し、さらに二分かけて労働党をこきおろした。最後に駄目押しに、かつて労働党が提出した法案――国内でおこなわれるブラッドスポーツ(動物を傷つけたり、殺したりするスポーツ)を禁じる――に言及した上で、自分の思い描く天国像についてまで話した――そこでは(でも、主教さまには内緒ですよ、あなた)疲れを知らぬ猟犬の群れを引き連れてキツネでもシカでもノウサギでも狩りたいだけ狩りができるんです、毎日、朝から晩まで、日曜日も含めて。

話しながら女を見ていると、魔法が利きはじめるのがわかった。女は今では笑みを浮かべて、わずかに黄色がかったとてつもなく大きな歯をミスター・ボギスに見せていた。「奥さん」と彼は大声で言った。「お願いですから、労働党の政策についてなんか私に一席ぶたせないでくださいよ」それを聞いて女はげらげらと笑いだすと、大きな赤味がかった手を振り上げ、ミスター・ボギスが倒れそうになるほど強く肩を叩いた。

「どうぞはいって！　なんの用だか知らないけど、さあ、はいって！」

残念なことに、そしていささか意外なことに、家の中には値打ちのあるものは何もなかった。ミスター・ボギスは利益を生まない場所では決して時間を無駄にしない。すぐに口実をつくって暇《いとま》を告げた。その家には十五分もいなかった。運転席に乗り込み、次の場所に向けて車を出しながら彼は思った。十五分で充分だ。

そこからもすべて農家だった。一番近い家までは半マイルばかり。大いに時代を感じさせる木骨レンガ造りの建物で、まだ花を咲かせた堂々たるナシの木が南側の壁のほぼ全面を覆っていた。

ドアをノックして待った。誰も現われなかった。もう一度ノックしたが、それでも応答がなかったので、今度は家の裏手にまわり、牛小屋のあたりに家主の姿を探してみた。そこにも誰もいなかった。まだみんな教会にいるのだろうと思い、窓から家の中をのぞき込んで、興味を惹かれるものがないか調べた。ダイニングルームには何もなかった。書斎にも眼につくものはなかった。次の窓——居間の窓ものぞいた。そこにはすばらしいものがあった。ちょうど彼の鼻の下、小さなアルコーヴに。それは豪華な化粧張りが施されたマホガニーの半円形のカードテーブルで、一七八〇年頃につくられたヘップルホワイトの家具だった。

「ほほう」とミスター・ボギスは窓ガラスに顔を強く押しつけたまま声に出して言った。

「でかしたぞ、ボギス」

そこにあるのはそれだけではなかった。椅子――ひとり掛けの椅子もあった。彼の見立てにまちがいがなければ、テーブルよりさらに上等な家具だ。あれもヘップルホワイトではないだろうか。ミスター・ボギスはそう思った。ああ、なんという美しさ！　背もたれの格子にはスイカズラの花ともみ殻の彫刻、それに円形の浮き彫り装飾が精巧に施されており、座面の籐編み細工は独特で、丸く削られた脚はどこまでも優美だった。さらに、眼を惹くのはあの外向きに広がった特徴的なうしろの二本の脚。実に見事な椅子だ。「今日のうちに」とミスター・ボギスは低くつぶやいた。「あのすばらしい椅子の坐り心地が堪能できるとは」実際に坐ってみないで椅子を買ったことは一度もなかった。それは彼のお気に入りのテストで、椅子にそっと腰をおろして〝たわみ〟を感じ取り、年月が木材の蟻継ぎにもたらすごくわずかな収縮の度合いをプロとして正確に測る。そんな彼の姿はいつ見ても興味深いものだ。

しかし、急ぐことはない、と彼は自分につぶやいた。ここにはあとで戻ってこよう。時間なら午後ずっとあるのだから。

次の農場は草地をいくらか奥にはいったところにあった。人に見られないよう車は道路に停めたままにした。そのため、母屋の裏庭に続くまっすぐな小径を六百ヤードほど歩かなければならなかった。近づくうちに、その家がさっきの家よりかなり小さいことがわかり、今度はさほど期待を持たなかった。建物は歪み、薄汚く、納屋のいくつかは明らかに修理を必要としていた。

裏庭の隅に三人の男が寄り集まって立っていた。その中のひとりが大きな黒いグレイハウンドを二匹、ひもにつないで連れていた。牧師のカラーをつけた黒服姿のミスター・ボギスが歩いてくるのに気づくと、男たちは話すのをやめた。急に体をこわばらせ、硬直したように見えた。ぴたりと動きを止め、そのまま動かなくなった。一様に顔をミスター・ボギスに向け、近づいてくる訪問者を疑わしげに見ていた。

三人のうち一番年嵩の男はずんぐりした体型で、カエルのような幅の広い口とずるそうな小さな眼をしていた。ミスター・ボギスは知らなかったが、その男の名前はラミンズで、この農場の経営者だった。

彼の隣りに立っている、片眼がどこかおかしい背の高い若者はバートといい、ラミンズの息子だった。

皺のある狭い額に平たい顔をした、肩幅がやけに広い小男がクロードで、豚の肉かハムを目当てにラミンズの家に立ち寄ったのだった。ラミンズが昨日豚を殺したことはわかっていた。豚があげた鳴き声が農地を越えて聞こえてきたのだ。クロードにはその手のことをするには政府の許可が必要なこともわかっていた。さらにラミンズがその許可を得ていないことも。

「こんにちは」とミスター・ボギスは声をかけた。「いいお天気ですね」

男たちは誰も反応しなかった。このとき三人はまったく同じことを考えていた。この牧師はどう見ても地元の人間ではない。おれたちのことをあれこれ嗅ぎまわって、つかんだ事実を報告するよう役所から遣わされたのにちがいない、と。

「実に美しい犬ですね」とミスター・ボギスは言った。「グレイハウンドのレースには一度も行ったことがないんですが――そのことは言っておかなきゃなりませんが――でも、すばらしい競技だということは聞いています」

またもや沈黙。ミスター・ボギスは、ラミンズからバート、さらにクロードへとすばやく視線を走らせ、それからまたラミンズに視線を戻して、三人が一様に独特の表情を浮かべているのに気づいた。嘲りと拒絶の中間のような。人を小馬鹿にしたように口を曲げ、鼻のあたりに冷笑を浮かべていた。

「こちらのご主人でしょうか?」とミスター・ボギスはひるむことなくラミンズに尋ねた。

「どういう用件なんだね?」

「せっかくの日曜日にほんとうに申しわけありません」

ミスター・ボギスが名刺を差し出すと、ラミンズはそれを受け取って顔に近づけた。あとのふたりはその場を動こうともしなかったが、名刺をのぞき込もうと眼だけ横に動かした。

「それでいったいどういう用件なんだね?」とラミンズは繰り返した。

ミスター・ボギスはその朝二度目の説明をした。稀少家具保存協会の趣旨と理念についてそこそこ詳しく話した。

「そんなものは家《うち》にはないよ」ミスター・ボギスの説明が終わると、ラミンズは言った。

「無駄足だったね」

「まあ、ちょっとお待ちください」とミスター・ボギスは人差し指を立てて言った。「このまえも同じことを言った人がいました。サセックスの農家のお年寄りです。それでも、結局のところ、家の中に入れてもらえましてね。そこで私が何を見つけたと思います？　キッチンの片隅に置かれていた見るからに薄汚れた古い椅子です。それがなんと、四百ポンドもの値打ちのある椅子だったんです！　私は売却方法を教えてあげました。で、そのお年寄りはその金で新しいトラクターを買いました」

「いったい何を言ってるんだい？」とクロードが横から言った。「四百ポンドもする椅子なんてこの世にあるわけないよ」

「おことばですが」とミスター・ボギスは取りすました口調で言った。「その額の倍以上の値がつく椅子がイギリスにはごろごろしています。そういう椅子がどこにあるかわかりますか？　国じゅうの農家や田舎家に人知れずしまい込まれてるんです。でもって、持ち主はそれを踏み台か脚立がわりにして、食器戸棚の一番上のジャムの瓶に手を伸ばしたり、絵を壁に掛けたりするときに、靴底に鋲のある半長靴でそれに乗っかってるというわけです。私は嘘なんか言ってません、みなさん、これはほんとうのことです」

ラミンズが落ち着かなげに体を揺らして言った。「つまり、あんたは家の中にはいって、部屋の真ん中に突っ立って、家の中を見まわしたいって言ってるんだね？　それだけなんだね？」

「そのとおりです！」とミスター・ボギスは言った。ここにきてやっとミスター・ボギスにも彼らが何を気にしているのかわかりはじめた。「食器戸棚や食料貯蔵室の中をのぞかせてほしいんじゃありません。ただ、家具を拝見させてもらって、こちらのお宅に思いがけないお宝が眠っていないかどうかを確かめたいだけです。もし見つかれば、協会の機関誌にそのことを書けますからね」

「おれが何を考えてるかわかるかい？」とラミンズはその狡猾そうな小さな眼でじっとミスター・ボギスを見すえて言った。「あんたはその掘り出しものを自分で買おうと思ってるんじゃないのかい。そうでもなきゃ、どうしてこんな面倒なことをする？」

「これはこれは。私にお金があればねえ。もちろん、ものすごく気に入ったものに出くわしたら、そしてそれが私にも払えるような額のものなら、もしかしたら売ってほしいと持ちかけたくなるかもしれません。でも、まあ、そんなことはめったにないですね」

「よかろう」とラミンズは言った。「あんたの目的がそういうことなら、家の中を見てまわってもらってもなんの害もなさそうだ」そう言って、ラミンズは先に立って敷地を横切り、母屋の裏口へ向かった。ミスター・ボギスもあとに続いた。息子のバートとクロードも二匹の犬と一緒についてきた。まずキッチンを通った。そこにあった家具はマツ材の安っぽいテーブルひとつきりで、その上には絞めた鶏が置かれていた。そんなキッチンを抜けると、汚れ放題のかなり広い居間に出た。

　そこにあった！　ミスター・ボギスはすぐさまそれに気づくと、いきなり足を止め、驚きのあまり小さく息を呑んだ。それから、五秒、十秒、いや、少なくとも十五秒はその場に立ち尽くした。わが眼が信じられない、信じることさえ恐ろしいとでもいうかのように、呆けた顔で自分の眼のまえにあるものに見入った。そんな、まさか、ありえない！　しかし、見れば見るほど本物に思えてくる。とにもかくにもそれはそこにあった。壁を背にして彼の真正面に鎮座していた。その屋敷と同じくらい確実な現実としてそこにあった。これほどの品を誰が見誤る？　確かに白いペンキで塗られてはいる。が、そんなことはまったくどうでもいいことだ。どこかの馬鹿があんなことをしたのだろうが、あんなペンキなど簡単に剝がせる。それにしても、なんとまあ！　ご覧《ろう》じあれ！　こんな場所にこんなものがあるとは！

　ここでミスター・ボギスは、ラミンズ、バート、そしてクロードの三人が暖炉のそばでひとかたまりになって、彼のほうをじっと見ているのに気づいた。いきなり足を止め、息を呑み、眼を見開いてしまったところを見られてしまったのだ。顔が紅潮するところも見られたにちがいない。いや、もしかしたら蒼白になっていたかもしれないが。いずれにしろ、そんなところを見られたからには、すぐに手を打たなければ何もかも台無しになってしまう。彼はすぐさま片手で左の胸を押さえると、一番近くの椅子によろよろとよろけ、深い息をしながらそこに倒れ込んだ。

「どうかしたのかい？」とクロードが尋ねた。

「いえ、なんでもありません」とミスター・ボギスは喘ぎながら答えた。「一分もすれば治まります。すみませんが、水を一杯いただけませんか。心臓のせいなんです」バートが持ってきて、ミスター・ボギスに渡した。そして、すぐ横に立って薄ぼんやりした眼を彼に向けた。

「さっきあんたは何かをじっと見てたね」とラミンズが言い、カエルのような幅広の口をさらに少し広げて、ずるそうににやりとした。折れた歯の根っこがいくつか剝き出しになった。

「いえ、いえ」とミスター・ボギスは言った。「とんでもない。ちがいます。心臓のせいなんです。すみません。時々こうなるんです。でも、すぐに治まります。二分もすれば、もうなんともなくなります」

考える時間が要る、と彼は胸につぶやいた。さらに大切なのは、すっかり心を落ち着けてから口を開けるよう時間を稼ぐことだ。ゆっくりやるんだ、ボギス。何をするにも冷静さを忘れないように。この男たちは無知かもしれないが、馬鹿ではない。疑り深い上に用心深く、そしてずる賢い。もしこれがほんとうに本物なら——いや、そんなわけがない。本物であるはずがない……。

彼は痛みをこらえるふりをして片手で両眼を覆っていたが、彼らに気づかれないように細心の注意を払って、二本の指のあいだにわずかな隙間をつくり、そこからのぞき見た。

もちろんそれは変わらずそこにあった。このときにはミスター・ボギスもその品をつぶさに観察した。やったぞ——最初の見立てにまちがいはなかった！　それについては一点の疑いもない！　まったくもって信じられない！

彼がその家で見つけたのは、専門家なら誰でも何をなげうってでも手に入れたいと思うような家具だった。素人の眼には取り立ててすばらしいものには見えないかもしれない。とりわけ汚らしい白いペンキを全体に塗られてしまっている今の状態では。しかし、ミスター・ボギスにとっては、それはまさに骨董商の夢だった。欧米の骨董商なら誰でも知っていることだが、現存する十八世紀のイギリス家具の中で最も有名で、骨董商の垂涎の的と言える品に、〈チッペンデールの飾り箪笥《コモード》〉として知られる三点の有名な家具がある。ミスター・ボギスはその箪笥《たんす》の骨董家具としての歴史も知っていた——最初の飾り箪笥は一九二〇年にモートン・イン・マーシュのとある家で発見され、同じ年にサザビーズのオークションで競りにかけられた。その一年後、あとの二点も同じオークション会場にその姿を見せる。どちらもノーフォーク州にある館《やかた》、レイナム・ホールで見つかったもので、最初の箪笥同様、そのふたつも桁はずれの高値で落札された。ミスター・ボギスは最初と二番目の飾り箪笥の正確な落札額ははっきり覚えていなかったが、三番目の箪笥の落札額が三千九百ギニーだったことはしかと覚えていた。それが一九二一年のことだ！　今の貨幣価値に換算すれば、まちがいなく一万ポンドはするだろう。名前は思い出せなかったが、つい最近、ある男がこれらの飾り箪笥に関する研究をおこない、三点すべてが同じ工房でつくられたことを証明していた。化粧板はすべて同じ丸太から切り出されており、構造を決める型もどれにも同じものが使われていたのだ。送り状はどの箪笥のものも見つからなかったのだが、あらゆる専門家の意見が、三点とも全盛期のトーマス・チッペンデール本人の手によるものにまちがいないということで一致していた。

お次がこれだ。ミスター・ボギスは指の隙間から注意深く眼を凝らし、心の中でつぶやきつづけた。これが四番目のチッペンデールの飾り箪笥だ！　それをこの私、ボギスが見つけたのだ！　これで私は大金持ちになる！　有名にもなるだろう！　三点の飾り箪笥は骨董の世界ではそれぞれ特別な名前で知られている──チャストルトンの飾り箪笥、レイナムの一番目の飾り箪笥、レイナムの二番目の飾り箪笥という名で。これはボギスの飾り箪笥として歴史に残るだろう！　明日の朝、これを見たときのロンドンの同業者たちの顔を想像してみろ！　ウェスト・エンドじゅうの大物たちから魅力的なオファーが舞い込んでくることだろう──フランク・パートリッジ、マレ、ジェットリー、さらにほかにも多くの大物から！《タイムズ》にはこの飾り箪笥の写真が載り、そこにはこう書かれる。〈実に見事な〝チッペンデールの飾り箪笥〟が先日、ロンドンの骨董商、ミスター・シリル・ボギスによって発見された……〉。ああ、神さま、これがいったいどれほどの話題をさらうことか！

それにしてもこれは──と彼は思った──レイナムの第二の飾り箪笥に瓜ふたつと言えるほどよく似ている。（チャストルトンの箪笥にしろ、レイナムのふたつの箪笥にしろ、三つとも些細な相違点はいくらもあった）。実に見事な出来映えだ。造りはチッペンデールのディレクトワール様式時代に見られるフレンチ・ロココ風で、どちらかと言えば大きくてどっしりしている。それを縦溝彫りのある湾曲した四本の脚が床から一フィートほどの高さに持ち上げている。引き出しは全部で六つ。中央に長い引き出しがふたつ、その両側に短い引き出しがそれぞれ二段あり、弓状に張り出した正面の飾りが実に壮麗で、上下左右のへりとさらに二段の引き出しのあいだにも、花綱や渦巻きや房飾りの精巧な彫刻が施されている。把っ手は真鍮製。白いペンキのせいで少々わかりにくいが、その把っ手も上質のものであるのは明らかだ。言うまでもなく、〝重い〟家具だが、この上なく優雅で洗練された意匠が凝らされているので、重さがまったく気にならない。

「気分はよくなったかな?」と誰かが尋ねる声が聞こえた。

「助かりました。ありがとう。もうずいぶんよくなりました。すぐに治まるんです。医者にも心配するなと言われてましてね。こんなときには二、三分休めばいいそうです。ええ、そうなんです」彼はゆっくりと立ち上がった。「もうよくなりました、大丈夫です」

そう言って、少しばかりふらつきながらも部屋の中を歩きはじめた。家具を一点ずつ吟味してはその都度、簡単に意見を述べた。一目見れば充分だった。飾り箪笥以外はどれもみながらくただった。

「このオークのテーブルは悪くないですね。でも、残念ながら、興味が湧くほどには古くありません。こっちはなかなか坐り心地のよさそうな椅子ですが、明らかに現代のものです。そう、明らかに現代のものですね。さてと、この食器戸棚は、まあ、なかなかいいものですが、これも値段はつかないでしょう。この飾り箪笥は」――そう言って、彼はさも関心がなさそうに件《くだん》のチッペンデールの飾り箪笥の脇を歩きながら、小馬鹿にしたように箪笥を指先で弾いた——「強いて言えば、数ポンドといったところでしょうか。それ以上は無理ですね。かなり出来の悪い模造品です、残念ながら。おそらくヴィクトリア時代のものでしょう。自分で白く塗ったんですか？」

「ああ」とラミンズが答えた。「バートが塗ったんだ」

「実に賢明な処置です。白くしてだいぶましになりましたね」

「だけど、そいつはすごく頑丈だ」とラミンズは言った。「いかした彫刻もしてあるし」

「機械で彫られたものです」とミスター・ボギスはこともなげに答えると、身を屈めてその卓越した職人技を確かめた。「一マイル先からでもわかります。それでも、それなりに可愛いところはある。それなりにね」

彼は簞笥から離れ、ぶらぶらと歩きかけた。が、すぐに足を止めると、ゆっくりとまた簞笥のほうに引き返した。そして、首を傾げ、指を一本立ててその指先を顎の先にあて、なにやら考え込むように眉をひそめた。

「ちょっといいですか？」と彼は簞笥を見ながら、語尾がはっきりとは聞き取れないさりげない口調で言った。「いや、今思い出したんですが……実は以前からこういう種類のテーブルの脚を一組欲しいと思ってたんです。拙宅にちょっと珍しいテーブルがありましてね。ソファのまえに置く背の低いコーヒー・テーブルみたいなやつなんですが、このまえの聖ミカエル祭の日に引っ越しをしたときに、まぬけな運送屋に見るも無惨に脚を傷つけられてしまったんです。私の大のお気に入りだったのに。いつもその上に大きな聖書を置いてるんです。

説教を書きとめたノートなんかも全部」

彼はそこでことばを切ると、顎を指で撫でながら続けた。「で、今ふと思ったわけです。おたくのこの飾り箪笥についている脚がぴったりじゃないかと。そう、まさに打ってつけだ。これなら簡単に切り離して、うちのテーブルにつけることができそうです」

振り向くと、三人の男たちは微動だにせず、突っ立って疑わしげに彼を見ていた。三人の眼はそれぞれ異なっていたが、どの眼も等しく不信感をあらわにしていた。豚みたいな小さなラミンズの眼も、クロードのどこかしらトロい大きな眼も、奇妙なバートの眼も。バートの片眼はきわめて妙な眼で、どんよりと靄がかかったように白く濁り、その真ん中に小さな黒い点があるさまは、皿に盛られた魚の眼を思わせた。

ミスター・ボギスはにっこり笑って首を振った。「いやはや、いったい私は何を言ってるんだか。まるで自分のもののように話してましたね。謝ります」

「あんたはつまりそいつを買いたいって言ってるんだね？」とラミンズが言った。

「そうですね……」ミスター・ボギスは飾り箪笥に目を戻すとまた眉をひそめた。「どうですかね。そう思ったんですが……でも、そう……改めて考えてみると……いや……やはり考えてみたらちょっと手がかかりすぎるかもしれない。そこまでの価値はないですね。やめておいたほうがよさそうです」

「いくらなら払ってもいいと思ったんだね？」とラミンズが尋ねた。

「大した額じゃありません、申しわけないけど。わかるでしょ、これは本物の骨董品じゃありませんから。ただの模造品ですから」

「そうとはかぎらないぞ」とラミンズは言った。「そいつはここに来てからでも二十年以上経ってるし、そのまえは地主《スクワイア》の屋敷《マナー・ハウス》にあったものだ。その地主が歳をとって亡くなったときの競売で、おれが自分で競り落としたんだよ。だから新しいわけがない」

「確かに新しいものではありません。それでも、六十年以上前のものではありません。それはまちがいありません」

「もっと古いさ」ラミンズは言った。「バート、おまえが引き出しの奥から見つけた紙切れはどこにある？　あの古い書きつけだ」

　息子はきょとんとした顔で父親を見た。

　ミスター・ボギスは口を開けかけた。が、ひとことも発さず、すぐに閉じた。興奮のあまり、体が実際に震えだした。気を静めようと窓のところまで歩き、まるまると太った茶色の雌鶏が庭に落ちたトウモロコシをついばむのを眺めた。

「引き出しの奥だ。ウサギ用の罠の下にあるはずだ」とラミンズは言っていた。「そいつを取り出して牧師さんに見せるんだ」

　バートが飾り箪笥に近づいたのに合わせて、ミスター・ボギスは振り向いた。バートを見ずにはいられなかった。バートが中段の大きな引き出しを引くのを見た。それが開いたときのなめらかさに気づかないわけにはいかなかった。ミスター・ボギスはバートが引き出しの中に手を入れ、大量の針金やらひもを引っ掻きまわすのも見た。

「これのこと？」バートは黄ばんだ紙片を取り出すと、父親のところまで持っていった。父親は折りたたまれたその紙片を広げて顔に近づけた。

「この書きつけがちっとも古くないなんぞとは言わせないぞ」ラミンズはそう言って、紙片をミスター・ボギスに差し出した。ミスター・ボギスは腕全体を震わせながら受け取った。紙片は今にも破れそうで、実際、ボギスの指のあいだでわずかに破れた。それには縦長で斜めに傾いた、カッパープレート書体でこう書かれていた。

エドワード・モンタギュー郷士殿　　売り主　トーマス・チッペンデール

すこぶる豊かな彫刻を施した、溝彫りの脚付き極上マホガニー製大型飾り簞笥。中央にきわめて上品な形状の引き出しがふたつ。同一のものが両脇にふたつずつ。絢爛たる浮き彫りが施された真鍮の把っ手と飾り付き。全体の仕上がりはきわめて繊細な趣きで……八十七ポンド

ミスター・ボギスは自分をかろうじて抑え、体じゅうを駆けるめくるめく興奮を静めようと必死に抗った。なんとなんと、すばらしい！　送り状があると、値打ちはさらに上がる。そうなるといったいいくらになる？　一万二千ポンド？　一万四千？　ひょっとしたら一万五千、二万なんてことも？　そんなこと、誰にわかる？

なんてこった！

ミスター・ボギスは小馬鹿にするように紙片をテーブルに放り出すと、落ち着き払って言った。

「まさに私が申し上げたとおり、ヴィクトリア朝時代の複製です。この紙片は売り主が、つまり、この複製をつくって骨董品と称して売りつけた輩が、買い主に渡した送り状にすぎません。この手のものはこれまでごまんと見てきました。自分でつくったとはひとことも書かれてないでしょう？　そこでインチキが明らかになるんです」

「何を言おうとあんたの勝手だが」とラミンズはきっぱりと言った。「だけど、その証文は古いもんだ」

「もちろんです、ご主人。ヴィクトリア朝、そう、ヴィクトリア朝末期のものですね。一八九〇年頃のものです。だから、つくられてから六十年ないし七十年は経っています。そういうものはこれまで何百と見てきました。当時は、前世紀のすぐれた家具の複製づくりだけに精を出した家具職人が大勢いたんです」

「まあ、聞いてくれ、牧師さん」ラミンズはそう言って、汚い太い指でミスター・ボギスを指差した。「あんたには家具のことなんかなんにもわかっちゃいないんじゃないかなんて、そんなことは誰も言ってないよ。おれが言いたいのはこういうことだ。ペンキの下がどうなってるのか見てもいないのに、どうして複製だって言いきれるのかってことだ」

「こちらへ来ていただけますか」とミスター・ボギスは言った。「こちらへまわってもらえれば、お見せしますから」ミスター・ボギスは飾り箪笥のそばに立って、男たちが集まってくるのを待った。「さて、どなたかナイフをお持ちかな？」

柄が角《つの》でできたポケットナイフをクロードが取り出した。ミスター・ボギスはナイフを受け取ると、一番小さな刃を引き出した。そして、一見無造作に、実際には細心の注意を払って、飾り箪笥のてっぺんを削りはじめた。わずかな範囲にかぎって、白いペンキを薄くきれいに剝がしていくと、下から古く固いニス塗りの表面が現われた。三インチ平方ほど剝がしたところで、ミスター・ボギスはうしろにさがって言った。「さあ、これを見てください！」

美しかった——小さく削り取られた一画から顔をのぞかせたマホガニーは温かく、豊かで深みのあるトパーズのような輝きを放っていた。二百年という年月を経た真の色の輝きだった。

「これがどうした？」とラミンズが尋ねた。

「化学処理されてるんです！　誰が見たってわかります！」

「どうしてわかるんだ、牧師さん？　教えてくれ」

「そう、説明するのはちょっとむずかしいんですが。それだけは言っておかなければなりませんが、でも、なにより経験の問題ですね。経験から、この家具に使われている木はまちがいなく石灰で化学処理されていることが私にはわかるんです。それがマホガニーを年代物らしく、深みのある色にするやり方なんです。オークには苛性カリ、オルナットには硝酸が使われます。でも、マホガニーの場合は常に石灰なんです」

三人の男たちは少し近づくと、あらわになった木地に眼を凝らした。少しは興味が湧いてきたようだった。新手のいかさまやぺてんの話を聞くというのは常に興味深いものだ。

「ここの木目をよく見てください。深みのある赤褐色に見えますが、かすかにオレンジ色がかってもいるでしょ？　これが石灰を使っている証拠なんです」

三人は身を屈め、飾り簞笥に顔を近づけた。ラミンズ、クロード、そしてバートの順に。

「おまけに〝古色〟も醸し出しています」とミスター・ボギスは続けた。

「コショク？」

ミスター・ボギスは骨董家具における古色の意味を説明した。

「みなさんには見当もつかないと思いますよ。本物の古色を帯びた家具だけが持つ、青銅《ブロンズ》のような硬質感のある美しい気色《けしき》に似せるために、こうした罰あたりどもがどんなに手間をかけるか。それはもうひどい、実にひどいことをするんです。口にするのもおぞましいことを！」舌先からひと言ひと言吐き出すようなとげとげしい口調でそう言うと、彼はさも不快そうに口を歪めて猛烈な嫌悪を示した。三人はさらなる秘密が聞けることを期待して待った。

「何も知らない人たちを欺くために費やすやつらの時間と労力と言ったら！」とミスター・ボギスは叫ぶように言った。「不快きわまりないとはこのことです！　こやつらが何をしたのかおわかりですか、みなさん？　私にははっきりとわかります。その作業過程が眼に浮かぶほどです。時間のかかる複雑なやり方なんですが、まず木材に亜麻仁油をすり込み、その上からずる賢く着色したフランスワニスを塗り、それから軽石と油を使ってこすります。次に土と砂を混ぜた蜜蠟を塗り、最後に熱を加えてワニス面にひび割れを生じさせるんです。そうやって、二百年の時を経たかのような色艶を出すわけです！　こんな不埒なもの、見るだけで腹が立ちます！」

三人の男は深みのある色合いの木材の一点を凝視しつづけた。

「触ってみてください！」とミスター・ボギスは促した。「指で触れてみてください！　ほら、どんな感じですか？　温かいですか、それとも冷たいですか？」

「冷たいね」とラミンズが答えた。

「まさにそのとおり！　まがいものの古色は触ると必ず冷たく感じるんです。本物であれば、不思議なことに温かいんです」

「普通に感じるけどな」とラミンズは議論を吹っかける口調で言った。

「いえいえ、あなた、こんなに冷たいじゃありませんか。しかし、場数を踏んだ敏感な指先がなければ、確かな判断はくだせないのも事実です。当然のことです。でも、あなた方がこの簞笥のことをあまりご存知なくても不思議はないのは、私に大麦の良し悪しがわからなくても不思議がないのと同じことです。なんと言っても、みなさん、人生は経験がすべてですからね」

三人の男は、月のように真ん丸な顔をしたどんぐり眼《まなこ》の奇妙な牧師を見つめた。今ではもうまるっきり疑っているわけでもなかった。この男は自分が話していることについていくらかは知識がある。それが彼らにもわかってきた——とはいえ、頭から信じるというにはまだほど遠かった。

ミスター・ボギスは腰を曲げて引き出しの真鍮製の把っ手を指差して言った。「ここもまたぺてん師どもがよく小細工をするところです。歳月を経た真鍮には独特の色合いと味わいが出てくるものです。ご存知でした？」

三人は彼を見つめ、さらなる秘密が明かされるのを待った。

「ただ、厄介なのは、やつらが古い真鍮に似せてつくる技術にことのほか長けていることです。現に〝ほんとうに古い〟ものと〝見せかけだけ古い〟ものはほとんど見分けがつきません。だから、私の言うことも推測の域を出ません。そのことを認めるにやぶさかじゃありませんが、それでもこの把っ手のペンキを落としても、大して意味はないと思います。そんなことをしたってどうせ見分けはつかないんですから」

「いったいどうやったら新しい真鍮を年代物のように見せかけることができるんだい？」とクロードが尋ねた。「だって真鍮は錆びないだろ？」

「おっしゃるとおり。しかし、こうした輩どもは独自の秘法を持っているのです」

「どんな？」とクロードは尋ねた。この手の知識は有益なものだ、というのが彼の考えだった。どんなものでもいつ何時役に立つか、それは誰にもわからない。

「そのやり口とは」とミスター・ボギスは説明した。「まず箱の中にマホガニーの削りくずを入れて、塩化アンモニウムを染み込ませます。そして、そこに把っ手を入れて、ひと晩置いておく。ただそれだけのことです。塩化アンモニウムに触れると真鍮は緑色に変色しますが、その変色部分を拭き取ると、下から優美で柔らかで、銀色に輝く地金が表われるんです。その輝きは、長い年月を経た真鍮が持つ輝きとそっくりです。ああ、まったく。こやつらの犯す所業のなんと浅ましいことか！　ちなみに鉄の場合にはまた別の秘法を用います」

「鉄にはどんなことをするんだ？」とクロードは興味津々に尋ねた。

「鉄は簡単です」とミスター・ボギスは答えた。「鉄製の錠前や板金や蝶番《ちょうつがい》は、食塩の中に突っ込んでおけばたちどころに錆がぽつぽつと浮いてきます」

「なるほど」とラミンズが言った。「だけど、そういうことなんだとしたら、あんたはこの把っ手についちゃ自分にも何もわからないって認めてるわけだ。ということは、ひょっとしたらこいつは何百年もまえのものかもしれないだろうが。だろ？」

「いやはや」ミスター・ボギスは遠慮がちにそう言うと、そのぎょろっとしたふたつの茶色の眼でラミンズを見すえた。「それは誤解というものです。いいですか、見ていてください」

ミスター・ボギスは上着のポケットから小さなドライヴァーを取り出し、それと一緒に——見ている者はいなかったが——真鍮製の小さな木ねじもこっそり取り出して、手の中に巧妙に隠し持った。そして、飾り簞笥の木ねじのひとつを選ぶと——ひとつの把っ手に四本の木ねじがついていた——その頭に塗られた白いペンキを念入りに全部削ぎ落とし、それが終わると、ドライヴァーでゆっくりと木ねじをゆるめはじめた。

「もしこれがほんとうに十八世紀につくられた古い真鍮ネジなら」と彼は続けた。「らせん状の溝が少し不揃いになっているでしょうから、やすりを使って人の手で削られたものであることが簡単にわかります。でも、この簞笥の真鍮細工がヴィクトリア時代かそれ以降、もっと最近の時代に偽造されたものなら、当然、ネジも同時代のものになります。機械で大量生産されたものにね。機械製のネジかどうかは誰でもわかります。まあ、見てみましょう」

古いネジを手で覆って引き抜きながら、手のひらに隠していた新しいネジとすり替えることくらい、ミスター・ボギスにとっては朝飯前だった。これも彼のちょっとしたトリックのひとつで、それも最も効果的な手口であることは、ここ何年ものあいだに証明されており、牧師用ジャケットのポケットには、常にあらゆるサイズの安物の真鍮のネジがたくさん仕込んであった。

「さあ、どうぞ」そう言って、ミスター・ボギスはラミンズに現代のネジを手渡した。「よく見てください。らせんがきれいに揃っているでしょう？　ほら？　もちろんわかりますよね。これは国じゅうのどこの金物屋でも手にはいる、よくある安物の小さなネジです」

ネジは手から手にまわされ、三人はそれぞれ念入りに調べた。ラミンズもこれにはすっかり感心しているようだった。

ミスター・ボギスは、飾り簞笥から引き抜いた、人の手で削られた見事なネジをドライヴァーと一緒にポケットにしまうと、振り向き、三人の男たちのまえをゆっくり歩いてドアに向かった。

「みなさん」キッチンの戸口で足を止めると、彼は言った。「お宅を拝見させてくださってありがとうございました――ほんとうに。この年寄りがみなさんをひどく退屈させてしまったのでなければいいのですが」

ためつすがめつしていた手元のネジから眼を上げて、ラミンズが言った。「いくら出すつもりがあるのか、あんたはまだ言ってないぞ」

「ああ、そうでした」とミスター・ボギスは言った。「まだ申し上げてませんでしたね。でも、正直に言いますと、いささか面倒な気もするんで、やめておこうと思います」

「いくら出す？」

「本気で手放したいとおっしゃってるんですか？」

「手放したいとは言ってない。いくら出すかと訊いたんだ」

ミスター・ボギスはその場から飾り簞笥を眺めた。首を一方に傾げてからもう一方に傾げると、眉をひそめ、唇をとがらせ、肩をすくめて、小馬鹿にするように手を小さく一振りした。本気で考えるほどの値打ちなどどこにもない、とでも言わんばかりに。

「そうですね……十ポンド。それが妥当なところでしょう」

「十ポンドだと！」とラミンズは叫んだ。「馬鹿なことを言うな、牧師さん。頼むよ！」

「薪にしたってもっとするぞ！」とクロードも不満げな声をあげた。

「この書きつけを見てみろ！」ラミンズはその貴重な紙片を汚れた人差し指で乱暴につつきながら言い募った。これにはミスター・ボギスもひやひやさせられた。「こいつがいくらだったか、これを見ればわかるだろうが！　八十七ポンドだ！　だけど、それは新品だったときの値段だ。今じゃ骨董品なんだからな、二倍の値打ちはするはずだ！」

「おことばですが、ご主人、それはちがいます。これは中古の模造品です。でも、だったらこうしましょう――なんだか向こう見ずなことをしているような気もしますが、なんだかあとに引けなくなってきました――十五ポンドまで出しましょう。それでどうです？」

「五十だ」とラミンズは言った。

計器の針の揺れのような細かな震えが、ミスター・ボギスの腿からふくらはぎを伝って足の裏まで駆けおりた。手に入れた。もう私のものだ。そのことにはもう疑問の余地がなかった。しかし、彼には人事を尽くして可能なかぎり安く買い叩くという習性が、必要と実践によって長年のうちに身につきすぎるほどついていた。そんな習性がそうやすやすと彼に財布のひもをゆるめさせるわけがなかった。

「ご主人」と彼はおだやかに言った。「私の欲しいのは脚だけなんです。たぶん引き出しについては、そのうちに使いみちが見つかるでしょうが、残りの枠組み自体については、あなたのお友達がいみじくもそうおっしゃったように薪にしかなりません」

「三十五だ」とラミンズは言った。

「無理です、ご主人、とても無理です！　そんな価値はないんですから。そもそもこんなふうに値段の交渉をするのもまちがいです。すべてまちがいです。それでも、最後に一度だけ値段を申し上げましょう。それで私はお暇《いとま》します。二十ポンド」

「いいだろう」とラミンズはぶっきらぼうに言った。「こいつはあんたのものだ」

「ああ」とミスター・ボギスは両手を握りしめて言った。「またやってしまった。初めからこんなことはすべきではなかったのに」

「今さら取り消すのはなしだぞ、牧師さん。取引きは取引きだ」

「ええ、ええ、わかっています」

「どうやって持っていくつもりだね？」

「そうですね。庭まで私の車を持ってきますので、ご親切なみなさんで積み込みを手伝っていただけますか？」

「車だって？　こいつは車にはのらないよ！　トラックが要る！」

「私はそうは思いませんが。とにかくやってみましょう。車は道路に停めてあるんです。すぐに戻ってきます。なんとかなりますよ。ええ、まちがいないです」

ミスター・ボギスは庭に出て門を通り抜けると、野原を横切り、道路に続く長い小径を歩きだした。気づくと、にやにや笑っていた。それがまったく抑えられなくなった。体の中で、何百という小さな泡が腹のあたりから湧き起こり、頭の中で愉しげに弾けているような感覚だった。まるでソーダ水のように。突然、野原に咲くキンポウゲの花がいっせいにソブリン金貨に姿を変え、陽の光を浴びてきらめきだし、いつしか地面は金貨だらけになっていた。彼は小径からそれて草地にはいった。金貨の上を歩き、踏みしめ、彼の爪先に蹴られた金貨のちゃりんという小さな金属音が聞きたくて。気づいたときにはもう、駆け出したくなる気持ちを抑えられなくなっていた。しかし、牧師というのは決して走らないものだ。牧師はゆっくりと歩く。ゆっくり歩け、ボギス。彼はそう胸につぶやいた。冷静にな、ボギス。もう急ぐことはないんだから。あの簞笥はもうおまえのものなんだから！　一万五千ポンドから二万ポンドの値打ちものをおまえは二十ポンドで手に入れたのだ！〈ボギスの飾り簞笥〉！　あと十分もすれば簞笥をのせ――手もなくのせられるだろう――ロンドンに向けて車を走らせていることだろう、道中ずっと歌を歌いながら！　ミスター・ボギスがボギスの車でボギスの簞笥を持ち帰る。これはもう歴史的な出来事だ。新聞記者なら写真を撮るためにいくら出すことか！　そういう段取りはつけるべきだろうか。おそらく。落ち着いて様子を見よう。ああ、なんと愉快な日であることか！　光あふれる、すばらしい夏の日！　やったぞ、ボギス！

その頃、農家ではラミンズが言っていた。「こんながらくたに二十ポンドも払うなんてな。あの老いぼれ牧師、相当いかれてるな」

「実にうまくやりましたね、ミスター・ラミンズ」とクロードが言った。「でも、ちゃんと払うかな？」

「払うまでは車にのせない」

「だったら、車に収まらなかったら？」とクロードは言った。「おれの意見を言ってもいいですか、ミスター・ラミンズ？　あのひどい代物は大きすぎて、車にはのらないんじゃないかな。すると、どうなるか？　牧師はもういいと言いだして、簞笥を置いて車で帰っていくんじゃないかな。で、あんたはもう二度とあいつの顔を見ることもない。金を拝むこともね。だってあの牧師、そんなに欲しがってるふうには見えなかったでしょ？」

ラミンズはしばらく黙った。この新たな問題、いささかゆゆしき見通しについてとくと考えた。

「あんなもの、どうやって車に積めます？」とクロードはしつこく続けた。「牧師ってそもそも大きな車になんか乗ってないでしょ？ 大型車に乗ってる牧師なんて見たことあります、ミスター・ラミンズ？」

「あるとは言えんな」

「でしょ！ で、聞いてもらいたいんだけど、おれにちょっと考えがある。牧師はこう言ったでしょ、欲しいのは脚の部分だけだって。でしょ？ だから、彼が戻ってくるまえに、今すぐここで脚を切ってやりさえすればいいんですよ。そうすりゃ、まちがいなく車に積める。家に帰ってから自分で脚を切る手間を省いてやるんです。どうです、ミスター・ラミンズ？」クロードは牛のような平たい顔を嫌味ったらしく得意げに輝かせた。

「そりゃそんなに悪くない考えだな」とラミンズは飾り簞笥《コモード》を見ながら言った。「いや、実際の話、とんでもなくいい考えだ。だったら急がないと。おまえとバートで簞笥を庭に運んでくれ。おれは鋸《のこぎり》を取ってくる。引き出しはさきに抜いておいてくれ」

クロードとバートが簞笥を外に運び出し、泥と鶏の糞と牛の糞だらけの庭に逆さまに置くのには、二分とかからなかった。小さな黒い人影が道路に出る小径を闊歩《かっぽ》しているのが遠く、農地を半分ほど行ったあたりに見えた。ふたりは動きを止めてじっと見た。その人影が動くさまにはいささか滑稽なところがあった。急に小走りになったかと思えば、飛んだり跳ねたりして三段跳びのようなこともしていた。一度など愉しげな歌声がさざ波のように草地を流れてきて、かすかに聞こえたような気さえした。

「やっぱりいかれてるんだよ」クロードがそう言うと、バートがあきれたように薄ぼんやりとした眼をゆっくりと大げさにまわしてみせ、陰気に笑った。

ラミンズが長い鋸を手にずんぐりしたカエルのような恰好で納屋から戻ってきた。クロードはその鋸を受け取ると、作業を始めた。

「付け根ぎりぎりのところで切るんだぞ」とラミンズが言った。「別のテーブルに使うってことを忘れるんじゃない」

マホガニーは硬く、とても乾燥しており、クロードが鋸を入れると、刃から赤く細かい木くずが飛び散り、地面に音もなく落ちた。脚は一本ずつはずされ、四本全部切り離されると、バートが屈んで丁寧に一列に並べた。

クロードは仕事の成果をよく見ようと、うしろにさがった。ちょっとした間《ま》ができた。「ひとつ訊いてもいいかな、ミスター・ラミンズ」とクロードがおもむろに言った。「これでもまだ馬鹿でかいよね。車に積めるかな？」

「ヴァンでなきゃ無理だな」

「でしょ！」とクロードは大きな声をあげた。「でも、牧師はヴァンなんかには乗らない。

たいていはちゃちな小型車だ。モーリス8とかオースチン7とか」

「あの牧師が欲しいのは脚だけだ」とラミンズは言った。「本体が車にのらなかったら、置いてきゃいい。それで文句はないはずだ。脚は手に入れたんだから」

「いやいや、もうちょっとばかり頭を使ってくださいよ、ミスター・ラミンズ」とクロードは鷹揚に言った。「この簞笥を丸ごと車にのせられなかったら、値切ってくるに決まってる。牧師というのは、こと金のことにかけちゃ、どいつもこいつも誰より抜け目がないんだから。そこをまちがえちゃいけない。あの老いぼれ牧師はなおさらね。だから、これを今ここで薪にしてやって、それであと腐れなくするんです。斧はどこにしまってあります？」

「確かにおまえの言うとおりだ」とラミンズは言った。「バート、斧を取ってこい」

バートは納屋から木こり用の柄の長い斧を持ってくると、クロードに渡した。クロードは手のひらに唾を吐きかけて両手をこすり合わせ、腕を長く伸ばして斧を大きく振りかぶると、脚のない簞笥の骨組みに勢いよく斧を打ち降ろした。

けっこう力の要る作業で、簞笥すべてをほぼ壊して木片の山にするには数分かかった。

「ひとつだけ言っておきたいね」とクロードは上体を起こすと、額の汗を拭いながら言った。「この簞笥を組み立てたのは大した職人だよ。あの牧師の言ってることなんかどうでもいいけど」

「ぎりぎりセーフだ！」とラミンズが声を上げた。「牧師が戻ってきた！」

ミセス・ビクスビーと大佐のコート

Mrs.Bixby and the Colonel's Coat

アメリカは女にとってチャンスの地だ。実際、女たちはすでに国の約八十五パーセントの富を手中に収めており、すぐに残りもすべて手にすることだろう。離婚が金儲けの一手段になってしまったからだ。いとも簡単に成立し、苦もなく忘れられる離婚が。だから野心的な女は、好きなだけ離婚を繰り返し、前回の離婚で生じた儲けを元手にそこからさらに天文学的な額を稼ぎ出している。夫の死からも申し分ない見返りが得られるため、中にはこっちのほうを頼りにしているご婦人方もいる。そういうご婦人方は待機時間が不当に引き延ばされないことを知っているのである。過重労働と高血圧が哀れな男の命をほどなく奪うというのは、これはもう運命《さだめ》みたいなものだ。夫はみな片手に中枢神経刺激剤《ベンゼドリン》の瓶、もう一方の手に精神安定剤《トランキライザー》の一袋を持って、仕事中に死んでいくのである。

にもかかわらず、次なる世代のアメリカの若い男たちは、このおぞましい〝離婚と死のパターン〟を少しも恐れていない。離婚率が上昇すればするほど、彼らはよりいっそう必死になり、ほとんど思春期の年齢にも達しないうちに結婚する。ネズミのようにせかせかと。そして、三十六歳を迎える頃には、その大半が自分の給料で少なくともふたりの先妻を養う破目になる。別れたご婦人方に以前と同じ生活をさせるために、男たちは奴隷のように働かなければならない。いや、正確に言えば、もう奴隷そのものだ。言うまでもない。そして、早くも中年期に差しかかると、幻滅と恐怖が彼らの心にゆっくりと忍び入り、夕刻ともなると、クラブやバーに集まっては身を寄せ合い、小さなグループをつくるようになる。ウィスキーや薬を飲みながら、互いの話で互いを慰め合うようになるのである。

　彼らの話のテーマは基本的に少しも変わらない。登場人物は常に三人と決まっている――夫に妻、それに見下げ果てた男《ダーティ・ドッグ》。夫が清く正しい生活を送る仕事熱心な男である一方、妻のほうは狡猾で、嘘つきで、ふしだらで、馬鹿のひとつ覚えのようにダーティ・ドッグとなにやらよからぬことをやらかしている。なのにどこまでも善人である夫は妻を疑うことさえない。そういう夫の前途はいかにも暗そうだ。この哀れな男が妻の不義に気づく日は来るのだろうか？　それとも、死ぬまで〝寝取られ夫〟として生きなければならないのだろうか？　そう、そうに決まっている。いやいや、そう先走ってはいけない！　いきなりまばゆいばかりの策略によって、夫が怪物のごとき配偶者に一矢報いることもあるからだ。女は驚きのあまり呆然とし、屈辱を味わい、打ちひしがれる。バーでこの手の話を聞いていた男たちはそっと微笑み、この夢物語にささやかな慰めを見いだす。

　そういう話――不幸な男たちが紡ぎ出す、希望的観測に満ちたすばらしい夢物語――はごまんとあるが、その大半は繰り返す値打ちもないほどばかばかしかったり、紙に書き留めるには淫らすぎたりするものばかりだ。それでも、そういった話の中にもひとつ、ほかのどの話よりすぐれていると思われるものがある。とりわけそれが実話であるというのがこの話のいいところだ。二度か三度ひどい目にあい、慰めを必要としている男たちのあいだではすこぶる人気がある。あなたもそんな男のひとりなら、あるいは、まだこの話を聞いたことがなければ、この話の結末を大いに愉しめるはずだ。『ミセス・ビクスビーと大佐のコート』。そう名づけられたこの話は次のように始まる。

ビクスビー夫妻はニューヨークのこぢんまりとしたアパートメントに住んでいた。ミスター・ビクスビーは平均的な所得のある歯医者、ミセス・ビクスビーはいつも唇が濡れている大柄で強健な女性で、月に一度、金曜日の午後、ペンシルヴェニア駅から列車に乗って、ボルティモアに住む年老いた伯母を訪ねていた。ボルティモアで一晩過ごし、翌日、夫のために夕食がつくれる時間にニューヨークに帰ってくる。それがいつものパターンだった。ミスター・ビクスビーは妻のこの習慣を快く受け容れていた。モード伯母さんがボルティモアに住んでいることも、妻がこの老女ととても仲良しであることもわかっていたし、月に一度ふたりが会うことを愉しみにしているのを否定するのは明らかに理不尽であることもわかっていたからだ。

「私も一緒に行くことをきみも望まないでさえいてくれたら」とミスター・ビクスビーは最初に言っていた。

「もちろんよ」とミセス・ビクスビーはそのとき答えていた。「だって彼女はあなたの伯母さんじゃないんだから。わたしの伯母なんだから」

それで問題は何もなかった。

ただ、実のところ、伯母というのはミセス・ビクスビーにとって都合のいいアリバイでしかなかった。見下げ果てた男——紳士の恰好をしたダーティ・ドッグで、大佐として知られていた——がひそかに陰にひそんでおり、われらがヒロインはボルティモアにいる時間の大半をこの不埒な男と過ごしていた。大佐はとてつもない金持ちで、市《まち》はずれにある瀟洒《しょうしゃ》な屋敷に住んでいた。足手まといとなる妻も家族もおらず、いるのは数人の慎み深くて忠実な使用人だけで、ミセス・ビクスビーがいないときには、馬に乗ったり、キツネ狩りをしたりして自らを慰めていた。

ミセス・ビクスビーと大佐のこの愉しい同盟関係はここ何年もつつがなく続いていた。そもそもふたりはそう頻繁には会っていなかったから——一年に十二回というのは思えば大した数字ではない——互いに飽きるという心配はほとんど、あるいはまったくなかった。むしろ逆に、密会を長く待ちわびればそれだけふたりの心はよけいに燃え立ち、たまの逢瀬は常に刺激的な再会となった。

「タリホー（キツネ狩りで獲物を見つけて犬をけしかけるときのかけ声）！」大佐は車で彼女を駅まで出迎えるたびにそう叫んだ。「ダーリン、きみがどれほど魅力的な人か、もう忘れそうになっていたよ。さあ、巣穴に逃げ込もう」

そんな関係が八年も続いていた。

もうすぐクリスマスという頃のこと、ミセス・ビクスビーはボルティモアの駅に立って、ニューヨークに帰る列車を待っていた。今終わったばかりの今回の再会は常にも増して愉しく、まだその余韻にひたっていた。もっとも、このところは大佐といるといつもそんな気分になったが。自分がまったくもって非凡な女性に思えてくるのだ。繊細で奇抜な才能を持ち、計り知れないほど魅力的な人間に。大佐は彼女にそんなふうに思わせる術というものを心得ていた。それこそなにより家にいる歯医者の夫と異なるところだ。彼女の夫は彼女を永遠の患者みたいな気分にしか――雑誌に囲まれ、待合室に住みついてしまったような物言わぬどこかの誰かみたいな気分にしか――してくれなかった。あまつさえ、近頃はあの清潔なピンクの手が施す、正確で細心の注意を要する手当てに耐え忍ぶこともめったになくなっていた。たとえそういうことがあったとして。

「あなたにこれをお渡しするよう、大佐から言いつかりました」すぐそばで声がした。振り向くと、大佐の馬丁のウィルキンスが立っていた。皺くちゃの灰色の肌をしたその小男が平たい大きなボール紙の箱を彼女の腕に押しつけてきた。

「あらあらあら！」と彼女はどぎまぎして叫んだ。「なんてこと。なんて大きな箱なの！いったい何かしら、ウィルキンス？　伝言は？　大佐から伝言はなかった？」

「伝言はありません」そう言って、馬丁は歩き去った。

列車に乗り込むなり、ミセス・ビクスビーは箱を持って化粧室にはいり、ひとりになるとドアに鍵をかけた。なんと胸躍ることか！　大佐からのクリスマス・プレゼント。さっそく箱のリボンをほどきにかかった。「きっとドレスだわ」と彼女は声に出して言った。「ドレスが二着はいってたっておかしくない。それとも、きれいな下着がどっさりはいってるのかしら。まずは見ないで、触った感じだけで中身を当ててみよう。色も当ててみよう。形も正確に。それに値段も」

彼女は眼をきつく閉じると、そっと箱の蓋を開けて片手を中に差し入れた。薄葉紙が上にのっていて、触れるとかさかさと音を立てた。ほかにも何か封筒かカードのようなものが一枚のっていたが、それは無視して、薄葉紙の下を探った。指先をそろそろと――植物の巻きひげのように――伸ばした。

「まあ、なんてこと」と彼女はいきなり大声をあげた。「こんなことがほんとうであるわけがない！」

彼女は眼を見開き、そのコートを見つめた。そして、襲いかかるように箱から取り出した。コートをそれまでたたまれていた分厚い毛皮が広げられ、薄葉紙をこする心地よい音がした。コートを全長いっぱいに広げて掲げてみると、あまりの美しさに息が止まりそうになった。

彼女にしてもこれほどのミンクの毛皮を眼にするのは初めてだった。ほんとうにミンクなのだろうか？　もちろんそうに決まっている。しかし、まあ、なんという見事な色合いだろう！　ほとんど漆黒のような色で、初めはまさに黒そのものだと思った。が、窓に近づけてかざしてみると、わずかに青みがかっているのがわかった。コバルト色のような、深くて濃い青。彼女はすばやくラベルを見た。〈野生のラブラドル・ミンク〉とだけ記してあった。そのほかには何も——購入した店を示すものも何も——見あたらなかった。きっと大佐がそうしたのだろう、と彼女は思った。あのずる賢い古狐は念には念を入れたのだ、足跡ひとつ残さないよう。なかなかやるものだ。それにしてもいったいどれほどの値段がするものなのだろう？　考えるのも怖かった。四千、五千、六千ドル？　ことによるとそれ以上かもしれない。

そのコートから眼が離せなかった。いや、そういうことを言えば、すぐにもまとってみたくてたまらず、彼女は身につけていた質素な赤いコートをすばやく脱いだ。どうしても喘ぐような息づかいになっていた。眼もいっぱいに見開かれていた。いやはや、この毛皮の手触りといったら！　それに、このたっぷりとした幅広の袖に、折り返した分厚い袖口といったら！　そう言えば、誰に言われたのだったか。コートの腕の部分には必ず雌の毛皮が使われ、それ以外の部分は雄の毛皮が使われるというのは？　誰かに聞いた覚えがある。ジョーン・ラットフィールドだったかもしれない。あのジョーンがどうしてミンクのことなど知っているのか、それは見当もつかないが。

その見事な黒いコートは、まるで彼女の第二の皮膚ででもあるかのように、自らすべり込むように彼女の体にフィットした。なんとなんと！　このなんとも不思議な感覚！　彼女は鏡にちらりと眼をやった。すばらしかった。彼女の個性まですっかり変わってしまっていた。そこには眼も綾に光り輝き、めくるめくほど燦然とし、豊かで官能的な女——それらすべてを同時に備えた女——がいた。彼女は思った。このコートが与えてくれるパワーといったら！　このコートを着ていれば、どこにでも好きなところに行けて、そこでは人々がわたしのまわりをウサギのようにちょこまかと動きまわるだろう。何もかもがすばらしすぎて、もうとてもことばになんかできない！

ミセス・ビクスビーはまだ箱の中に入れたままの封筒を取り上げると、封を切り、大佐の手紙を取り出した。

ミンクが好きだと以前きみが言ってたんで、これをきみに贈る。なかなかいい品だそうだ。きみの幸せを祈る私からのお別れのプレゼントとして受け取ってほしい。私の個人的な理由から、もうきみには会えなくなった。グッドバイ、グッドラック！

まあ！

想像してもみて！

こっちがことさら幸せを感じているときに。青天の霹靂《へきれき》とはこのことだわ。

もう会えないなんて。

なんというショック。

大佐のことはきっと恋しく恋しくてたまらなくなるだろう。

ミセス・ビクスビーはゆっくりとコートの黒くて柔らかなすばらしい毛皮を撫でた。

失うものあれば、得るものあり、か。

彼女はふっと笑みを浮かべると、破いて窓から捨てようと思い、手紙を折りたたんだ。が、折りたたみかけたところで裏にも何か書かれているのに気づいた。

PS. みんなには気前のいい素敵なきみの伯母さんからのクリスマス・プレゼントだと言えばいい。

そのときまで彼女の口元には絹のようにすべらかに笑みが広がっていた。そんな口元が弾かれたゴムのようにもとに戻った。

「あの人、頭がおかしくなったんだわ!」と彼女は叫ぶように言った。「モード伯母さんがそんなお金を持ってるわけがないじゃないの。こんなものをプレゼントできるわけがないじゃないの」

しかし、モード伯母さんがプレゼントしたのでなければ誰がしたのか?

なんてこと! コートを箱の中に見つけてまとった興奮に、彼女はこのきわめて重大な点をすっかり見落としていた。

あと二時間もすればニューヨークに着いてしまう。その十分後には自宅に着く。自宅では夫が出迎えてくれるだろう。歯根管や小臼歯や虫歯という暗い粘液質の世界に住むシリルのような男でさえ、妻がいきなり六千ドルもするミンクのコートを羽織って、週末の小旅行から浮かれ躍って帰ってきたら、まずまちがいなく質問のひとつやふたつはしてくるだろう。

こういうことなのね、と彼女は自分につぶやいた。あのろくでなしの大佐はわたしを拷問にかけるためだけにこんなことをしたのよ。あの男はモード伯母さんにはこんなものを買えるお金がないことなどよくわかっている。だから、これをわたしが持っていられないことを承知の上でこんなことをしたのよ。

しかし、彼女には今やもうそのコートを手放すなど考えるのも耐えられなかった。

「なんとしてもこれはわたしのものにしなければ！」と彼女は声に出して言った。「このコートはなんとしても！　なんとしても！」

そう、それでいいのよ、あなた。このコートはあなたのものよ。でも、慌てちゃ駄目。ひとまず坐って、気持ちを落ち着かせて考えるの。あなたは賢い女でしょ？　うまく騙したことはこれまでにだってあったじゃないの。あの人には自分の探針《ゾンデ》が届かないところは見えたためしがないんだから。でしょ？　さあ、ちゃんと坐って考えるのよ。時間はまだたっぷりあるんだから。

二時間半後、ペンシルヴェニア駅で列車を降りると、ミセス・ビクスビーは落ち着いた様子で改札口へと向かった。そのときにはいつもの赤いコートに着替えていた。腕にボール箱を抱え、彼女はタクシーの運転手に合図した。

「運転手さん、この近くにまだ開いてる質屋さんはないかしら？」

運転手は、眉を吊り上げて振り返ると、どことなく面白がるようにミセス・ビクスビーを見て言った。

「六番街に行けば、いくらでもありますよ」

「それじゃ、最初に見つけた店で降ろしてくださる？」彼女が乗り込むと、タクシーはすぐに走りだした。

そして、ほどなく入口の上に三個の真鍮の玉（質屋のシンボル）が吊るされた店のまえで停まった。

「ここで待っていてくださいね」ミセス・ビクスビーは運転手にそう言うと、タクシーを降りて店の中にはいった。

カウンターの上に馬鹿でかい猫がいた。背中を丸めて白い皿から魚の頭を食べていた。猫は黄色く光る眼でミセス・ビクスビーを見上げると、すぐに眼をそらしてまた食べはじめた。ミセス・ビクスビーは、猫からできるだけ離れるようにしてカウンターの脇に立ち、誰かが出てくるのを待った。時計、靴のバックル、エナメルのブローチ、古びた双眼鏡、壊れた眼鏡といった品々を見ながら。そんな中には入れ歯もあって、彼女は思った——どうしてこんなものがよく質草になったりするのだろう？

「はい？」と店の奥の暗がりから店主が姿を現わした。

「こんばんは」とミセス・ビクスビーは言うと、箱にまわされたリボンをほどきはじめた。店主は猫のそばまで行くと、猫の丸まった背中をゆっくりと撫でた。猫はかまわず魚を食べつづけた。

「なんとも馬鹿なことをしてしまいました」とミセス・ビクスビーは切り出した。「お財布をなくしてしまったんです。でも、今日は土曜でしょ？　銀行は月曜まで開かない。それでも、週末用にいくらかは持っていないとね。だから、これはたいへん高価なコートですけど、ほんの少しだけお借りできればいいんです。月曜まで過ごせればいいんですから。月曜になったら、請け出しにきます」

店主はただ待つばかりで何も言わなかった。が、彼女がミンクを取り出して、そのたっぷりとした美しい毛皮をカウンターの上に広げると、両眉を吊り上げ、猫を撫でるのをやめて見にきた。そして、カウンターの上からミンクを取り上げると眼のまえに掲げた。

「時計か指輪があったらよかったんだけれど」とミセス・ビクスビーは言った。「それを質に入れられたんだけれど。でも、このコート以外今は何も持ってなくて」そう言って、彼女は指を広げて店主に示した。

「まだ新品みたいだけど」と店主は柔らかい毛皮を手で撫でながら言った。

「ええ、そうですとも。でも、最初に言いましたけど、わたしは月曜までやり過ごせる分をお借りしたいだけです。五十ドルお借りできます？」

「お貸しします」

「これはその百倍も値打ちのあるものです。でも、こちらのお店ならわたしが取りにくるまできちんと保管してくださるでしょうから」

店主は引き出しのところまで行くと、質札を取ってきてカウンターの上に置いた。質札というのはスーツケースの把っ手につける荷札のようなものだった。形も大きさもまさに同じで、茶色っぽい硬い紙というところも同じだった。ただ、真ん中にミシン目があって、ふたつにちぎれるようになっていた。ちぎると、そのひとつひとつはとてもよく似ており、見分けがつかなかった。

「お名前は？」と店主は言った。

店主は手を止めた。店主の持ったペンの先が質札に引かれた点線の上で、宙に浮かされたままになった。

「それは空欄にしておいてください。住所も」

「名前と住所は書かなくても大丈夫なんでしょ？」店主は彼女の次のことばを待っていた。彼女はそのペン先を見た。

店主は肩をすくめてうなずくと、ペン先を次の行に移した。

「ただ書かないでほしいんです」とミセス・ビクスビーは言った。「百パーセント個人的なことですから」

「だったらこの質札をなくさないほうがいいですよ」

「なくしません」

「この質札を持ってる者なら誰でもここへ来て、品物を請け出すことができるんだから。それはおわかりですね？」

「ええ、わかっています」

「番号しか書かれてないんだから」

「ええ、わかっています」

「品目の説明のところはどうします？」

「それもなしということで。必要ありません。わたしがお借りする額だけ書いてください」

ペン先がまたためらい、〈品目〉ということばが書かれた横の点線の上に浮かされたままになった。

「物品の説明はあったほうがいいと思いますよ。質札を売りたくなったときに役立ちますから。さきのことはわからない。あなただっていつか売りたくなるかもしれないんだから」

「売るつもりなんかありません」

「売らざるをえなくなるかもしれないでしょ？　よくあることです」

「いいですか」とミセス・ビクスビーは言った。「わたしはお金がないわけじゃないんです、そういうことをおっしゃってるのなら言っておきますけど。ただ、財布をなくしただけです。それがおわかりにならないの、あなた？」

「だったらお好きにどうぞ」と店主は言った。「あなたのコートなんだから」

ここでミセス・ビクスビーの頭にふと嫌な考えが浮かんだ。「ちょっと教えてくださる？」と彼女は言った。「質札に品目が書いてなかったら、お金を返しにきたとき、あなたがほかのものじゃなくて、まちがいなくわたしのコートを返してくださるってこと、わたしはどうやって確認すればいいんです？」

「台帳に書いてありますから」

「でも、わたしが持っているのは番号だけです。ということは、あなたはどんなものでも渡そうと思えば渡せるってことじゃありません？」

「品目を記入するんですか、しないんですか？」と店主は言った。

「しなくていいわ」と彼女は言った。「あなたを信用します」

店主は、質札の両方の欄の〈金額〉ということばの横に〈五十ドル〉と書き込んだ。そして、ミシン目に沿って半分に切ると、下半分をカウンター越しに彼女のほうにすべらせた。それから上着の内ポケットから財布を取り出すと、十ドル札を五枚抜き取って言った。「利息は月三分」

「ええ、わかりました。ありがとう。大切に扱っていただけますよね？」

店主はうなずいたものの、何も言わなかった。

「コートは箱に戻します？」

「いいや」と店主は言った。

ミセス・ビクスビーはカウンターのまえを離れ、店からタクシーの待つ通りに出た。その十分後には家に着いた。

「ダーリン」と呼びかけ、彼女は上体をかがめると夫にキスをした。「わたしがいなくて淋しかった？」

シリル・ビクスビーは読んでいた夕刊を置いて腕時計をちらっと見た。「六時十二分三十秒」と彼は言った。「いつもより少し遅かったね？」

「わかってる。ろくでもない列車のせいよ。モード伯母さんがよろしくって言ってた。いつものことだけど。ああ、一杯飲みたくてたまらない。あなたは？」

夫は新聞をきっちり長方形にたたんで、坐っている椅子の肘掛けの上に置くと、立ち上がり、部屋を横切ってサイドボードのところまで行った。ミセス・ビクスビーは部屋の真ん中に立って手袋を脱ぎながら注意深く夫を観察した。どれくらい待つべきか。今、彼女の夫は彼女に背を向け、ジンの分量を量るためにまえかがみになっていた。顔をメジャーカップにくっつけるようにして、中をのぞき込んでいた。まるでそれが患者の口でもあるかのように。

大佐に会ったあとはいつも夫が小さく見えるのが面白かった。大佐は大柄で、毛深くて、近づくとほのかに西洋わさび《ホースラディッシュ》の香りがした。こっちの男は小柄で、こざっぱりとして、骨ばっている。においはなんのにおいもしない。患者にかかる息が臭くならないように舐めているペパーミントのドロップのにおい以外は何も。

「見てくれ、これがベルモットを量るやつだ」と彼は言って、目盛りのついたガラスのビーカーを掲げた。「これでほぼミリグラムまで量れる」

「ダーリン、あなたってなんて賢いの」

この人の服装はわたしがなんとか変えさせなくちゃ、と彼女は自分に言い聞かせた。この人のスーツときたら、ことばにするのも馬鹿げている。彼のその服装が素敵に思えた頃もあった。襟の位置が高くてまえのボタンが六つもあるエドワーディアン・ジャケット。それが今はただ単に馬鹿げて見える。脚にぴたりとまとわりついているストーヴの煙突みたいな細身のズボンも。そういう服装が似合うには特別な顔をしていなければならない。シリルの顔はまるでちがった。シリルは鼻が細く、顎がいくらか突き出している面長で骨ばった顔だ。そういう顔が体にぴたりとした古風なスーツの上から突き出ていると、ディケンズの小説『ピクウィック・クラブ』に出てくる痩せた忠僕、サム・ウェラーの戯画みたいに見える。本人は摂政時代のファッション界の権威、ボー・ブランメルにでもなったつもりかもしれないが。実際、診察室では女性の患者を迎えるときには必ず白衣のボタンをはずして、その下に着ているものが見えるようにしている。それとなくではあっても、自分もまた男であることを相手に印象づけようとしているのは明らかだ。が、これについてはミセス・ビクスビーのほうがよくわかっていた。夫の〝羽飾り〟ははったりなのだ。なんの意味もない。夫のそんな見てくれは、残った半分ばかりの尾羽を広げて芝生を闊歩する年老いたクジャクを彼女に思い出させるだけだった。あるいは、ひとりで受粉する愚鈍な花を。タンポポみたいな。タンポポは種をつくるのに受粉しなくてもいい。だから、あれだけの鮮やかな黄色い花弁もただの時間の無駄、ただの見栄、見せかけでしかないのだ。生物学者はそういうのをなんと呼んでいるか。単為生殖。そう、タンポポは単為生殖植物なのだ。それは夏に大発生するミジンコも同じだ。これってなんだかルイス・キャロルの世界みたい――と彼女は思った――ミジンコにタンポポに歯医者。

「ありがとう、ダーリン」と彼女は言ってマティーニを受け取ると、ソファに坐り、ハンドバッグを膝に置いた。「ゆうべは何をしてたの？」

「診察室でずっと歯の詰めものをつくっていた。あと帳簿の整理もしたな」

「ねえ、シリル、ほんとに。そういうつまらない仕事はいい加減誰かに任せたらどうなの。あなたはそんな仕事にはもったいなさすぎる。詰めものなんて職人につくらせたらいいじゃないの？」

「自分でやりたいんだよ。自分でつくる詰めものは私の自慢だからね」

「それは知ってるけど、ダーリン。あなたがつくる詰めものは最高よ。世界で一番の詰めものよ。それでも、わたしはそんなことであなたを消耗させたくないの。帳簿なんかもあのパルトニーとかいう女性にさせればいいじゃないの？　彼女はそういう仕事もすることになってるんでしょ？」

「だから彼女もやってるよ。でも、どんなこともまず私が値段を決めなきゃならない。彼女は誰が金持ちで、誰がそうでもないか知らないからね」

「このマティーニ、とってもおいしいわ」とミセス・ビクスビーは言って、グラスをサイドテーブルに置いた。「ほんとに完璧」それからハンドバッグを開けてハンカチを取り出した。鼻でも拭こうとするかのように。「あら、見て！」そこで質札を見て叫んだ。「これをあなたに見せるのを忘れてたわ！　乗ったタクシーの座席に落ちてたの。番号が書いてあるんで、宝くじか何かかと思って拾ってきたの」

彼女は小さな茶色い厚紙を夫に渡した。夫は指にはさんであらゆる角度から詳細に調べはじめた。まるでそれが虫歯の疑いのある歯でもあるかのように。

「これが何かわかるかい？」調べおえるとおもむろに言った。

「いいえ、あなた。わからない」

「質札だよ」

「なんですって？」

「質屋の札だ。ここに店の名前と住所がある——六番街のどこかだ」

「まあ、がっかりね。アイリッシュ・スウィープ（アイルランドの宝くじ。当時宝くじが禁止されていたアメリカでは人気があった）の券ならよかったのに」

「がっかりすることはないよ」とシリル・ビクスビーは言った。「実際のところ、これはけっこう面白いことになるかもしれない」

「どこが面白いの、ダーリン？」

彼は質札というのがどういう機能を果たすものか詳しく説明した。その札を持っていれば誰でも品物を手に入れる権利があるということについてはことさら詳しく。彼女は夫の講義が終わるのを辛抱強く聞いてから言った。

「その権利を主張する価値があると思う？」

「どんなものだか知るだけの価値はあると思うね。ここに五十ドルという額が書かれているだろう？　どういう意味かわかるかい？」

「いいえ、あなた。どういう意味なの？」

「問題の品が十中八九きわめて高価なものだということさ」

「五十ドルの値打ちがあるってこと？」

「五百ドルと言ったほうがいいかもしれない」

「五百ドルですって！」

「いいかい」と彼は言った。「質屋は正価格の十分の一以上の値は絶対につけない」

「あらあらあら！　そんなこと全然知らなかったわ」

「世の中にはきみの知らないことがたくさんあるんだよ、ダーリン。いいかね、聞いてくれ。所有者の名前も住所も書かれてないということは……」

「それでも持ち主は何かでわかるものなんじゃないの？」

「そんなものはどこにもひとつもない。こういうことはよくあるんだよ。質屋に行ったことを知られたくない人っているからね。恥ずかしいんだろうね」

「ということは、誰かが質に入れたものがわたしたちのものになるってこと？」

「そのとおり。だってこの札はもう私たちのものなんだから」

「わたしのもの、よね」とミセス・ビクスビーはきっぱりと言った。「見つけたのはわたしなんだから」

「おいおい、そんなことはどうでもいいじゃないか。肝心なのは、われわれはいつでも好きなときにわずか五十ドルで請け出すことができるってことなんだから。だろう？」

「すごい、愉しくなってきた！」と彼女は声を張り上げて言った。「すごくわくわくしてきた。特に品物がなんだかわからないってところが。それってどんなものであってもいいわけでしょ、でしょ、シリル？　ほんとにどんなものであってもいいなんて！」

「確かにどんなものであってもおかしくない。まあ、指輪か時計かというのが一番ありそうなところだけど」

「でも、それがほんもののお宝ならすごくない？　つまり、何か古いもの、素敵なアンティークの花瓶とか古代ローマ時代の彫像かもしれないわけでしょ？」

「それを今知ることはできないけどね、ダーリン。それは待たなきゃならない」

「でも、ほんとうにこれってすごいことよ！　質札を渡してちょうだい。月曜の朝一番に質屋に行って確かめてくるから！」

「それは私がやったほうがよくはないかな」

「冗談じゃないわ！」と彼女は叫んだ。「わたしにやらせて！」

「いや、それはどうかな。私が仕事に行く途中に寄って取ってくるよ」

「でも、わたしの質札なのよ！　お願いだからわたしにやらせて、シリル。愉しみは全部あなたが持っていくなんて、そんな法がどこにあるの？」

「きみは質屋を知らない。だから、質屋に騙されちゃうかもしれないだろうが」

「騙されたりなんかしません。絶対に。質札を寄越して。お願いだから」

「それに五十ドル払わなきゃならない」と彼は笑みを浮かべて言った。「品物を請け出すには現金で五十ドル払わなきゃならない」

「それぐらい持ってます」と彼女は言った。「たぶん」

「私はきみにこういうことをさせたくないんだよ、きみさえそれでかまわなければ」

「でも、シリル、わたしが見つけたのよ。だからそれはわたしのよ。それがなんであれ、それはわたしのよ。わたしの言ってること、まちがってる？」

「もちろん、これはきみのだ、ダーリン。そんなことにそんなに熱くなるなよ」

「熱くなんかなっていません。ただわくわくしてるの。それだけよ」

「この品物は男しか使わないものかもしれない――たとえば、懐中時計とかカフスボタンとか。きみはそういう可能性をあまり考えていないようだけれど。女性だけが質屋に行くわけじゃない。わかってると思うけど」

「そういうことなら、それをあなたへのクリスマス・プレゼントにするわ」とミセス・ビクスビーは鷹揚に言った。「喜んでね。でも、女物ならわたしが欲しい。それでいい？」

「それだとフェアでいいね。だったら請け出しにはきみもついてくる？」

ミセス・ビクスビーは〝イエス〟と言いかけた。が、その寸前で気づいた。夫がいるまえであの質屋にまるでなじみの顧客みたいに挨拶されるのは願い下げだった。

「いいえ」と彼女はおもむろに言った。「やめておくわ。だって、うしろにひかえて待っているほうがもっとわくわくするはずだもの。でも、そう、それがどうかふたりとも望まないような品物ではありませんように」

「そのとおりだね」と夫は彼女に言った。「それが五十ドルの値打ちすらないものと思ったら、請け出すのはやめるからね」

「でも、あなた、さっき五百ドルは値打ちのあるものだって言ったじゃないの」

「それはもうまちがいないね。そこのところは心配無用だ」

「ああ、シリル。わたし、もう待ちきれない。あなたもわくわくしない？」

「ああ、実に面白い」夫はそう言って、質札をヴェストのポケットに入れた。「それだけは言えるね」

ようやくやってきた月曜日の朝、朝食を終えると、ミセス・ビクスビーは夫を見送りに玄関まで行くと、夫が上着を着るのを手伝って言った。

「あまり根をつめすぎないでね、ダーリン」

「大丈夫だ」

「お帰りは六時頃？」

「そう願いたいね」

「質屋に行く時間はあるかしら？」

「いやいやいや、すっかり忘れてたよ。これからタクシーを捕まえて行ってみるよ。どうせ通り道だから」

「質札を失くしたりしてないわよね？」

「と思うけど」シリルはそう言って、ヴェストのポケットを探った。「大丈夫。ちゃんとある」

「請け出すだけのお金は持ってる？」

「ちょうどそれくらいある」

「ねえ、ダーリン」ミセス・ビクスビーは夫のすぐまえに立ち、ネクタイをまっすぐに直しながら——実際のところ、すでにこれ以上ないほどまっすぐになっていたが——言った。「もしもいいものだったら——つまり、わたしが気に入りそうなものだったらってことだけど——診察室に着きしだい、電話をくれない？」

「いいとも。きみがそうしてほしいなら」

「わかるでしょ、あなた用のものだったらいいなっていう気もするのよ。わたしじゃなくてあなたが使えるものだったら、ずっといいのにって」

「心が広いんだね、きみという人は。さあ、もう行かないと」

一時間後、電話が鳴った。ミセス・ビクスビーは部屋を突っ切り、最初のベルがまだ鳴っているうちに受話器に飛びついた。

「もらってきた！」と夫は言った。

「請け出したのね！　ああ、シリル、なんだったの？　いいものだった？」

「いいもの？　とびきりすばらしいものだったよ！」とシリルは言った。「自分の眼で確かめるまで待つんだね。きっときみは気絶しちゃうんじゃないかな！」

「ダーリン、なんなの？　ねえ、早く言ってちょうだい！」

「きみは運がいいよ、まったく。ほんとうに運がいい」

「ということはわたしのものなのね？」

「もちろんきみのものさ。でも、まったくどうしたらこんなものがたった五十ドルで質入れされたりするんだろう。さっぱりわからない。この持ち主はどうかしてるよ」

「シリル！　じらさないで。わたし、待ちきれない！」

「見たら気が狂っちゃうかも」

「だからいったいなんなの？」

「当ててごらん」

ミセス・ビクスビーはここで少し間《ま》を取った。そして自分に言い聞かせた——気をつけなくちゃ。ここは用心しないと。

「ネックレス」

「はずれ」

「ダイヤモンドの指輪」

「かすりもしない。ヒントをあげよう。身に着けられるものだ」

「身に着けられるもの？　じゃあ、帽子？」

「残念。それもはずれだ」とシリルは笑いながら言った。

「もう、シリルったら！　お願いよ。早く教えて」

「きみをびっくりさせたいな。夕方にはちゃんと持って帰るから」

「もったいぶるのはやめて。今すぐそっちに取りにいくわ！」

「それはどうかな」

「馬鹿なこと言わないで、ダーリン。どうして行っちゃいけないの？」

「手が離せないんだよ。今、きみに来られたら、午前の診察予定が狂ってしまう。それでなくてももう三十分も遅れてるんだ」

「じゃあ、昼休みに行くわ。それならいい？」

「今日は昼も働くつもりなんだけど、まあ、いいや。じゃあ、一時半に来てくれ。その頃私はサンドウィッチを食べてると思うけど。じゃ、またあとで」

ミセス・ビクスビーは一時半きっかりに夫の仕事場に着いた。呼び鈴を鳴らすと、白衣姿の夫が自ら出迎えた。

「ああ、シリル。心臓がどきどきしてる」

「そうだろうとも。きみは実に運がいい。そのこと知ってたかい？」そう言いながら、シリルは妻を連れて廊下を通り、診察室にはいると、治療器具を消毒器に入れていた助手に声をかけた。

「昼食をとってくるといい、ミス・パルトニー。続きは戻ってからすればいいよ」ミス・パルトニーがいなくなると、夫はいつも服をかけているクロゼットのところまで行き、そのまえで立ち止まって指差した。「この中にしまってある。さあ――眼を閉じて」

ミセス・ビクスビーは言われたとおりにした。そして、深く息を吸って止めた。そのあとに続く沈黙の中、クロゼットのドアが開けられる音、続いてそこにかけられたほかのものの中から衣類を取り出す、布がこすれ合うような音が聞こえた。

「いいよ！　見てごらん！」

「見る勇気が湧いてこない」と彼女は笑って言った。

「さあ。ちらっとでも見てごらん」

恥ずかしがるようなふりをして、彼女はくすくす笑いながら片方のまぶたを一インチの数分の一ほど開けた。白衣を着て、何かを宙に掲げている男のぼんやりと暗い姿が見える程度に。

「ミンクだ！」とシリルが大きな声を上げた。「本物のミンクだ！」

その魔法のことばの響きに、彼女はすばやく眼を開けた。と同時に、コートを腕に抱きしめようとまえに出た。

が、コートはどこにもなかった。まぬけな毛皮の襟巻が夫の手にぶら下がっているだけだった。

「まずは眼の保養をしなさい！」とシリルは彼女の眼のまえで襟巻を振ってみせた。

ミセス・ビクスビーは片手を口にあてて、あとずさった。そして自分につぶやいた――悲鳴をあげちゃいそう！　自分でわかる。わたし、悲鳴をあげちゃいそう。

「どうしたんだね、ダーリン？　気に入らないのかい？」シリルは毛皮を振るのをやめ、突っ立ったまま彼女を見ていた。彼女が何か言うのを待っていた。

「いいえ、まさか……」彼女はへどもどして言った。「ただ、わたしは……わたしは……素敵……ええ、ほんとに素敵」

「それで息がつまったんだね。だろう？」

「ええ、そのとおりよ」

「品質がすばらしい」と彼は言った。「色もいい。わかるかな、ダーリン？　こういうのを店で買ったら、少なくとも二、三百ドルはするんじゃないかな」

「ええ、まちがいないわ」

毛皮が二本——ひょろひょろしてみすぼらしい二本の毛皮に頭までついていて、眼窩にはガラス玉が入れられ、小さな肢が垂れていた。一方の毛皮の口の部分がもう一方の毛皮の尻をくわえていた。

「はい、どうぞ」とシリルは言った。「巻いてごらん」そう言ってまえに出てくると、手にしたものを彼女の首に巻きつけ、うしろにさがって誉めた。「完璧だね。きみによく似合ってる。ミンクというのは誰でも持てるものじゃないからね、ダーリン」

「ええ、そうよね」

「買いものに行くときには家に置いていったほうがよさそうだね。さもないと、億万長者とまちがえられて、倍の料金を請求されかねない」

「覚えておくわ、シリル」

「悪いけど、クリスマスにはまたほかのものもなんて期待しちゃいけないよ。どっちみち五十ドルというのは私の予算を超えてたし」

そう言って、彼は彼女に背を向けると、洗面台のところに行って手を洗いはじめた。「さあ、もう行ってくれ。おいしいランチで自分をもてなすといい。私が連れていってあげてもいいんだが、ゴーマン爺さんが壊れた入れ歯の留め具を持って待合室で待ってるもんでね」

ミセス・ビクスビーはドアに向かった。

あの質屋、ぶっ殺してやる。彼女はそう思った。今すぐまっすぐあの質屋に行って、この汚らしい襟巻をあの男の顔に叩きつけてやる。もしあの男がわたしのコートを返すのを拒んだら、ぶっ殺してやる。

「今夜は遅くなるってもう言ってあったっけ?」とシリルがなおも手を洗いながら言った。

「いいえ」

「この分だと、早くても八時半にはなりそうだ。もしかしたら九時にもなってしまうかもしれない」

「わかったわ。じゃあ」ミセス・ビクスビーは診察室を出て、荒々しくドアを閉めた。

まさにそのとき、昼食をとりにいく秘書兼助手のミス・パルトニーと出くわした。さっそうと廊下を歩いて、ミセス・ビクスビーの脇を通り過ぎた。

「ものすごく気持ちのいい日じゃありません?」通り過ぎながら、彼女は笑みを向けて言った。見るからに軽快な足取りで、ほのかな香水の香りを漂わせ、まるで女王のようだった。大佐がミセス・ビクスビーにプレゼントした美しい黒いミンクのコートをまとった彼女は、まさに女王そのものだった。

ロイヤルゼリー
Royal Jelly

「心配で心配でたまらないの、アルバート。ほんとうに」とミセス・テイラーは言った。

彼女は腕の中の赤ん坊をじっと見つめていた。赤ん坊は彼女の曲げた左腕に抱かれ、身動きひとつしていなかった。

「どこか悪いところがあるんだわ。わたしにはわかる」

赤ん坊の顔の皮膚は半透明の真珠のような色艶をしており、骨の上にたるみなくぴんと張っていた。

「もう一度あげてごらん」とアルバート・テイラーは言った。

「きっとうまくいかない」

「あきらめずに続けなくちゃ駄目だよ、メイベル」とアルバートは言った。

彼女は湯を張った片手鍋から哺乳瓶を取り出し、手首の内側にミルクを数滴垂らして温度を確かめると、囁くように言った。

「がんばって。がんばってね、わたしの赤ちゃん。眼を覚まして、もうちょっとだけ飲んでちょうだい」

傍らのテーブルには小型の電気スタンドが置かれており、その柔らかな黄色い光が彼女を包んでいた。

「お願い。あとほんの少しでいいから飲んで」

夫のアルバートは読んでいた雑誌のへり越しに妻を見つめた。妻は極度の疲労ですっかりまいっていた。それは彼にも見て取れた。青白い卵形の顔は、普段はとても生真面目でおだやかな表情なのだが、今はやつれて、絶望したような顔つきになっていた。それでも、わが子を見つめるときに頭を垂れるそのさまは奇妙なほど美しかった。

「ほらね」と彼女はつぶやくように小さな声で言った。「やっぱり駄目。この子、ミルクを飲んでくれない」

彼女は哺乳瓶を明かりにかざし、眼をすがめるようにして目盛りを読んだ。

「また一オンス。この子が飲んだのは全部でそれっぽっち。いいえ――それほども飲んでない。たったの四分の三オンスだわ。これだけじゃ、体がもたない。アルバート、ほんとにこれだけじゃ。わたし、もう心配で死んでしまいそう」

「わかってる」と彼は言った。

「どこが悪いのか、お医者さまが見つけてくれさえしたら」

「どこも悪いところはないんだよ、メイベル。そのうちよくなるよ」

「どこか悪いところがあるのに決まってるわ」

「ロビンソン先生はないって言ってる」

「ねえ」と彼女は言って、立ち上がった。「あなた、まさかこれが普通だなんて言わないわよね、生後六週間の赤ちゃんが、生まれたときよりまる二ポンド以上も体重が減ってるのが普通だなんて！　この子の脚を見てよ！　骨と皮だけじゃないの！」

小さな赤ん坊は彼女の腕の中でぐったりとしていた。身動きひとつしていなかった。

「メイベル、心配するのはもうやめるべきだ。ロビンソン先生もそう言ってただろ。ほかの先生と同じように」

「はっ！」と彼女は不満の声を上げた。「それってすばらしくない？　わたしはもう心配するのをやめるべきだなんて！」

「なあ、メイベル」

「あの先生はわたしに何をさせたいの？　このことをジョークか何かみたいに思いなさいって言ってるの？」

「先生はそんなことは言ってないよ」

「わたし、医者なんて大っ嫌い！　医者なんかみんな大っ嫌い！」と彼女は叫ぶと、赤ん坊を抱えたまま夫から離れ、足早に部屋を出て階段のほうに向かった。

アルバート・テイラーはその場を動かず、彼女が部屋を出ていくに任せた。

しばらくすると、寝室を彼女が歩きまわる音が頭上から聞こえてきた。リノリウムの床をこつこつこつ。神経質そうな忙しない足音だった。そのうちそんな足音がやむと、彼としては立ち上がらなければならなくなる。彼女のあとを追わなければならなくなる。そして、寝室にはいると、いつものようにベビーベッドの横に坐っている彼女を——赤ん坊をじっと見つめ、ひとりさめざめと泣き、頑としてその場を離れようとしない彼女を——見つけることになる。

「この子、飢え死にしちゃうわ、アルバート」と彼女は言う。

「飢え死になんかしやしないさ」

「この子は現に飢えてるのよ。わたしにはわかる。アルバート、あなたはどうなの？」

「どうって？」

「あなたもそう思ってるんでしょ。でも、それを認めたくない。そうなんでしょ？」

これまで毎晩、そんなやりとりが続いていた。

ふたりは先週、赤ん坊を病院に連れていった。が、赤ん坊を注意深く診察した医者にはこう言われていた、どこも悪くないと。

「この子を授かるのに九年もかかったんです、先生」とメイベルは言った。「この子にもしものことがあったら、わたし、生きてはいられません」

それが六日前のことだった。赤ん坊の体重はその日からさらに五オンス減っていた。

しかし、心配したところで、誰の助けにもならない。アルバート・テイラーは自分にそう言い聞かせていた。こういうことは医者を信頼するほかない。彼はまだ膝に置いてあった雑誌を手に取り、ぼんやりと目次を眺め、今週号の内容に眼を通した。

アルバート・テイラーは生まれてこの方、ミツバチに関することならどんなことにでも心を奪われてきた。子供の頃には、よく素手でミツバチを捕まえて、母親に見せようと家まで走って帰ったものだ。ときには顔にミツバチをのせ、頬や首すじを這いまわらせたりもした。が、何より驚くべきは、彼は一度もミツバチに刺されたことがないことだった。それどころか、ミツバチは彼と一緒にいるのを愉しんでいるようなのだ。自分からは決して飛び去ろうとしないので、ミツバチを取り除くには、指でやさしく払いのけてやらなければならないほどだった。それでも、ミツバチはよく戻ってきては、彼の腕や手や膝、肌が露出しているあらゆる場所にまたとまるのだった。

　レンガ職人だった父親は、こいつには魔法使いのにおいがするのにちがいない、毛穴から何か有害なものがしみ出しているのだと言った。こんなことはろくなことにならない、こんなふうに虫に催眠術をかけるなんて、と。一方、母親のほうは、それを神さまから授かった才能だと言い、鳥に説教をしたと伝えられる聖フランチェスコと息子を比べさえした。

　成長するにつれて、彼のミツバチへの強い興味は強迫観念のようにさえなり、十二歳になる頃にはもう初めての巣箱をつくり、その翌年の夏には初めてミツバチの群れを捕らえた。二年後、十四歳のときには、父親の小さな裏庭の塀にきちんと一列に並べて立てかけた巣箱を五つも持つようになり、蜂蜜の採取という通常の仕事のほかに、女王バチの人工養成という、繊細にして複雑な仕事まで手がけるようになっていた。幼虫を人工王椀（女王バチの人工養成の際に幼虫を移す容器）に移すだけでなく、あらゆることをこなすように。

　巣箱の中の作業をするとき、彼はミツバチをおとなしくさせるために煙を吹きかけることもなかった。手袋をはめたこともネットを頭にかぶったこともなかった。少年アルバートとミツバチのあいだには、明らかに不思議な気持ちのかよい合いがあった。やがて、村の商店やパブで、ある種の敬意をもって彼のことが話題にのぼるようになり、村人たちが彼の家まで蜂蜜を買いにやってくるようになった。

十八歳になると、村から一マイルほど離れた谷にある、サクランボ畑沿いの荒れた牧草地を一エーカー借りて、自分の養蜂場づくりに乗り出し、十一年後の今も同じ場所にいる。ただ、今では彼の養蜂場の広さは一エーカーから六エーカーに、蜜がたっぷり採れる巣箱は二百四十箱に増え、小さな家まで持つようになった。その家はほとんど彼が自分の手で建てたものだ。二十歳で結婚し、子宝に恵まれるまで九年かかったことを別にすれば、結婚生活もうまくいっていた。実際、アルバートにとってはすべてが順風満帆だった。この奇妙で小さな女の子が生まれ、その子がちゃんとミルクを飲もうとせず、日に日に体重を落とし、ふたりを脅かすようになるまでは。

彼は雑誌から眼を上げ、娘のことを考えた。

そういえば、今夜はこんなことがあった。ミルクを飲みはじめたとき、娘は眼を開けていた。彼がその眼をのぞき込むと、そこには死ぬほど恐ろしい何かが見えた――霧がかかったような虚ろな眼差しとでもいうのだろうか。まるで眼球自体が脳にまったくつながっておらず、ただ切り離されて眼窩に置かれているだけのように見えたのだ。それも灰色の小さなビー玉がふたつ、ただ置かれているかのように。

あの医者たちにはほんとうに自分の言っていることがわかっていたのだろうか？

彼は灰皿に手を伸ばすと、マッチ棒を使ってパイプの火皿からゆっくりと灰を掻き出した。

別の病院に連れていくことはいつでもできる。おそらくはオックスフォードのどこかの病院に。階上《うえ》に行ったら、メイベルにそう言ってみるのも悪くない。

彼女が寝室を歩きまわる音はまだ聞こえていたが、もう靴は脱いで室内履きに履き替えたのだろう、その足音はほんのかすかしか聞こえなかった。

彼は注意を雑誌に戻し、読み進めた。〈ノゼマ原虫抑制の事例〉という記事を読みおえ、ページをめくって、次の記事〈ロイヤルゼリー最前線〉を読みはじめた。自分の知らないことが何か書いてあるとは少しも思えなかったが。

ロイヤルゼリーと呼ばれるこのすばらしい物質とはなんなのか。

彼は脇のテーブルに置いた煙草の葉の缶に手を伸ばし、雑誌を読みながらパイプに葉を詰めた。

ロイヤルゼリーは育児バチの腺分泌物で、卵から孵《かえ》ったばかりの幼虫に与えられるものである。この物質は働きバチの咽頭腺から分泌され、その仕組みは脊椎動物の乳腺から乳が分泌される仕組みとほぼ同じだ。この事実が生物学的に非常に興味深いのは、このようなプロセスを進化させた昆虫は、知られているかぎりミツバチ以外には世界に存在しないからである。

またこの話か、と彼は自分につぶやいた。が、ほかにとりたててすることもなかったので、そのまま読み進めた。

ロイヤルゼリーは、卵から孵ってから最初の三日間、濃縮された状態でミツバチの幼虫に与えられるが、それ以降は雄バチや働きバチになるよう定められた幼虫には、蜂蜜と花粉で大幅に薄められたロイヤルゼリーが与えられることになる。一方、女王バチになるよう定められた幼虫には、幼虫の期間全体を通して、純粋なロイヤルゼリーという濃縮された食べものが与えられ、そのことからロイヤルゼリーの名前がつけられた。

階上《うえ》の寝室では、足音が完全にやんだようだった。家の中は静まり返っていた。彼はマッチをすって、パイプに火をつけた。

ロイヤルゼリーが絶大な栄養効果を持つ物質であることはまちがいない。これだけを食べつづけると、ミツバチの幼虫は体重が五日間で千五百倍に増加する。

これはだいたい正しいだろうな、と彼は思った。もっとも、幼虫の成長を体重の観点から考えてみようという発想が彼の頭に浮かんだことは、なぜかそれまで一度もなかったのだが。

これを体重七・五ポンドの赤ん坊にあてはめてみると、同じ期間で体重五トンに成長することになる。

アルバート・テイラーは読み進めるのをやめ、この一文をもう一度読んだ。それからさらにもう一度。

これを体重七・五ポンドの赤ん坊にあてはめてみると……

「メイベル！」と彼は呼ばわり、弾かれたように椅子から立ち上がった。「メイベル！　降りてきてくれ！」

彼は廊下に出ると、階段の下に立ち、階下《した》に降りてくるよう、もう一度声を張り上げ、彼女を呼んだ。

返事はなかった。

彼は階段を駆け上がり、踊り場で明かりのスウィッチを入れた。寝室のドアは閉められていた。踊り場を横切るとドアを開け、戸口に立って暗い室内をのぞき込んだ。「メイベル」と彼は声をかけた。「ちょっと階下《した》に降りてきてくれないか？　たった今思いついたことがあるんだ。赤ちゃんのことだ」

彼の背後の踊り場の照明がベッドにほのかな光を投げかけていた。うつ伏せに横たわる彼女の姿がぼんやりと見えた。枕に顔を埋めて、両腕を頭の上のほうに投げ出していた。また泣いていた。

「メイベル」と彼は言って、彼女のところに行き、その肩に触れた。「頼むからちょっと降りてきてくれないか。大事なことかもしれないんだ」

「あっちへ行って」と彼女は言った。「ひとりにしておいて」

「ぼくが思いついたことを聞きたくないのかい？」

「ねえ、アルバート、わたし、疲れてるの」と彼女はすすり泣きながら言った。「疲れすぎて、もう自分が何をしてるのかもわからない。わたし、このさきやってけるとは思えない。もう耐えられない」

間《ま》ができた。アルバート・テイラーは彼女に背を向け、赤ん坊が寝ているベビーベッドまでゆっくりと歩き、中をのぞき込んだ。暗すぎて赤ん坊の顔は見えなかったが、近くまで身を屈めると、弱々しく、忙しない息づかいが聞こえてきた。「次のミルクの時間はいつだっけ？」と彼は尋ねた。

「二時だと思うけど」

「その次は？」

「朝の六時」

「両方ともぼくがやるよ」と彼は言った。「きみは寝てなさい」

彼女は返事をしなかった。

「ちゃんとベッドにはいれよ、メイベル。すぐに眠るんだ、いいかい？　もう心配するな。

これから十二時間はぼくが完全に引き受けるから。こんな調子じゃ、神経がまいってしまうよ」

「ええ」と彼女は言った。「わかってる」

「ぼくは今すぐ目覚まし時計を持って赤ちゃんと一緒に客間に行く。だから、きみはただ横になって、リラックスして、ぼくと赤ちゃんのことはすっかり忘れるんだ。いいね？」彼はもうベビーベッドを押してドアから外に出ようとしていた。

「ああ、アルバート」と彼女はすすり泣きながら言った。

「なんにも心配要らないよ。ぼくに任せて」

「アルバート……」

「なに？」

「愛してるわ、アルバート」

「ぼくも愛してるよ、メイベル。さあ、眠るんだ」

アルバート・テイラーは翌朝十一時近くになるまで妻の姿を見なかった。

「まあ、なんてこと！」と彼女は声を張り上げ、ドレッシング・ガウンに室内履きという恰好で階段を大急ぎで駆け降りてきた。「アルバート！ちょっと時計を見て！わたしったら、もう十二時間も眠ってたのね！大丈夫？何もなかった？」

彼はもの静かに肘掛け椅子に腰かけ、パイプをくゆらせながら、朝刊を読んでいた。赤ん坊は彼の脇に置かれた、移動式ベビーベッドの中で眠っていた。

「おはよう、メイベル」と彼は笑顔で言った。

彼女はベビーベッドに駆け寄ると、中をのぞき込んだ。「アルバート、この子、ミルクを飲んだ？　何回ミルクをあげてくれたの？　十時もミルクの時間だったけれど、あなた、そのこと知ってた？」

アルバート・テイラーは新聞をきちんと四角く折りたたむと、サイドテーブルに置いて言った。「夜中の二時にミルクをあげたときには、半オンスくらい飲んだけど、それ以上は飲まなかった。六時にあげたときにはもうちょっと飲んで、二オンス……」

「二オンスですって！　まあ、アルバート、すばらしいわ！」

「で、ついさっき十分ほどまえにもあげたところだ。それが今のところ最後だけど、哺乳瓶はマントルピースの上だ。もう一オンスしか残ってない。つまりこの子は三オンス飲んだということだ。どう？」彼は誇らしげににっこりと笑った。自分の手柄にすっかり気をよくしていた。

彼女はすぐに床に両膝をつき、赤ん坊をじっと見つめた。

「この子、まえより元気になったんじゃないか？」と彼は勢い込んで尋ねた。「顔がまえよりふっくらしてないか？」

「馬鹿みたいに聞こえるかもしれないけれど」と妻は言った。「わたしもほんとにそう思う。まあ、アルバート、あなたってすごい人ね！　いったいどうやったの？」

「峠を越えたんだよ」と彼は言った。「それだけのことさ。ちょうど医者が言ったように峠を越えたのさ」

「神さまにお祈りするわ、どうかあなたが今言ったとおりでありますように、アルバート」

「もちろんぼくの言ったとおりさ。これからのこの子を見てるといい」

彼女は赤ん坊を愛おしそうに見つめた。

「きみもずいぶんと具合がよくなったみたいだね、メイベル」

「ええ、とても気分がいいわ。ゆうべのことはごめんなさい」

「なあ、このやり方を続けていこう」と彼は言った。「これからは夜のミルクは全部ぼくが受け持つよ。きみは昼のミルクを受け持ってくれればいい」

彼女は顔を上げ、ベビーベッドの向こう側の彼を見て、眉根に皺を寄せて言った。「駄目よ。ええ、それは駄目よ。あなたにそんなことさせるわけにはいかないわ」

「ぼくはきみにノイローゼになってほしくないんだよ、メイベル」

「わたしなら大丈夫よ、もうちゃんと眠れたし」

「ふたりで分担したほうがずっといいと思う」

「駄目よ、アルバート。これはわたしの仕事だし、わたしが自分でやりたいの。ゆうべのようなことはもう二度とないから」

間《ま》ができた。アルバート・テイラーはくわえていたパイプを口から離すと、火皿の部分の木目をじっと見てから言った。「わかった。そういうことなら、せめてつまらない単純作業からはきみを解放してあげよう。哺乳瓶の消毒やミルクの調合とかは全部ぼくが担当して、準備万端整えておいてあげる。それできみも助かるだろう、いくらかでも」

彼女は彼の顔をとくと見た。いったいどういう風の吹きまわしなのだろうと思いながら。

「あのさ、メイベル、ぼくはずっと考えてたんだ……」

「ええ、アルバート」

「ずっと考えてたんだよ。ゆうべまでぼくは赤ちゃんのことではきみを手伝うのに指一本上げたことすらなかった」

「そんなことはないわ」

「いや、そうだよ。だから、これからはぼくなりに子育ての役割分担を果たしていこうと決めたんだ。ぼくがミルクの調合と哺乳瓶の消毒を受け持つ。いいね？」

「なんてやさしいの。でも、ほんとうにそんな必要は――」

「頼むから！」と彼は声を荒らげた。「せっかくのつきを変えることはないだろ！　この三回はぼくがやった。その結果をちょっとでも考えてごらんよ！　次はいつなんだい？　二時だっけ？」

「ええ」

「もう用意はできてる」と彼は言った。「すべて調合して準備できてるから、きみは時間になったら、食品戸棚のところへ行って、それを取り出して温めさえすればいい。きみがしなきゃいけないことはそれだけだ。それでぼくも少しは役に立ってる？」

彼女は立ち上がり、彼のところに行くと、彼の頰にキスをして言った。「なんてやさしい人なの。毎日あなたを知れば知るほど、あなたのことがどんどん好きになってる」

しばらく経った昼下がり、アルバートが陽射しを浴びながら巣箱のあいだで仕事をしていると、家のほうから妻の呼び声が聞こえてきた。「アルバート、来て！」彼女はキンポウゲの草むらを抜けて彼のもとへと走ってきた。

「アルバート！」と彼女は大声で叫んでいた。

彼は何かよくないことが起きたのだろうかと思いながら、彼女のほうへ歩きだした。

「ああ、アルバート！　何があったと思う？」

「何があったんだ？」

「あの子に二時のミルクをあげたところなんだけど、あの子、全部飲んだのよ！」

「まさか！」

「一滴残らず！　ああ、アルバート、わたし、ほんとうに嬉しい！　あの子はきっと大丈夫だわ！　まさにあなたが言ったように、峠を越したのよ！」彼女は彼のもとにやってくると、彼の首に両腕をまわして彼を抱きしめた。彼は彼女の背中を叩きながら、声を上げて笑い、きみってなんて素敵で可愛いお母さんなんだ、と言った。

「あなたも家に戻って次の授乳を見ない、アルバート？　あの子がまた飲み干すかどうか」

それは絶対に見逃せないね、と彼は彼女に言った。彼女はもう一度彼を抱きしめると、くるりと背を向け、家のほうに走って戻っていった。その間ずっと歌を歌い、跳ねるように草地を歩きながら。

当然のことながら、六時の授乳の時間が近づくにつれ、家の中の空気が少なからず張りつめはじめた。五時半には早くも両親そろって居間に陣取り、その瞬間が訪れるのを待っていた。調合ずみのミルクのはいった哺乳瓶は、湯を入れた片手鍋に入れられ、マントルピースの上に置かれていた。赤ん坊はソファの上で——移動式ベビーベッドの中で——眠っていた。六時まであと二十分になったところで、赤ん坊は眼を覚まし、大声で泣きはじめた。

「ほらね！」とミセス・テイラーは声を張り上げた。「ミルクを欲しがってるのよ。この子をすぐに抱き上げて、こっちに、わたしに渡してちょうだい、アルバート。いいえ、まずそのまえに哺乳瓶をわたしに寄越して」

彼は哺乳瓶を彼女に渡してから、赤ん坊を彼女の膝の上に置いた。彼女は恐る恐る哺乳瓶の乳首の先を赤ん坊の唇にあてた。赤ん坊は上下の歯茎で乳首をしっかりとくわえると、慌ただしく力強い動作で貪るように吸いはじめた。

「まあ、アルバート、すごくない？」と彼女は笑いながら言った。

「すごいのひとことだ、メイベル」

七、八分もすると、哺乳瓶の中身は残らず赤ん坊の咽喉《のど》の奥へと消えていった。

「お利口さんね」とミセス・テイラーは言った。「また四オンス飲んだわ」

アルバート・テイラーは椅子に坐ったまま身を乗り出し、じっと眼を凝らして赤ん坊の顔をのぞき込んで言った。「ねえ、この子、もうすでに体重がちょっと増えてるように見えるんだけど。きみはどう思う？」

母親はわが子を見下ろした。

「メイベル、きみにはこの子が昨日よりも大きくなって、ふっくらしたように見えないか？」

「かもしれない、アルバート。はっきりとはわからないけど。それに、こんなに短い時間でほんとうに体重が増えるなんてこと、実際にはありえないでしょうけど。それより大切なのはこの子が普通にミルクを飲めるようになったということよ」

「峠を越したんだ」とアルバートはまた言った。「もうこの子のことは心配要らないね」

「もう心配しないわ」

「階上《うえ》に行って、ベビーベッドをぼくたちの寝室に戻してこようか？」

「ええ、お願い」と彼女は言った。

アルバートは階上《うえ》に行き、ベビーベッドを移動させた。メイベルも赤ん坊を抱いてやってきた。彼女はおむつを替えてから、赤ん坊をそっとベビーベッドに寝かせ、シーツと毛布をかけると囁いた。

「すごく可愛いと思わない、アルバート？　あなたがこれまで見た中で一番可愛い赤ちゃんなんじゃない？」

「今は静かにしていよう、メイベル」と彼は言った。「階下《した》に行って、軽めの夕食をつくってくれないか。ぼくたちも食事だ」

夕食を食べおえると、ふたりは居間の肘掛け椅子にそれぞれ腰を落ち着けた。アルバートはパイプをくゆらせながら雑誌を読み、メイベルは編みものをしたが、その光景の趣きはゆうべとはまったく異なっていた。張りつめていた空気が雲散霧消していた。ミセス・テイラーの凛とした卵形の顔は喜びに輝き、頬は紅潮し、眼は明るくきらめき、口元には心からの満足から生まれる、夢見るような笑みが貼りついていた。時々、彼女は編みものから眼を上げて、夫に愛情のこもった眼差しを向けた。編みものの手を数秒休めて、じっと坐ったまま天井を見上げて、泣き声やぐずる声が階上《うえ》から聞こえてこないかと耳をすましてみたりもした。が、家の中はどこもしんと静まり返っていた。

「アルバート」しばらくして彼女が言った。

「なんだい、メイベル？」

「ゆうべのことなんだけど、寝室に駆け込んできたとき、わたしに話したいことがあるって言ってたのはなんのことだったの？　赤ちゃんのためにちょっと思いついたことがあるって言ってたわよね」

アルバート・テイラーは雑誌を膝の上に置いて、意味ありげな視線をしばらく彼女に向けてから言った。

「そうだったっけ？」

「ええ、言ってたわ」と彼女は言い、彼がさきを続けるのを待った。が、彼はそれ以上何も言わなかった。

「何がそんなに面白いの？」と彼女は訊いた。「どうしてそんなふうににやにや笑ってるの？」

「確かに面白い話だ」と彼は言った。

「なんのことか教えてよ」

「どうしようかな」と彼は言った。「きみはぼくのことをほらふきって言うかもしれない」

メイベルにしてもこれほどひとり悦に入っている夫の姿を見るのはめったにないことだった。彼女は笑みを返して促した。

「それを聞いたときのきみの顔を見てみたくはあるけど、メイベル、それだけのことだな」

「アルバート、いったいなんなの？」

彼は急かされるのを拒んでしばらく黙っていたが、ようやく言った。

「赤ちゃんは元気になった。きみもそう思ってるよね？」

「もちろん、思ってるわ」

「急に見事な飲みっぷりになって、百パーセント様子が変わった。それにも同意してくれるよね？」

「ええ、もちろんよ、アルバート」

「よかった」と彼は言った。その顔に浮かんだ笑みがいっそう大きくなった。「わかるかい、そうしたのは実はこのぼくなんだ」

「そうしたって何を？」

「ぼくが赤ちゃんを治したのさ」

「ええ、あなた、そうでしょうとも」ミセス・テイラーは編みものをやめることもなく言った。

「信じてないな、だろ？」

「もちろん信じてるわ、アルバート。すべてあなたのおかげよ、何から何まで」

「じゃあ、どうやったと思う？」

「そうねえ」と彼女は言うと、一瞬黙って考えてからまた口を開いた。「とにかくあなたはミルクの調合がうまいんだと思う。あなたがミルクをつくるようになってから、あの子はどんどん元気になってるんだから」

「つまり、ミルクの調合にはある種のコツがあるってこと？」

「そうみたいね」彼女は編みものの手をなおも止めずにひとりほくそ笑んだ――男の人ってなんておかしな生きものなの。

「秘密を教えてあげよう」と彼は言った。「きみの判断はまったく正しい。ただ、言っておくけど、どうやってつくるかはあまり重要ではないんだ。肝心なのは何を入れるかだ。わかるよね、メイベル？」

ミセス・テイラーは編みものを手を止めて、顔を上げると、夫に鋭い視線を投げかけた。

「アルバート、まさかあの子のミルクに何か入れたなんて言うんじゃないでしょうね？」

彼は坐ったままにやにやしていた。

「ねえ、入れたの、入れなかったの？」

「可能性はある」と彼は言った。

「そんなこと、わたしは信じない」

彼は奇妙な笑みを浮かべた。歯をにっと剝き出した獰猛にも見える笑みだった。

「アルバート」と彼女は言った。「そんなふうにわたしをからかうのはやめて」

「うん、わかった」

「あなた、ほんとうにあの子のミルクに何か入れたの？　ちゃんと答えて、アルバート。そんなことをしたら、あんなに小さな赤ちゃんだもの、大変なことになるわ」

「答はイエスだ、メイベル」

「あなたって人は！　よくもそんなことを！」

「まあ、そう興奮するなって」と彼は言った。「きみがほんとうに聞きたいなら、これから全部教えるから。でも、お願いだから、取り乱したりはしないでくれ」

「ビールね！」と彼女はいきなり声を張り上げた。「きっとビールだわ！」

「そんな馬鹿なことを言うなよ、メイベル、頼むから」

「じゃあ、なんなの？」

アルバートは脇にあるテーブルに慎重にパイプを置くと、椅子の背にもたれて言った。

「言ってくれ。ロイヤルゼリーと言われるものについて、ぼくが何か話すのをこれまでひょっとして聞いたことはなかったかな？」

「いいえ、ないわ」

「あれは魔法だよ」と彼は言った。

「まさに魔法だ。ゆうべふと思いついたんだ、赤ちゃんのミルクにあれを少し入れてみたらどうだろうと……」

「よくもそんなことを！」

「なあ、メイベル、きみはまだあれがどんなものかすら知らないじゃないか」

「それがどんなものかなんてどうだっていいわ」と彼女は言った。「小さな赤ちゃんのミルクにそういう異物を混ぜるなんて。あなた、どうかしてる」

「害はまったくないんだよ、メイベル。でなければ、ぼくが混ぜるわけがないだろうが。ミツバチがつくるものなんだ」

「そんなことだろうと思ったけど」

「すごく稀少で高価なものだからね。実際の話、ほとんどの人には手が出ない。食べるにしても一度にほんの一滴ぐらいのものだ」

「それじゃ、うかがいますけど、わたしたちの赤ちゃんにはどれくらいあげたの？」

「ああ」と彼は言った。「そこが一番肝心なところだな。そこが運命の分かれ道なんだから。われわれの赤ちゃんは、この四回の授乳だけで世界じゅうの誰よりロイヤルゼリーをたくさん飲んでると思う。その人たちの五十倍くらいの量だ。どうだい？」

「アルバート、からかうのはもうやめて」

「今のはほんとうだよ」と彼は得意げに言った。

彼女は坐ったまま彼をじっと見つめた。額に皺を寄せ、口を少しだけ開けて。

「買うとしたら、これが実際にいくらするのか、メイベル、きみは知ってるかい？　アメリカには、まさに今この瞬間にも一ポンド入りの瓶に五百ドルほどの値段をつけた広告を出してる店がある！　なんと五百ドルだよ！　金《きん》よりも高いってことさ！」

彼がなんの話をしているのか、彼女にはまるでぴんとこなかった。

「証拠を見せよう」と彼は言うと、跳ねるように椅子から立ち上がって部屋を横切り、大きな書棚のまえに行った。養蜂関連の文献はすべてそこに収めてあった。一番上の棚には《アメリカン・ビー・ジャーナル》のバックナンバーが《ブリティッシュ・ビー・ジャーナル》や《ビー・クラフト》といった養蜂専門誌のバックナンバーと並んで、きちんと重ねられていた。その《アメリカン・ビー・ジャーナル》の最新号を取り出すと、項目別に小さな広告を集めた巻末のページを開いた。

「ああ、これだ」と彼は言った。「ぼくが言ったとおりだろ？〈ロイヤルゼリー販売中――瓶詰め一ポンドあたり四百八十ドル（卸売価格）〉と書いてある」

彼は彼女が自分の眼で確かめられるように雑誌を手渡した。

「これでぼくの言ってることが信じられたかい？　これはニューヨークにちゃんと実在する店だ、メイベル。そう書いてある」

「新生児も同然の赤ちゃんのミルクに混ぜてもいいです、とは書かれてないわ」と彼女は言った。「あなたの頭がどうなっちゃったのか、わたしにはわからない、アルバート。ほんとうにわからない」

「でも、そのおかげであの子はよくなってるじゃないか？」

「そのこともうわからなくなった」

「馬鹿なこと言うなよ、メイベル。わかってるくせに」

「だったら、ほかの人たちはどうして自分の赤ちゃんにそうしてこなかったの？」

「だから言ってるだろう」と彼は言った。「値段が高すぎるんだよ。世界じゅう探したって、ただ食べるためだけにロイヤルゼリーを買える人なんてこの世にはそうそういない。ひとりかふたりの億万長者だけだ。実際、ロイヤルゼリーを買ってるのは、女性のフェイスクリームとか、そういう類いのものを製造してる大企業なんだよ。人目を惹くために利用してるのさ。フェイスクリームの大きな容器にほんのひとつまみ混ぜるだけで、そりゃもう法外な値段で飛ぶように売れるんだから。皺が取れるということで」

「ほんとうに取れるの？」

「どうしてぼくがそんなこと知ってる？　いや、それはともかく」と彼は言って、自分の椅子に戻った。「そんなことは重要じゃない。重要なのはこういうことだ。これまでのたったの数時間で、ロイヤルゼリーはわれわれの可愛い赤ちゃんにあれだけ大きな効き目があった。だから、このまま引き続きあの子に与えるべきだと思う。今度は話の腰を折らないでくれよ、メイベル。最後まで話させてくれ。うちにある二百四十の巣箱のうち、そうだな、百箱ほどロイヤルゼリー用にすれば、あの子が欲しがるくらいの量は確保できるはずだ」

「あなたって人は、アルバート・テイラー」と彼女は眼を思いきり見開き、彼をまじまじと見て言った。「気でもちがったの？」

「最後まで聞いてくれ、メイベル、頼むから」

「そんなこと、許さない」と彼女は言った。「絶対に。あなたはわたしの赤ちゃんにあと一滴たりともそのおぞましいゼリーをあげたりしない。いいわね？」

「なあ、メイベル……」

「このこととは関係ないけど、去年の蜂蜜の収穫量はひどいものだったんじゃないの？　軽はずみなことを巣箱にしちゃったら、何が起こらないともかぎらないでしょうが」

「巣箱のことなら全然問題はないよ、メイベル」

「去年のうちの収穫量は例年の半分しかなかった。それはあなたが一番よく知ってることじゃないの」

「頼むから」と彼は言った。「このロイヤルゼリーのすばらしさのことは少しだけでも説明させてくれよ」

「それがなんなのかさえまだ聞いてないけど」

「わかった、メイベル。それについても話すよ。ちゃんと聞いてくれる？　ぼくに説明するチャンスをくれる？」

彼女はため息をつくと、編みものをする手をまた動かしはじめて言った。「アルバート、言いたいことがあるのなら胸に収めておかないで、言って。さあ、話して」

彼はためらった。気づくと、どこから始めればいいのかよくわからなくなっていた。養蜂をよく知らない者にこの手のことを説明するのは容易なことではない。

「きみも知ってるよね」と彼は始めた。「ミツバチの群れ《コロニー》には一匹だけ女王バチがいるってことは？」

「ええ」

「それに、この女王バチがすべての卵を産むってことも？」

「ええ、アルバート。それくらいはわたしも知ってる」

「よろしい。で、実際のところ、この女王バチには二種類の卵を産むことができるんだ。知らなかったかもしれないけど、女王バチにはそういうことができるんだよ。いわば巣箱の奇跡のひとつだね。女王バチには雄バチになる卵を産むことも、働きバチになる卵を産むこともできるんだ。これが奇跡じゃないとしたら、メイベル、何を奇跡と言えばいいのか、ぼくにはわからない」

「ええ、アルバート、それはわかったわ」

「雄バチはオスだ。だからここでは考えなくていい。働きバチはすべてメスだ。言うまでもないけれど、女王バチもメス。しかし、働きバチは生殖能力のないメスなんだ、わかるかな、この意味？　働きバチの生殖器官はまったく発達してないんだよ。一方、女王バチは途方もなく生殖能力が高い。実際、女王バチはたった一日で自分の体重と同じ重さの卵を産むことができるんだ」

彼はしばらく間《ま》を取って考えを整理してから続けた。

「では、何が起きるのか。それを説明するね。女王バチは、巣を這いまわって、〝巣房〟と呼ばれる小部屋に卵を産みつけていく。ハチの巣に見られる何百という小さな穴のことはきみも知ってるだろ？　あれが巣房で、幼虫を育てるための巣房は、蜜を溜めるための巣房とまったく変わらない。蜜がはいっていなくて、卵が産みつけられること以外はね。女王バチはひとつの巣房にひとつの卵を産みつけ、三日後には卵が孵って幼虫になる。これがいわゆるハチの子だ。

そうして卵から幼虫が孵るとすぐに、育児バチ——若い働きバチだ——がそのまわりに集まって、それはもうものすごい勢いで餌をやりはじめる。餌にするのはなんだと思う？」

「ロイヤルゼリーね」とメイベルは鷹揚に言った。

「そのとおり！」と彼は大きな声で応じた。「それこそハチの子に与えられるものだ。育児バチは頭部にある分泌腺からロイヤルゼリーを出して、幼虫が育つよう巣房の中に注入する。次はどうなると思う？」

彼はここで大げさに間《ま》を置くと、彼女に向けて、その潤んだ灰色の小さな眼をしばたたいてみせた。そして、椅子に坐ったままゆっくりと体の向きを変え、まえの夜に読んでいた雑誌に手を伸ばした。

「それからどうなるか、知りたいよね？」そう言って、舌で唇を舐めた。

「ええ、ええ、もう待ちきれないわ」

「〝ロイヤルゼリーが〟」と彼は雑誌の記事を声に出して読みはじめた。「〝絶大な栄養効果を持つ物質であることはまちがいない。これだけを食べつづけると、ミツバチの幼虫は体重が五日間で千五百倍に増加する〝！」

「何倍ですって？」

「なんと千五百倍だよ、メイベル。これを人間にあてはめると、どれくらいになるか、わかるかい？　それはつまり」と彼は言うと、声を落として、身を乗り出し、その小さな淡い色の眼で彼女をじっと見つめた。「それはつまり、体重七・五ポンドの赤ん坊が五日で五トンに成長するってことだ！」

ミセス・テイラーはまた編みものをする手を止めた。

「そんなに額面どおりに考えちゃいけないよ、メイベル」

「そうしちゃいけないなんて誰が言ってるの？」

「単純に計算すればそうなるってだけのことだよ」

「わかったわ、アルバート。続けて」

「まだ話は半分もしてない」と彼は言った。「まだまだこれからさきがある。ロイヤルゼリーのほんとうに驚くべき点についてはまだ何も話してないんだから。ロイヤルゼリーは実質的な生殖器官を持たない、見栄えのぱっとしない平凡な小さな働きバチを多産で美しくて立派で大きな女王バチに変身させる。その仕組みをこれから説明するよ」

「あなた、わたしたちの赤ちゃんのことを見栄えがぱっとしなくて平凡だって言ってるわけ？」と彼女は詰問するように言った。

「ねえ、ぼくが言ってもいないことを言ったことにするのはやめてくれ、メイベル、頼むから。これから言うことをよく聞いてくれ。女王バチと働きバチは成長すると全然ちがうものになるんだけれど、実はどちらもまったく同じ種類の卵から孵る。きみはこのことを知ってたかい？」

「わたしはそんなこと信じません」と彼女は言った。

「これは事実なんだよ、メイベル、ぼくがここに坐ってることと同じくらい。ほんとうに。働きバチではなくて女王バチを卵から誕生させたいと思えば、ミツバチにはいつでも好きにそうすることができるんだ」

「どうやって？」

「ああ」と彼は言い、彼女に向かって太い人差し指を振り立てた。「それを今話そうと思ってたところだ。それがすべてのカギだからね。さて——そんな奇跡を起こすのはきみはなんだと思う、メイベル？」

「ロイヤルゼリーでしょ」と彼女は言った。「それはもう聞いたわ」

「そう、まさにロイヤルゼリーなんだ！」と彼は声を張り上げ、手を叩いて、椅子の座面の上で体を弾ませた。彼の大きな丸い顔は今や興奮に輝き、両の頬には鮮やかな赤味が差していた。

「仕組みはこうだ。ごく簡単に説明しよう。新しい女王バチの誕生を望むと、ミツバチは特別に広い巣房——〝王台〟と呼ばれてるものだ——をつくって、そこに旧世代の女王バチに卵をひとつ産みつけさせる。そのほかの千九百九十九個の卵は普通の働きバチ用の巣房に産みつけられる。そのあと卵が孵るとすぐに、育児バチが幼虫のまわりに集まって、ロイヤルゼリーをせっせと注入しはじめる。そうやってすべての幼虫にロイヤルゼリーが与えられる。女王バチの幼虫だけじゃなくて、働きバチの幼虫にもね。しかし、ここにきわめて大切な点があるんだ、メイベル。だから注意して聞いてほしい。ここが運命の分かれ道だ。働きバチの幼虫は卵から孵ってから最初の三日間だけこのすばらしい特別食を与えられる。それからあとは、まったく別の餌を食べることになる。つまり、乳離れさせるわけだけど、普通の乳離れとちがって、これは段階を踏まずにいきなりおこなわれる。その三日間が過ぎると、働きバチの幼虫には多かれ少なかれ働きバチの通常の食べもの——蜂蜜と花粉の混合物——が与えられ、約二週間後には働きバチとして巣房から出ることになる。

一方、王台の中の幼虫はまったくちがう！　こいつには幼虫のあいだずっとロイヤルゼリーが与えられるんだ。育児バチが王台にロイヤルゼリーをひたすら注ぎ込むんだ。事実、あまりに大量なものだから、幼虫はロイヤルゼリーの中に文字どおり浮かんだ状態になる。普通の幼虫が女王バチになるのはそのおかげなんだよ！」

「そんなこと、証明はできないんじゃないの？」と彼女は言った。

「馬鹿なことを言うなよ、メイベル、頼むから。大勢の人間が何度も何度も繰り返し証明してきたことだ。世界のあらゆる国の有名な科学者が。働きバチの巣房から幼虫を取り出して、王台の中に移してやり——これが〝移虫〟と呼ばれる作業だ——あとは育児バチがその幼虫にロイヤルゼリーをたっぷり与えさえすれば、あら不思議！　その幼虫が女王バチに成長するんだ！　さらに驚くべきは、成虫になった女王バチと働きバチには決定的に大きなちがいがあるってことだ。腹部の形もちがえば、針もちがうし、脚だってちがう。それに……」

「脚がちがうってどんなふうに？」と彼女は彼を試すように訊いた。

「脚？　そう、働きバチの脚には花粉を運ぶための小さな花粉かごがあるんだけど、女王バチにはない。それからこんなところもちがう。女王バチは生殖器官が完全に発達してるのに、働きバチはそうじゃない。そして、一番驚くべきことがこれだ。いいかい、メイベル、女王バチは平均四年から六年も生きるのに、働きバチは四ヵ月から六ヵ月さえめったに生きられない。こうしたちがいはすべてロイヤルゼリーを食べたか食べなかったか、ただその一点にかかってるんだよ！」

「とても信じられないわ」と彼女は言った。「食べものにそんな力があるなんて」

「もちろん信じがたいことではある。でも、これもまた巣箱の奇跡のひとつだな。というか、これこそが正真正銘、最大の奇跡だ。あまりにすごい奇跡なもんだから、偉大な科学者にも何百年もわけがわからなかった。ちょっと待って。そこにいてくれ。そのまま動かないで」

彼はまた跳ねるように立ち上がって書棚のところへ行くと、本や雑誌をがさごそと漁りだした。

「いくつか記事を見せてあげるよ。あったぞ。それらのひとつがこれだ。よく聞いてくれ」

彼は《アメリカン・ビー・ジャーナル》のある号からの記事を声に出して読みはじめた。

「〝インスリンの発見で人類に真に偉大な貢献をしたことを称えて、カナダ国民からすばらしい研究所を贈られ、そこの所長を務めるトロント在住のフレデリック・A・バンティング博士は、ロイヤルゼリーに興味を持つようになると、研究スタッフに基礎的な分別測定を求め……〟」

彼はそこで読むのをやめた。

「まあ、全部読み上げる必要もないか。要はこういうことだ。バンティング博士とその研究チームは、孵化後二日目の幼虫がはいった王台からロイヤルゼリーを取り出して、分析を始めた。その結果、何が発見されたと思う？

発見されたのは」と彼は自分で答えた。「ロイヤルゼリーにはフェノール、ステロール、グリセリル、デキストロースに——さあ、いよいよここが肝心だ——未確認の酸類が八十から八十五パーセントも含まれてるということだったんだよ！」

彼は雑誌を片手に書棚の横に立って、勝ち誇ったようで、どこかしらこそこそとした奇妙な笑みを浮かべていた。妻はそんな夫を当惑顔で見た。

彼は背の高い男ではなかった。ずんぐりとして丸っこく柔らかそうな体をしており、胴体全体が地面に近い高さにあった。脚が寸足らずで、おまけにがに股気味だったからだ。丸い頭は馬鹿に大きく、短く切った剛毛に覆われ、顔もひげ剃りをすっかりやめているせいで、その大部分が長さ一インチほどの黄褐色のちぢれ毛に覆われていた。そんなこんなで見た目にはいささかグロテスクな男で、それは否定できなかった。

「八十から八十五パーセントの」と彼は続けた。「未確認の酸類。それってすばらしくないか？」そう言って、書棚に戻ると、今度はほかの雑誌を漁りはじめた。

「どういう意味なの、未確認の酸類って？」

「要するにそういうことさ！　誰にもわからないってことさ！　あのバンティングにもわからなかったんだ。バンティングのことは聞いたことがあるよね？」

「いいえ」

「今、存命中の世界じゅうの医者の中でほぼ一番有名な医者だな。まあ、そういうことだ」

剛毛の生えた頭に毛むくじゃらの顔、丸っこくて柔らかそうな胴体。書棚のまえで忙しそうに動きまわっている夫の姿を見ていると、どういうわけか奇妙なことに、メイベルは、夫には少しミツバチっぽいところがあると思わずにはいられなくなってきた。乗っている愛馬に段々似ていく女性たちを見たことはこれまで何度もあった。鳥やブルテリアやポメラニアンを飼っている人たちは、わずかにしろ、驚くほど自分たちが選んだ生きものに似ていることが多いのにも気づかされていた。それでも、今の今まで自分の夫がミツバチに似ていようとは一度も思ったことがなかった。そのことに彼女はいささかショックを受けた。

「そのバンティングは自分で食べてみようとしたの？」と彼女は尋ねた。「このロイヤルゼリーを？」

「もちろん彼は食べなかったさ、メイベル。食べられるほどたくさん持っていなかったからね。非常に稀少なものなんだ」

「ねえ、ちょっと聞いてほしいんだけど」彼女は彼をじっと見すえながらもかすかな笑みはたやさずに言った。「あなた、自分の見た目がほんのちょこっとだけミツバチに似てきてるってこと、知ってた？」

彼は振り向いて、彼女を見た。

「主にそのひげのせいじゃないかと思うの」と彼女は続けた。「そのひげ、やめてくれないかしら。色までなんだかミツバチっぽいわ。そう思わない？」

「くそいったいぜんたい、きみはなんの話をしてるんだ、メイベル？」

「アルバート」と彼女は言った。「ことばづかいには気をつけて」

「この話、もっと聞きたいのか、聞きたくないのか？」

「もちろん聞きたいわ、あなた、ごめんなさい。ちょっとふざけて言ってみただけよ。さきを続けて」

彼は彼女にまた背を向けて、書棚から別の雑誌を引き抜くと、ページをぱらぱらとめくりはじめた。「さてと、ちょっとこれをよく聞いてくれ、メイベル。〝一九三九年、ヘイルは生後二十一日のラットにさまざまな量のロイヤルゼリーを注射するという実験をおこなった。その結果、卵巣内の卵胞の成長の速さは注射されたロイヤルゼリーの量に正比例することを発見した〟」

「ほら、それよ！」と彼女は声を張り上げた。「やっぱりね！」

「やっぱりって、何が？」

「何かひどいことが起きると思ってたって意味よ」

「ばかばかしい。悪いことなどひとつもない。もうひとつ紹介しよう、メイベル。〝スティルとバーデットの研究では、繁殖能力のなかったオスのラットに毎日微量のロイヤルゼリーを与えたところ、何度も子を持てるようになったことが判明した〟」

「アルバート」と彼女は声を荒らげて言った。「そのロイヤルゼリーというのは赤ちゃんにあげるには成分が強すぎるのよ！　わたし、すごく嫌な気がする」

「馬鹿を言うなよ、メイベル」

「じゃあ、その人たちがラットでしか試さなかったのはどうしてなの？　理由を教えてよ。そういう有名な科学者が自分自身で摂取しなかったのはなぜなの？　それはそういう人たちは賢かったからよ。バンティング博士が大切な卵巣を駄目にするという危険を冒すと思う？　そんなことは絶対にしないわ」

「でも、現に人間に与えた例もあるんだよ、メイベル。その記事を読んであげよう。聞いてくれ」彼はページをめくると、また雑誌の記事を読み上げはじめた。「〝一九五三年、メキシコの見識豊かな医師のグループが、脳神経炎や関節炎、糖尿病、煙草による自家中毒、男性の勃起不全、喘息、偽膜性咽頭炎、痛風などの患者に微量のロイヤルゼリーを処方しはじめた……署名入りの推奨文が多数寄せられている……たとえば、メキシコシティの著名な株式仲買人。彼は重い難治性の乾癬《かんせん》にかかって、外見が損なわれてしまった。顧客たちは彼のもとを去るようになり、彼は仕事につまずきはじめた。そんな彼が藁にもすがる思いでロイヤルゼリーを試したところ——毎食一滴ずつ摂取した——あら不思議、なんと二週間で治癒したのである。同じくメキシコシティの〈カフェ・イエナ〉のウェイターの報告によれば、彼の父親はカプセル入りのこの奇跡の物質をごく少量飲んでから、齢《よわい》九十にして、健康な男児に恵まれたという。アカプルコの闘牛のプロモーターは、動きの鈍そうな牛を押しつけられてしまったが、闘牛場にはいる直前にその牛にロイヤルゼリーを一グラム（過剰な量）注射した。すると、その牛はたちまち敏捷かつ獰猛になり、副闘牛士《ピカドール》二名、馬三頭、闘牛士《マタドール》一名を速やかに殺し、最後には……〟」

「聞いて！」とミセス・テイラーは彼の話をさえぎって言った。「赤ちゃんが泣いてる」

アルバートは読んでいた雑誌から顔を上げた。確かに、元気いっぱいの泣き声が階上《うえ》の寝室から聞こえてきた。

「きっとお腹がすいてるんだ」と彼は言った。

夫人は掛け時計に眼をやった。「あら、いけない、わたしったら！」と彼女は声を張り上げ、さっと立ち上がった。「またミルクの時間が過ぎちゃったわ！　アルバート、急いでミルクをつくってちょうだい、わたしはあの子を連れてくるから！　急いで！　あの子を待たせたくないの」

三十秒後、ミセス・テイラーは泣き叫ぶ赤ん坊を腕に抱いて戻ってきた。さっきまでとはちがって、すっかり慌てふためいていた。健康な赤ん坊がお乳を求めるときのひっきりなしのすさまじい泣き声には、まだあまり慣れていなかったのだ。「早くして、アルバート！」

と彼女は肘掛け椅子に坐り、膝の上にのせた赤ん坊の位置を整えながら呼ばわった。「お願い、急いで！」

アルバートはキッチンから戻ってくると、彼女に温かいミルクのはいった哺乳瓶を手渡して言った。「ちょうどいい温度にしてあるから、きみが試さなくても大丈夫だ」

彼女は、肘を曲げて抱いた赤ん坊の頭を少しだけ持ち上げると、大きく開かれ、泣き叫ぶ口にゴムの乳首をくわえさせた。赤ん坊は乳首にむしゃぶりつき、吸いはじめた。泣き声がやんだ。ミセス・テイラーはほっとして言った。

「ああ、アルバート、この子、ほんとうに可愛くない？」

「すばらしいのひとことだよ、メイベル――ロイヤルゼリーのおかげだね」

「ねえ、あなた、その穢《けが》らわしいもののことはもうひとことも聞きたくないから。心底ぞっとする」

「きみは大きな誤解をしてる」と彼は言った。

「今にわかるわ」

赤ん坊は哺乳瓶のミルクを飲みつづけた。

「きっと、この子、また全部飲み干しちゃうわね、アルバート」

「それはまちがいないね」と彼は言った。

数分後、赤ん坊はすべて飲み干した。

「まあ、なんてお利口さんなんでしょう！」とミセス・テイラーは大きな声を上げ、そっとやさしく乳首を引き抜こうとした。すると赤ん坊はそれを感じ取り、乳首を取られまいとしてさらに強く吸った。彼女がすばやく乳首を引っぱると、乳首はぽんとはずれた。

「うわーん！　うわーん！　うわーん！　うわーん！」と赤ん坊は泣き叫びはじめた。

「お腹に空気が溜まっちゃったのね」とミセス・テイラーは言うと、赤ん坊を肩にもたせかけ、背中を軽く叩いた。

赤ん坊はすぐに二度続けてげっぷをした。

「ほうらね、わたしの可愛い赤ちゃん、これでもう大丈夫ですからね」

それでいっとき泣きやんだ。が、すぐにまた泣きはじめた。

「もっとげっぷを出させてやったほうがいい」とアルバートは言った。「すごいスピードで飲んだから」

彼の妻は赤ん坊を抱き上げ、もう一度肩にもたせかけた。今度は背骨のあたりをさすって、もたせかける肩も替えてみた。さらに、赤ん坊をうつ伏せにして自分の膝の上に寝かせてみたり、膝に坐らせてみたりもした。が、赤ん坊はもうげっぷをしなかった。泣き声は刻一刻と大きくなり、さらに執拗な響きを帯びてきた。

「肺にはいいことだ」とアルバート・テイラーは笑いながら言った。「こうやって、赤ん坊は肺の運動をするんだよ、メイベル。知ってたかい？」

「よし、よし、よし」と彼の妻は赤ちゃんをあやし、その顔じゅうにキスをした。「よし、よし、よし」

　ふたりはそのあと五分待った。が、一瞬たりと泣き声は途切れなかった。

「おむつを替えよう」とアルバートが言った。「おむつが濡れてるんだよ、きっとそれだけのことだ」そう言って、彼はキッチンから洗濯ずみのおむつを取ってきた。ミセス・テイラーはそれまでしていたおむつを取って新しいおむつに替えた。

　それでも何も変わらなかった。

「うわーん！　うわーん！　うわーん！　うわーん！　うわーん！」赤ん坊は相変わらず泣き叫びつづけた。

「安全ピンを肌に刺したりなんかしてないよね、メイベル？」

「もちろんそんなことしてないわよ」と言いながらも、彼女は念のためにおむつの中に手を入れて指で確かめた。

　両親はそれぞれの肘掛け椅子に向かい合って坐ったまま、落ち着かなげな笑みを浮かべ、母親の膝に抱かれた赤ん坊を見守り、赤ん坊が疲れて泣きやむのを待った。

「ちょっといいかな？」と父親がついに口を開いた。

「何？」

「きっとまだお腹がすいてるんだよ。賭けてもいい、この子の望みはただひとつ、あと一本分のミルクだね。ぼくがもう一本持ってくるっていうのはどうかな？」

「そんなことはしちゃいけないと思うけど、アルバート」

「きっとそれで泣きやんでくれると思う」と彼は言うと、椅子から立ち上がった。「おかわりを温めてくるよ」

彼はキッチンに行き、しばらくそこにいた。戻ってきたときには、ふちまでミルクがいっぱいにはいった哺乳瓶を持っていた。

「いつもの倍の量にしておいた」と彼は高らかに告げた。「八オンスだ。足りないといけないから」

「アルバート！　あなた、気は確かなの？　ミルクをあげすぎるのは、足りないのと同じくらい悪いことだって知らないの？」

「一本全部あげる必要はないんだよ、メイベル。きみの好きなところでいつでもやめればいい。さあ」と彼は言って、哺乳瓶を彼女に手渡した。「この子に飲ませてあげなよ」

ミセス・テイラーは赤ん坊の上唇に乳首の先をそっとあてた。小さな口がゴムの乳首に襲いかかった。まるで仕掛けられていた罠が弾けて閉じるように。部屋にいきなり静寂が戻った。赤ん坊が飲みはじめると、その体からは力みが抜け、顔には至福の喜びとしか言いようのない表情が広がった。

「ほらね、メイベル！　ぼくはきみになんて言ったっけ？」

彼女は答えなかった。

「この子は腹ぺこなんだよ。そうなんだよ。見るといい、この飲みっぷりを」

ミセス・テイラーは哺乳瓶の中のミルクの量を見守っていた。ミルクはみるみる減っていき、八オンスのうちの三、四オンスがなくなるのにさほど時間はかからなかった。

「ここまでよ」と彼女は言った。「これでもう充分だわ」

「今取り上げちゃ駄目だよ、メイベル」

「いいえ、あなた。もうこれくらいにしておかないと」

「そのままにしておくんだ。文句ばかり言うのはやめて、残りも飲ませるんだ」

「でも、アルバート……」

「この子は腹をすかせてる。きみにはそれがわからないのか？　さあ、どんどん飲みなよ、ぼくの可愛い赤ちゃん。全部飲んじゃいな」

「こんなことしていいわけがない」と言ったものの、彼女は哺乳瓶を取り上げようとはしなかった。

「この子は遅れを取り戻そうとしてるんだよ、メイベル。それだけのことなんだよ」

五分後、哺乳瓶は空《から》になった。ミセス・テイラーはゆっくりと乳首を引き抜いた。今度は赤ん坊もむずかることなく、泣いたりもしなかった。ただ母親の膝の上で静かに横になっていた。満足感でいっぱいのとろんとした眼。半開きになった口。唇にはミルクがついていた。

「まるまる十二オンスだ、メイベル！」とアルバート・テイラーは言った。「いつもの量の三倍だ！　すばらしいじゃないか！」

彼女は赤ん坊をじっと見つめていた。心配に苛まれた母親のあの表情、不安げに口を引き結んだあの表情が彼女の顔にゆっくりとまた戻っていた。

「いったいどうしたんだ？」とアルバートは尋ねた。「こんなことで心配になってるんじゃないよね？　この子が四オンスなんてしみったれた通常の量にまた戻るなんて思っちゃいけない。馬鹿なことは言わないでくれよな」

「こっちに来て、アルバート」と彼女は言った。

「ええ？」

「いいからこっちへ来て」

彼は彼女のところへ行き、その脇に立った。

「この子をよく見て。何か変わったところがないかどうか、言ってみて」

彼は赤ん坊に顔を近づけてとくと見た。「体が大きくなったようだね、メイベル、きみが訊いてるのがそういうことなら。大きくなって、ふっくらした」

「この子を抱えてみて」と彼女は命令口調で言った。「さあ、抱っこしてみて」

彼は手を伸ばして、母親の膝の上から赤ん坊を抱き上げた。

「これはこれは、驚いた！」と彼は大声で言った。「すごく重くなってる！」

「そのとおり」

「だったら、すばらしいことじゃないか！」とまた彼は大きな声を上げ、顔を輝かせた。

「賭けてもいい、この子はもう正常に戻ったんだよ！」

「わたし、怖いわ、アルバート。だって急すぎる」

「馬鹿なことを言うなよ」

「こうなったのは穢らわしいゼリーのせいよ」と彼女は言った。「ロイヤルゼリーなんか嫌よ」

「ロイヤルゼリーには穢らわしいところなんかひとつもない」と彼は憤然として言った。

「あなたこそ馬鹿なこと言わないで、アルバート！　赤ちゃんの体重がこんなスピードで増えるのが普通だって言うの？」

「きみは決して満足しない！」と彼は怒鳴った。「この子の体重が減っていたときには、不安に怯えていたくせに、今度は体重が増えてるからって心底びくついてる！　何がいけないんだ、メイベル？」

彼女は赤ん坊を抱えて椅子から立ち上がると、戸口のほうに歩きだして言った。「わたしに言えるのはこういうことよ。わたしがここにいてよかったたってこと。あなたがロイヤルゼリーをこれ以上この子にあげるのを止められたから。それだけよ。わたしに言えるのはそれだけよ」彼女は部屋を出ていった。アルバートは、彼女が階段のところまで廊下を歩いて階段をのぼりはじめるのを開け放たれたままの戸口越しに眺めた。彼女は三段か四段目の階段に足をかけたところで、急に立ち止まると、いっときその場に佇んだ。何かを思い出しでもしたかのように。そのあと踵を返すと、足早に階段を降りて部屋に戻ってきた。

「アルバート」と彼女は言った。

「なんだい？」

「さっきのミルクにはロイヤルゼリーははいってなかったでしょうね？　さっきあげたばっ

かりのミルクには」

「きみがどうしてそんなふうに思うのか、ぼくとしては理解に苦しむんだけど、メイベル」

「アルバート！」

「どうしたの？」と彼は邪気のないおだやかな声音で訊き返した。

「よくもそんなことを！」と彼女は叫んだ。

アルバート・テイラーはひげに覆われた大きな顔に傷ついたような戸惑いの表情を浮かべて言った。「きみはむしろ喜ぶべきだと思うけど。あの子がロイヤルゼリーをまたたくさん体に取り入れることができたんだから。ほんとうにそう思う。今回はたくさん入れたし。メイベル、嘘じゃない」

彼女は眠っている赤ん坊を腕にしっかりと抱えて、戸口のすぐ手前に立ち、眼を大きく見開いて夫をじっと見つめた。ぴんと背すじを伸ばし、怒りに身をこわばらせて。その顔はさらに青ざめ、口元はそれまで以上に固く引き結ばれていた。

「これからぼくが言うことをちゃんと覚えてるといい」アルバートは話しつづけていた。「きみはもうすぐ国じゅうのどんな赤ちゃんコンテストに出したって、一等賞を取れる赤ん坊の母親になる。ねえ、今この子の体重を量って、どのくらいあるか見てみないか？ 体重計を持ってこようか、メイベル？ 今ここで量れるように」

彼女は部屋の中央にある大きなテーブルのところまでまっすぐに向かうと、その上に赤ん坊を横にして、着ているものをすぐさま脱がせはじめた。そして、きっぱりと言った。「ええ！　体重計を取ってきて！」まず寝間着を脱がせ、次に肌着も脱がせた。

さらに安全ピンをはずして、おむつも取ると、赤ん坊を裸でテーブルに寝かせた。

「いや、これは、メイベル！」とアルバートは声を張り上げた。「奇跡だよ！　まるで子犬みたいに丸々と肥ってる！」

事実、赤ん坊がゆうべから増やした肉の量は驚くほどだった。全体にあばら骨が浮き出して見えていた小さなくぼんだ胸も、今ではふっくらと肉がついていて、樽のように丸々として、腹部は小山のようにふくらんでいた。なのに奇妙なことに、腕と脚は同じ割合で成長しているようにはまるで見えなかった。まだ短くて、骨と皮ばかりで、脂肪の塊からちょこんと突き出した短い棒切れのようだった。

「ご覧よ！」とアルバートは言った。「この子のお腹にはちょっと産毛まで生えてきてる。体温をちゃんと保てるように！」彼は手を伸ばすと、黄褐色の絹のような、突然の産毛で覆われた赤ん坊の腹に指先を這わせようとした。

「この子に触らないで！」と彼女は怒鳴って、まるで対決するかのように彼のほうに体を向けた。その眼は怒りに燃えていた。彼のほうに首を伸ばしたその姿がにわかに闘う小鳥の気配を帯びた。今まさに彼の顔に飛びかかり、嘴でその眼を抉り出そうとする小鳥のような。

「なあ、ちょっと待ってくれよ」と彼はあとずさりながら言った。

「あなた、頭がどうかしてる！」と彼女は叫んだ。

「なあ、ちょっと待ってくれって、メイベル、お願いだ。きみがあれを危険だとまだ思ってるのだとしたら……きみはまだそう思ってるんだね？　わかった。よく聞いてほしい。これからきみにきっちり証明してあげるよ、メイベル。たとえ大量に摂取しても、ロイヤルゼリーは人体にまったく無害だってことを。たとえば、そうだな――去年の夏の蜂蜜の収穫量が例年の半分だったのは、どうしてだと思う？　理由を言ってみてくれ」

彼はあとずさりして彼女から三、四ヤード離れた。少し離れたほうが彼には居心地よく感じられたのだろう。

「去年の収穫量が半分だった理由は」と彼は声を落としておもむろに言った。「うちの巣箱の百箱ばかりをロイヤルゼリーの生産に充てたからなんだ」

「なんですって！」

「ああ」と彼は囁くように言った。「きみはちょっと驚くんじゃないかとは思ったよ。でも、去年からはずっとそうしてたんだ、きみにもすぐ見えるところで」彼女を見る彼の眼がきらりと光り、いわくありげな笑みが口元にゆっくりと広がった。

「どうしてそんなことをしたのか、たぶんきみには想像もつかないと思うけど」と彼は続けた。「実際、今の今まで言い出しかねてた。だって、理由を言ったら……その……きみに気まずい思いをさせるんじゃないかと思ったからだ」

短い間《ま》ができた。彼は胸のまえで両手を握り合わせると、左右の手のひらをすり合わせた。手のひらがこすれ合う小さな音がした。

「さっき読んだ雑誌の記事のことは覚えてるよね？　ラットについてのあの記事。ええっと、なんて書いてあったっけ？〝スティルとバーデットの研究では、繁殖能力のなかったオスのラットに毎日微量のロイヤルゼリーを与えたところ……〟」彼はそこまでやめると、笑みを広げた。歯が剝き出しになった。

「ぼくの言ってること、わかった、メイベル？」

彼女は彼に顔を向けたままただじっと立っていた。

「その文章を初めて読んだとき、メイベル、ぼくは思わず椅子から飛び上がってしまった。そして、自分で自分に言ったんだ、元気のないラットに効くんだったら、アルバート・ティラーに効かない理由なんてどこにもないはずだって。そう言ったんだ」

彼はまた少し間《ま》を置いた。首をまえに突き出し、片方の耳をわずかに妻のいるほうに向け、彼女が何か言うのを待つかのように。しかし、彼女は何も言わなかった。

「それだけじゃない」と彼は続けた。「あれを飲むと最高にすばらしい気分になったんだよ、メイベル、それ以前の自分とあまりにちがって感じられたものだから、きみから嬉しい知らせを聞いてからもずっと飲みつづけたんだ。だから、この十二ヵ月で飲んだ量はバケツ何杯分にもなると思う」

メイベルはまるで大きな苦悩に苛まれているかのように、その大きな悲しげな眼で夫の顔と首をじっと見つめた。夫の首には肌が見えるところがまったくなかった。耳の下の肌すら見えなかった。シャツの襟の中に隠れて見えなくなるところまで、首全体が黄色がかった黒い、短めの絹糸のような毛ですっかり覆われていた。

「いいかい」と彼は言うと、彼女から顔をそむけて、愛おしそうに赤ん坊を見つめた。「ロイヤルゼリーは、ぼくのようにすっかり成長した大人より小さな赤ん坊のほうがずっとよく効くはずだ。それはこの子を見さえすればわかる。きみもそう思わないか？」

メイベルは視線をゆっくりと下にずらし、赤ん坊にじっと据えた。赤ん坊は裸でテーブルの上に寝ていた。丸々と肥えて、色白で、熟睡しているその姿は巨大な幼虫を思わせた。幼虫の段階もそろそろ終わりに近づき、大きな顎と翅《はね》を備えた成虫になって世界へと飛び立つ日を間近にひかえた、そんな幼虫を。

「この子に何か着せてやりなよ、メイベル」とミスター・テイラーは言った。「われわれの小さな女王さまに風邪をひかせちゃいけない」

ジョージー・ポージー
Georgy Porgy

これは何も自慢したくて言うのではないが、私は自分がほぼあらゆる点において、ほどよく成熟し、バランスの取れた人間であると言って差し支えないと考えている。これまでずいぶん旅行もしてきた。それなりの読書家でもある。ギリシア語とラテン語ができ、科学も少々かじっている。話題が政治に及んでも、多少の進歩的な意見になら眼をつぶることができる。さらには十五世紀におけるマドリガル（イタリア発祥の多声歌曲）の発展について、一巻の研究書を編纂したこともある。そして、死の床についた大勢の人々の最期を看取ってきた。加えて、私は——少なくともそう願っているのだが——説教壇の上から語りかけたことばによって、相当な数の人々に影響を与えてもきた。

しかし、こうしたすべての事実にもかかわらず、私は認めなければならない。これまでの人生において——さて、どう言ったものか——これまで私はほとんどまったくと言っていいほど、女性と関わりを持つことがなかった。

何ひとつ包み隠さずに言うと、つい三週間前まで、私は女性というものに指一本触れたことすらなかった。例外があるとすれば、女性が踏み越し段や何かを越えるのにやむをえず手を貸したときくらいだが、その場合ですら細心の注意を払って、肩や腰などといった、肌が衣服で覆われている部分にだけ触れるようにしてきた。それというのも、自分の肌と女性の肌とがじかに接することがどうしても我慢ならなかったからだ。肌と肌が触れる、すなわち自分の肌が女性の肌に触れるというのは――それが脚であれ首であれ、顔であれ手であれ、はたまた指程度であれ――私にとっては不快きわまりないことなのだ。女性に挨拶するときはいつも両手を体のうしろでしっかりと組んで、お決まりの握手さえ避けてきたほどだ。

もっと言うと、女性と物理的に接触するというのは、肌が露出していないときでさえ私の精神をひどく掻き乱すことなのだ。順番待ちの列ですぐうしろに並んだ女性と体が触れ合ったり、バスで隣りの席に女性が体をねじ込んできて、尻と尻、太腿と太腿がくっつき合ったりする破目になろうものなら、私の頬はかっかと燃えはじめ、頭皮の毛穴という毛穴から一斉に脂汗が噴き出してくるのだ。

これが思春期にさしかかったばかりの男子生徒であれば、そんな状態になるのはむしろけっこうなことだろう。少年が一人前に成長して紳士らしく振る舞えるようになるまで、自然の女神が歯止めをかけて抑制してやっているにすぎないのだから。それは認めよう。

しかし、いったいぜんたいなぜこの成熟しきった三十一歳という年齢の私が、今もって同じような辱めを受けつづけなければならないのか。まったくもって不当なことだ。私というのは誘惑を退けるための修練を積み、不埒な情欲に溺れることも断じてない人間なのに。

仮に私が自分の外見をほんのわずかでも恥じているというようなことでもあれば、その事実がすべてを説明することになるかもしれない。が、私は恥じてなどいない。それどころか、自分で言うのもなんだが、私はその点に関してはかなり恵まれているほうだと言える。靴を履かずに立ってちょうど五フィート半あり、肩幅も――やや撫で肩ではあるものの――ほっそりした体格にふさわしく均整が取れている。（個人的にはやや撫で肩なほうが、背の高すぎない男性にそこはかとなく繊細で優美な雰囲気を与えると常々思っている。ちがうだろうか？）顔だちも整っており、歯並びもよく（上顎からちょっとばかりせり出している）珍しいほど鮮やかな赤毛が頭をふさふさと覆っている。ところが、なんとしたことか。私とは比較にならないくらい見劣りのする男たちが、女性に対するときには驚くほど堂々としているのを私はこの眼で何度となく見てきた。ああ、それがどんなに羨ましかったことか！　そして、どれほど願ったことか――男と女のあいだでたえずおこなわれているちょっとした愉しげな触れ合いの行為を自分も分かち合うことができたらと。手の触れ合い、頰への軽いキス、腕のからめ合い、ダイニングテーブルの下での膝と膝、あるいは足と足のじゃれ合い、そして、なによりふたりが床の上で一体となって本格的に交わす激しい抱擁――そう、ダンスができたらと。

しかし、私はそうした行為とは無縁だった。むしろ悲しいことに、そうした行為を避けてまわることに時間を費やしてきた。といっても、これは口で言うほど簡単なことでは決してない。大都市の歓楽街からはほど遠い片田舎のしがない教区牧師にとってさえも。

ご存知のように、私の教区の信徒たちの中には夥《おびただ》しい数の女性が含まれている。とにかくものすごい人数だが、何が不運だったかと言うと、そのうちの少なくとも六十パーセントが独身、すなわち神聖なる結婚生活の恩恵を何ひとつ受けていないオールドミスだったということだ。

ひとつ言っておこう、私はそんな中でリスのようにびくついていた。

こんなふうに思う人もいるかもしれない——子供の頃、母親にあれだけ入念にしつけられたのなら、そんな事態には落ち着いて対処できたはずだ、と。現にもし母が私の教育を終えるまで生きていてくれたら、私にも立派に対処できただろう。それはまちがいない。しかし、残念ながら、母は私がまだ小さい頃に死んでしまった。

思い返すだに私の母はすばらしい女性だった。いつも腕に大きな腕輪を五、六個つけていて、その腕輪にいろいろなものをぶら下げていたので、動くたびにそれらがぶつかり合ってじゃらじゃらと派手な音を立てた。母がどこにいてもその腕輪の音をたどれば必ず居場所がわかった。牛の首につける鈴よりすぐれものだった。そして、夜には、黒いスラックスを穿いた母がソファにあぐらをかいて坐り、細長い黒のシガレットホルダーで何本も立て続けに煙草を吹かす様子を私は床に坐り込んでじっと眺めたものだった。

「わたしのマティーニを飲んでみる、ジョージ？」と母はよく私に言った。

「おいおい、やめないか、クレア」父はそこで決まってこう言った。「気をつけないと、この子の発育が止まってしまうぞ」

「いいから飲むのよ」と母は言った。「怖がらないで。さあ、飲みなさい」

私は母の言うことにはなんでも従った。

「そこまでだ」と父は言った。「どんな味かわかっただけで充分だろう」

「邪魔しないでちょうだい、ボリス。これはとっても大切なことなんだから」

この世のどんなことも子供に隠し立てしてはならない、というのが母の持論だった。なんでも見せる。そして、なんでも経験させる。

「誰も教えてくれないからというだけで、よその子たちと一緒になって大人の秘密をこそこそ囁き合ったり、あれこれ想像を働かせるなんて、わたしの息子には絶対そんなことはさせないわ」

なんでも話す、なんでも聞かせる、というわけだ。

「こっちへいらっしゃい、ジョージ。神さまについて知らなきゃいけないことを教えてあげる」

夜寝るまえに母が読み聞かせをしてくれることはなかった。そのかわり母は私にただ〝話をして〟聞かせた。そして、その話は毎晩ちがっていた。

「こっちへいらっしゃい、ジョージ。今夜はムハンマドの話をしてあげるわ」

母はいつも黒いスラックスを穿いた脚であぐらをかき、ソファに坐っていた。細長い黒のシガレットホルダーを指にはさんだまま、気だるそうな奇妙な手つきでわたしを手招きすると、腕輪が一斉にじゃらじゃらと音を立てて肘のほうへすべった。

「もしおまえが何か信仰を持つとしたら、イスラム教でもいいと思うわ。あの宗教は健康を保つことがすべての基本になってるのよ。奥さんが大勢いて、煙草やお酒は絶対にいけないの」

「どうして煙草もお酒もいけないの、ママ？」

「奥さんが大勢いたら、いつも健康で絶倫でなくちゃならないからよ」

「ゼツリンって何？」

「その話はまた明日にするわね。テーマは一度にひとつずつにしましょう。それで、イスラム教徒についてもうひとつ知っておくべきことは、何があっても絶対に便秘しないってことね」

「おいおい、クレア」そこでまた父が読んでいた本から顔を上げて言う。「教えるのは事実だけにしなさい」

「ボリスったら、あなたは何も知らないのね。いいこと、メッカに向かって毎日、朝昼晩とお辞儀をして地面に額《ぬか》づいていれば、あなただってそっち方面の悩みが少しは軽くなるんじゃないかしら」

私は母の話を聞くのが好きだった。話の中身は半分くらいしか理解できなかったにしても。母はほんとうに私に秘密を教えてくれていたのだ。それ以上に愉しみなことはなかった。

「こっちへいらっしゃい、ジョージ。おまえのお父さんがどうやってお金を稼いでるのか教えてあげる」

「おいおい、クレア。もういい加減にしないか」

「馬鹿言わないで、ダーリン。どうして子供のまえで秘密にしようとするの？　そんなことをしてたら、この子は実際よりずっとずっとひどいことを想像するだけよ」

私が十歳になると、母は性に関する話を私に詳しく教え聞かせはじめた。これはあらゆる秘密の中でも最大の、すなわち最も心奪われる秘密だった。

「こっちへいらっしゃい、ジョージ。おまえがどうやってこの世に生まれてきたのか、一番初めから話してあげる」

父は静かに顔を起こすと、きわめて重要なことを言いかけるときのように大きく口を開いた。が、そこで爛々と輝く母の眼に射すくめられてしまい、ひとことも発することなく、読んでいた本にそっとまた顔を戻した。

「可哀そうに、おまえのお父さんは恥ずかしがってるのよ」母はそう言って、こっそり私に微笑んでみせた。ほかの誰にも見せず、私だけにしか見せることのない、顔の片側だけの笑みだ。唇の片方の端だけがゆっくりと持ち上がると、眼元まで伸びる長いチャーミングな皺ができて、それがしまいにウィンクのような微笑になるのだ。

「おまえには絶対に恥ずかしがったりなんかしてほしくないわ。それに、おまえだけのせいでお父さんが恥ずかしがってるだなんて、一瞬たりと思わないでね」

父は椅子の上でもぞもぞと身を動かした。

「まったく、その手のことになると恥ずかしがってばかりいるのよ。妻のわたしとふたりっきりのときでさえ」

「その手のことって？」と私は尋ねた。

父は椅子から立ち上がると、無言で部屋を出ていった。

母が死んだのはその一週間ほどあとのことだったと思う。あるいは、もう少しあとだったかもしれない。十日後か二週間後か、はっきりはしないが。確かなのは、性に関するこの毎晩の〝お話〟が終わりに近づいていたときに、あの事故が起こったということだ。母を死に至らしめた一連の短い出来事に私自身もかかわっていたことから、あの奇妙な夜のことは今でもひとつ残らず思い出すことができる。まるで昨日のことのように。私はいつでも好きなときに記憶を呼び起こし、その場面を映画のフィルムのように眼のまえで再生することができる。その内容は決して変わることがない。毎回まったく同じところで終わり、それより長くも短くもならない。そして、いつも妙に唐突に始まる。闇の中にスクリーンが現われ、頭上のどこかから私の名を呼ぶ母の声が聞こえてくるのだ。

「ジョージ！　起きなさい、ジョージ、起きるのよ！」

そのあといきなりまぶしい電気の光が眼に飛び込んできて私は幻惑される。その光のちょうど真ん中から、それも遠くのほうから、なおも私を呼ぶ母の声がする。

「ジョージ、起きてベッドから出て、ガウンを羽織るのよ！　早く！　階下《した》へ降りたら、おまえに見せたいものがあるの。さあ、ほら、急いで！　ちゃんとスリッパを履くのよ。外に出るんだから」

「外に？」

「ぐずぐず言ってないで、ジョージ。言われたとおりにしなさい」私はあまりに眠くてほとんど眼を開けていられないほどなのだが、母はしっかりとそんな私の手を握って階下《した》へ降りると、玄関のドアから外に出る。夜の冷気が水を含んだスポンジのように顔にあたり、思わず眼を見開くと、霜に覆われた芝生がきらきらと輝いているのが見える。巨大な枝を広げたヒマラヤスギが小さな細い月を背に黒々とそびえ立っている。頭上では満天の星が空高くどこまでも広がっている。

母と私は急いで芝生を横切っていく。母の腕輪が狂ったようにぶつかり合って音を立て、私は小走りになって必死でついていく。一歩ずつ芝生に踏み出すごとに、足元の霜が柔らかく砕けるのが感じられる。

「ジョゼフィーヌのお産がちょうど始まったところなのよ」と母が言う。「こんな絶好の機会はないわ。最後までよく見ておきなさい」

ガレージまで来ると明かりがついていて、私たちは中にはいる。そこに父の姿はなく、車もない。中はやけに広くがらんとしていて、コンクリートの床の凍てつくような冷たさが寝室用のスリッパ越しに伝わってくる。ガレージの片隅に置いてある背の低い飼育ケージの中で、藁の山にもたれかかったジョゼフィーヌ——大きな青味がかったウサギ——が近づいてくる私たちを小さなピンク色の眼で疑わしそうにじっと見ている。つがいのもう一匹はナポレオンという名前で、今は反対側の隅にある別の飼育ケージの中に入れられている。後肢で立って、ケージの金網を苛立たしげに引っ掻いている。「最初の子が産まれるところよ！　もうすぐ出てくるわ！」と母が声を上げる。

ふたりともジョゼフィーヌにそっと近づく。ケージのそばにしゃがんだ私は金網に顔をくっつけ、すっかり心を奪われている。そのときウサギの中から別のウサギが一匹出てくる。魔法のようなすばらしい光景だ。それもすごい早業だ。

「見てごらん、ああやってちゃんと小さなセロファンの膜に包まれて出てくるのよ！」と母が言っている。

「それからあの世話の仕方も見て！　哀れなウサギには顔を拭くタオルもないし、あったとしても肢では持てないでしょ？　だから、かわりに舌で顔を舐めてきれいにしてあげてるのよ」

母ウサギが小さなピンク色の眼を不安そうにこちらへ向ける。そして、赤ん坊と私たちのあいだにはいり込むように、藁の中で体の位置を移動させる。

「こっち側にまわっておいで」と母が言う。「お馬鹿さんが動いちゃったわ。わたしたちから赤ちゃんを隠そうとしてるのよ」

私たちはケージの反対側へまわり込む。母ウサギがその動きを眼で追う。数ヤード離れたところでは雄ウサギが金網に爪を立て、激しく上下に飛び跳ねている。

「どうしてナポレオンはあんなに興奮してるの？」と私は尋ねる。

「さあね、わからないわ。あっちのことは気にしないで、ジョゼフィーヌを見なさい。もうすぐまた産まれるでしょうから。見てごらん、あんなにじっくりあの小さな赤ちゃんを舐めてあげてる！　人間の母親が赤ちゃんを大事にするのと同じように！　わたしも昔、あれとまったく同じようなことをおまえにしてやってたなんて、そんなふうに思うとなんだかおかしくない？」大きな青味がかった雌ウサギはまだ私たちをじっと見ている。今度もまた赤ん坊を鼻で押しやり、ゆっくりと転がって反対側を向く。それからまた赤ん坊を舐めてきれいにしはじめる。

「母親がしなくちゃいけないことを本能的に知ってるなんて、すばらしいと思わない？」と母が言う。「想像してみてごらん、あの赤ちゃんがおまえで、ジョゼフィーヌがわたしで――ちょっと待って、もう一度こっち側に戻っておいで。そしたらもっとよく見えるわ」

私たちはもとの位置にそっとまわり込んで、赤ん坊から眼を離さないようにする。

「ご覧、あんなふうにやさしく撫でたり、体じゅうにキスしたりしてるのよ！　ほら！　ほんとうにキスしてるでしょう！　わたしとおまえそのものだわ！」

私はじっと顔を近づけて見る。キスにしてはなんだか妙に思える。

「見て！」と私は大声で叫ぶ。「食べてる！」

案の定、赤ん坊の頭はみるみるうちに母親の口の中へ消えていこうとしている。

「ママ！　早く！」

しかし、私がまだ叫び声をあげているうちに、小さなピンク色の体はすっかり母親の咽喉の奥へ呑み込まれてしまう。

私は慌てて振り返る。気づいたときには、母の顔をまっすぐ見上げている。母の顔は六インチも離れていない。母はまちがいなく何かを言おうとしている。それとも、驚きのあまり何も言えずにいたのかもしれない。いずれにしても、見えるのは口だけだ。巨大な真っ赤な口。それがどんどん広がっていく。しまいにはただの大きな穴――中心が黒くぽっかりと開いた巨大な穴になる。私はまた大声で叫ぶ。今度は叫び声が止まらない。すると、突然、母の両手が伸びてくる。母の肌が私の肌に触れ、長い冷たい指が私の手首にしっかりとからみつく。私は跳びすさって身を振りほどき、夜の闇の中へやみくもに走りだす。私道を駆け抜け、表の門を突っ切るあいだも叫びつづける。やがて自分の声より大きな、じゃらじゃらと鳴る腕輪の音が闇の中から追いかけてくる。腕輪の音がどんどん大きくなり、母はどんどん追いついてくる。長い坂を駆け降り、小道を走り抜け、橋を渡り、幹線道路に飛び出す。そこではヘッドライトを煌々と光らせた車が時速六十マイルで次々と走り過ぎている。

次の瞬間、背後でタイヤが悲鳴を上げ、路面を横すべりしていくのが聞こえる。やがてあたりは静寂に包まれ、ふと気づくと、腕輪の音はもう聞こえなくなっている。

可哀そうな母。

せめて母がもう少し生きていてくれたなら。

あのウサギの親子を見せられてひどくぞっとしたことは認めるが、あれは母のせいではない。それに、母と私のあいだではああいう妙なことがしょっちゅう起こっていたのだ。そのおかげで鍛えられたようなものだ。だから、のちに私は害より利益のほうが大きかったのだと思うようになった。それでも、母がせめて私の教育を終えるまで生きていてくれたなら、私がさっき話していたような厄介なことには決してならなかっただろう。

話を戻そう。母のことを話しはじめるつもりはなかった。私がもともと言おうとしていたことは、母になんの関係もないのだから。母のことはもう二度と口にするまい。

そう、私の教区にいるオールドミスたちの話をしていたのだ。なんと醜いことばではないか——オールドミスというのは。そのことばで思い起こすのは、皺だらけのすぼんだ口をして、ぎすぎすに痩せたお節介なおばさんか、乗馬用ズボンを穿いてわめきながら家じゅうをのし歩く怪物じみた下品な大女といったところだ。しかし、そんなものではまったくなかった。彼女たちは小ぎれいで、健やかで、均整の取れた体つきをした女性たちの集団だった。しかもその大半は高い教養を身につけている上に、驚くほど裕福ときている。普通の未婚男性なら、彼女たちがまわりにいることをきっとありがたく思ったはずだ。

初めのうち、牧師館に来たばかりの頃は、私もそれなりに快適に過ごすことができていた。天から賜ったこの職業と祭服によってある程度守られていた。それは言うまでもないが、加えて私は相手が気安く近づけないよう冷厳な態度を取るようにもしていた。そうして、数ヵ月間は教区の中を自由に動きまわることができた。誰ひとりとして、慈善バザーで勝手に腕をからめてきたりしなかったし、夕食時に薬味の瓶を寄越しながら指に触れてくることもなかった。だから私はたいそう満足していた。それまで何年も感じたことがないほどいい気分だった。話しながらそわそわと人差し指で耳たぶを弾く癖すら治りはじめていた。

私が第一期と呼んでいるその時期はおよそ半年続いた。面倒なことになったのはそのあとだ。

私としても理解しておくべきだったのだろう。自分のような健康な男性にはそうそういつまでも女性との関わりを避けていられるものではないことを。女性とのあいだに一定以上の距離を保つだけではどうにもならず、かえって逆効果になってしまうということも。たとえばホイスト（ブリッジの原型とされるカードゲーム）大会の最中、彼女たちは煙草を吸いながら部屋の向こうからひそかに私を見つめ、互いに囁きを交わし、うなずき合い、舌なめずりをし、常に囁き声で最善の策を練っていた。時々、そんな彼女たちのおしゃべりの断片が耳に飛び込んできた――「なんて内気な人なんでしょう……ちょっとばかり神経質なのね……ガチガチになりすぎてるわ……お友達が必要なのよ……もっと打ち解けないと……気を楽にすることを教えてあげなくちゃ」それから何週間かするうちに、彼女たちは徐々に私をこっそりつけまわしはじめた。私にはちゃんとわかっていた。初めは相手も決定的な証拠は何ひとつ見せなかったが、私には何かが起こりつつある気配が感じられた。

それが私の第二期で、一年近く続いた。実に苦しい時期ではあったが、それも次の第三期にして最終段階に比べれば天国のようなものだった。

今度は遠くから時折私を非難するのではなく、彼女ら襲撃者たちは、銃剣を取りつけて森の中からいきなり突撃してきたのだ。身もすくむような恐ろしい体験だった。眼にもとまらぬ奇襲攻撃ほど相手の意気を阻喪させるものもない。とはいえ、私も臆病者ではない。どのような状況下にあっても、自分と同等の個人相手には一歩もひくつもりはない。ところが、この猛攻作戦は——今なら断言できる——巧みに組織された一団として動く大勢の人たちによって仕掛けられたものだったのだ。

最初の襲撃者は大柄でほくろの多い女性、ミス・エルフィンストーンだった。その日の午後、私はオルガンの送風機を新しくするための寄付を募りに、彼女の家へ立ち寄った。書斎でしばらく会話を愉しんだあと、彼女は寛大にも二ギニーの小切手を寄付してくれた。私は見送りを辞して、帽子を取りに玄関ホールに出た。そして、ちょうど帽子に手を伸ばしかけようとしたら、突然——おそらく忍び足で私の背後に近づいてきたのにちがいない——剝き出しの腕が私の腕にすべり込んできたのだ。そして次の瞬間、彼女は私の指に指をからませ、私の手を強く握ると、ぎゅうぎゅうと揉んだ——まるでそれが咽喉スプレーのゴムのポンプででもあるかのように。

「あなたはいつもご立派な牧師さまのふりをしてるけど、ほんとうにそんなにご立派なのかしら？」と彼女は囁いた。

いやはや！

私に言えるのはこれだけだ——彼女の腕がすべり込んできたときの感触は、まさにコブラが手首にからみついたようだった。私は夢中で身を振りほどくと、玄関のドアを引き開け、脇目もふらず私道を走って逃げた。

その翌日、村の公会堂で慈善バザーが開かれた（これも新しい送風機のための資金集めだった）。バザーも終わりに近づいた頃、私は隅のほうに立って静かにお茶を飲みながら、売場に群がる村の人々に眼を配っていた。すると、だしぬけにすぐ横で声がした。「あらまあ、あなたったら、なんて飢えた眼つきをしてらっしゃるの」次の瞬間、長身で肉づきのいい体が私にしなだれかかり、爪を赤く塗った手がココナッツケーキをひと切れ、私の口の中に押し込もうとしてきた。

「ミス・プラットリー」私は悲鳴をあげた。「やめてください！」

しかし、片手にティーカップ、もう一方の手に受け皿といった恰好で壁に背中を押しつけられた私にはなすすべもなかった。汗がどっと噴き出し、あんなにすばやく口いっぱいにケーキを詰め込まれていなかったら、正直な話、大声で叫んでいただろう。

なんとも不快きわまる事件だった。が、そのさきにはもっとひどい出来事が待ちかまえていた。

その翌日はミス・アンウィンだった。彼女はミス・エルフィンストーンとミス・プラットリーのたまたま両方の親しい友人だ。これだけでも当然、用心してしかるべきだった。しかし、いったい誰に想像できただろうか。よりにもよってあのミス・アンウィンが――つい数週間前にも、見事な刺繍を施したお手製の膝布団を私にプレゼントしてくれた、あのもの静かで心やさしく、内気そうな小さな女性が――あんな大それた真似を人にするなどいったい誰に想像できただろう？　だから私は彼女に、サクソン人の壁画を見るということで地下聖堂の案内を頼まれたときにも、悪魔の所業が進行中だなどとは夢にも思わなかった。しかし、実際、進行中だったのだ。

そこで私を襲った出来事についてはここで説明する気にもなれない。あまりに耐えがたいものだった。そののち続いたいくつかの事件もそれに劣らず残酷なものだった。そのとき以来毎日のように、言語道断な事件が次々と起きるようになったのだ。私はすっかり神経がまいってしまい、ときには自分が何をしているのかもわからなくなるありさまだった。若いグラディス・ピッチャーの結婚式で葬送式の祈禱文を読みはじめたり、洗礼式のさなかにミセス・ハリスの赤ん坊を洗礼盤に落としてずぶ濡れにしたりという体たらく。二年以上眼にしていなかった不快な発疹がふたたび首の横側に現われ、耳たぶをいじるあの悪癖がぶり返したばかりか、それが以前よりもっとひどくなった。髪にまで影響が出はじめ、梳かすと櫛に大量の抜け毛が残るようになった。私が慌てて退けば退くほど、彼女たちは勢いづいて追いかけてきた。女性とはそうしたものだ。男性の内気でひかえめな振る舞いほど女性たちを刺激するものはない。彼女たちはよりいっそう執拗に追いすがるようになる。その男性の振る舞いの裏に――ここで私は一番打ち明けにくいことを告白しなければならない――眼の奥でひそかにちらつく切望の光を見いだすようなことがあると。実際、彼女たちはそれを私に見いだしたのだろう。

おわかりいただけるだろうか。実のところ、私は女性に夢中だったのだ。

もちろん、今さらこんなことを言っても、にわかには信じていただけないだろうが、これこそまぎれもない真実なのだ。まず私が恐怖を覚えるのは、彼女たちが私に指で触れたり、体を押しつけてきたりしたときだけだということを理解していただきたい。安全な距離を保っていれば、私は彼女たちを何時間でも飽かずに眺めることができるのだ。とても触れることはできないけれど——たとえばタコや細長い毒ヘビのような——そういう生きものに、それでも見惚れてしまうときのように、うっとりと、ある種独特の憧れをもって見ることができるのだ。白くすべらかな裸の腕が服の袖からすらりと伸びて、まるで皮を剥いたバナナのように奇妙に剝き出しになっている様子を見るのが、私はたまらなく好きだった。体にぴったりとしたドレスをまとって、部屋の中を歩く女性を見ているだけでも、多大なる興奮を味わうことができた。とりわけ気に入っていたのはハイヒールを履いた脚のうしろからの眺めだ——膝の裏側がぴんと張ったさまは実にすばらしい。脚そのものにしてもすごく張りがあり、まるで限界ぎりぎりまで引っぱった強力なゴムでできているかのようだ。あるいは、時折夏の昼下がりにレディ・バードウェルの応接間の窓辺に坐って、ティーカップのふち越しにプールのほうを眺め、ツーピースの水着のあいだに剝き出しにされた日焼けした腹部を眼にしては、はかり知れないほどの興奮を覚えたものだ。

このような思いにひたることにはなんの問題もない。どんな男性でも時々はそうした邪心を抱くものだ。それでも私はひどい罪の意識に苛まれ、自問を繰り返した——あのような女性たちの恥知らずな振る舞いも、もしかしたらこの私が無意識に惹き起こしたものなのだろうか？　私の眼に宿る（自ら制御できない）切望の光がたえず彼女たちを煽り立て、その気にさせているのだろうか？　彼女たちに視線を向けるたびに、私はいわゆる誘惑のサインを無自覚に与えてしまっているのだろうか？　そうなのだろうか？

それとも、彼女たちのこうした野蛮なおこないというのは、女性そのものに生まれつき見られる特徴なのだろうか？

この問いに対する答は私なりに見当がついていたのだが、見当だけでは充分ではなかった。私の良心は単なる当て推量では決して満足できないようにできている。確たる証拠がなければならない。で、確かめる必要があるのは、この事件では実際どちらに罪があるのか――私か彼女たちか――ということだけだった。この目的を念頭に私はビリー・スネリングのネズミを使って、独自に考案した簡単な実験をおこなうことを決めた。

一年ほどまえ、私はビリー・スネリングという名の不届きな少年聖歌隊員が起こした問題に手を焼かされたことがあった。この少年は日曜日に三週続けて二匹の白ネズミを教会に持ち込み、私の説教中にネズミを床に放したのだ。結局のところ、私はその生きものを少年から取り上げて持ち帰り、箱に入れて牧師館の庭のはずれの小屋に置いておくことにしたのだが、その後、ひたすら人道的な理由からそれらに餌を与えるようになり、その結果――それ以上なんの後押しもしなかったにもかかわらず――ネズミたちは急速に増えはじめた。二匹が五匹になり、五匹が今では十二匹になっていた。

それで今回、私は目的を持ってこのネズミたちを研究に利用することに決めたのだ。雄と雌がまったくの同数でそれぞれ六匹ずつだったので、条件は理想的と言えた。

まず初めに雄と雌を別々のケージに入れて隔離し、丸三週間のあいだその状態にしておいた。そもそもネズミというのはきわめて好色な動物である。動物学者なら誰でも、三週間というのはネズミにしてみれば途方もなく長い別離期間だと言うだろう。これは推測だが、ミス・エルフィンストーンやミス・プラットリーのような女性に同様の処遇を施した場合、ネズミにとっての一週間の禁欲生活はほぼ一年分に匹敵するはずだ。私のこのやり方が実際の条件をきわめて正確に再現していたことがおわかりいただけると思う。

その三週間が終わると、真ん中を小さなフェンスで仕切った大きな箱を持ってきて、片側に雌、もう片側に雄を入れた。フェンスと言っても、三本の裸電線を一インチずつの間隔で張っただけのものだが、電線には強力な電流が流れていた。

この処置にちょっとした現実味を与えるため、私は雌のネズミにそれぞれ名前をつけた。体が一番大きく、ひげもいちばん長いのがミス・エルフィンストーン。しっぽが短くてずんぐりしているのがミス・プラットリー。一番小さいのがミス・アンウィンといった具合に。雄のほうは六匹ともこの私だ。

そうして、椅子を引っぱってきて腰をおろし、なりゆきを見守った。

ネズミはもともと警戒心の強い生きものである。互いに電線のみで隔てられた箱の中に雄と雌を入れると、最初はどちらの側も動こうとしなかった。雄はフェンス越しに雌をじっと見つめ、雌のほうもじっと見つめ返しながら、雄が近づいてくるのを待っていた。どちらも互いを欲して緊張状態にあるのがわかった。ひげが震え、鼻がぴくぴくとうごめき、時折長いしっぽが箱の内側の壁に鋭く打ちつけられた。

しばらくすると最初の雄が仲間から離れ、低く這うようにして用心深くフェンスに近づいた。が、電線の一本に触れた途端、たちまち感電して倒れた。残った十一匹のネズミはその場に凍りつき、動かなくなった。

それから九分と三十秒のあいだ、双方ともじっと動かなかった。それでも、雄がみな仲間の死体を見つめているのに対し、雌のほうは生きている雄にしか眼を向けていないことが見て取れた。

そこでにわかに短いしっぽのミス・プラットリーがしびれを切らした。彼女は勢いよく飛び出して電線にぶつかり、ばたりと倒れて死んだ。

雄たちは体を一段と低く伏せ、思案するようにフェンスのそばの二匹の死骸を見つめた。雌たちもかなり動揺している様子だった。またしばらく時間が流れ、そのあいだ双方ともじっと動きを止めていた。

すると、今度はミス・アンウィンが落ち着きをなくしはじめた。荒い鼻息を立ててピンク色の鼻先を左右にひくつかせていたかと思うと、突然、まるで腕立て伏せでもするかのように、体を上下にがくがくと揺さぶりはじめた。そして、残っている四匹の仲間を見渡し、「さあ、行くわよ」とでも言わんばかりにしっぽを高々と宙に上げてみせると、次の瞬間、フェンスめがけて突進し、頭から電線に突っ込んで即死した。

その十六分後、今度はミス・フォスターが行動を起こした。ミス・フォスターは村で猫を飼育している女性で、その少しまえから村の中心にある自宅の外に〈フォスター猫預り所〉という看板を厚かましくもでかでかと掲げるようになった女性だ。猫たちとの長いつきあいを通じて、彼女自身もまた不快きわまりない性質を帯びるようになったものと思われる。室内で彼女がそばにやってくると、いつでも必ず――彼女がロシア産の煙草を吹かしているときでさえ――かすかな猫のにおいが鼻をかすめた。本能的な衝動をまともに抑えられる女性だとはまるで思えなかったので、彼女が雄に向かって捨て身で突っ込んでいき、愚かにも命を落とすさまを私はいくらか胸のすく思いで眺めた。

その次はミス・モンゴメリー＝スミスだった。小柄で頑固な女性で、以前主教と婚約していたと私に信じ込ませようとしたことがあった。彼女は一番低い電線の下を腹這いでくぐり抜けようとして死んだ。これは当人の生きてきたさまを考えると、実にふさわしい最期だったと言わねばなるまい。

依然として、残った五匹の雄はじっと動かずに待っていた。

五匹目の雌はミス・プラムリーだった。いつも私に宛てた小さな手紙を献金袋の中にすべり込ませてくる狡猾な女だ。このまえの日曜日にも、朝の礼拝で集まった献金の額を聖具室で数えていると、折りたたんだ十シリング紙幣に例によって手紙がはさんであった。その文面はこうだ。〈今日のお説教ではずいぶんお声が嗄れていましたね。あとでお薬をお持ちしましょう。わたくしの自家製のさくらんぼシロップで咽喉をお労《いたわ》りください。親愛なるユー

ニス・プラムリー〉

ミス・プラムリーはゆっくりと電線のそばまで近づくと、真ん中の一本を鼻先でくんくんと嗅いだ。が、少しばかり鼻先を近づけすぎ、たちまち二百四十ボルトの交流電流を全身に浴びる結果となった。

五匹の雄はその場から一歩も動かず、この大虐殺をただ見守っていた。

とうとう雌の側で残っているのはミス・エルフィンストーンだけになった。

それからたっぷり三十分のあいだ、彼女もほかのネズミもまるで動こうとはしなかった。ようやく雄のうちの一匹がわずかにやる気を起こし、一歩前へ踏み出した。が、そこで一瞬ためらうと、進むのをやめ、ゆっくりともとの体勢になってしゃがみ込んだ。

これを見て、ミス・エルフィンストーンはどうにも我慢がならなくなったのだろう。猛り狂った眼でいきなり前方へ飛び出したかと思うと、勢いよく跳び上がって電線を越えようとした。まさに眼を見張るような大ジャンプだった。ほとんど成功したかに思われた。が、一番上の電線に後肢が片方だけかかってしまい、これによって彼女もまたほかの雌たち全員と運命をともにしたのだった。

この単純にしてわれながら考え抜かれた実験がどれだけ私を救ってくれたか、とてもことばで言い表わすことはできない。欲望のためには手段を選ばない、途方もなく淫らな雌の性質というものを一気に暴き出すことができたのだから。雄の側は無実が証明され、私自身の良心の咎めも払拭された。それまでずっとことあるごとに私を苛《さいな》んできた罪悪感の数々が一瞬にして窓の外へ消え去った。わが身の潔白がそうしてわかると、とたんに自分がたいそう強く、落ち着いた人間になったようにも思われた。

そのあとしばらく私は突拍子もない空想にひたった——牧師館の庭のまわりに黒い鉄柵をめぐらせ、そこに電流を流すのだ。あるいは門だけでも充分かもしれない。私はと言えば、書斎の椅子にゆったりと坐り、窓の外を眺める。すると、現実のミス・エルフィンストーンやミス・プラットリーやミス・アンウィンが次々とやってきて、無実の男性を苦しめたことによる最後の報いを受けるのである。

なんと馬鹿げた考えなのか！

これから実際にしなければならないのは——と私は自分に言い聞かせた——私個人の道徳心によって生み出された、いわば眼に見えない電気柵を自分のまわりに張りめぐらすことだ。その柵の中にいれば、敵が次々とぶつかってきても、私自身は少しも動じることなく安全でいられる。

まずは無愛想な態度を身につけることだ。女性たちとの会話は常に簡潔に切り上げ、笑顔も見せないようにする。彼女たちのひとりが近づいてきても、もはや一歩も退くことはない。その場に堂々と立って正面から睨みつけ、相手が何か思わせぶりなことでも言えば、鋭いひとことで報いるのだ。

私はすっかりその気になって、その翌日、レディ・バードウェルのテニスパーティに出かけた。

私自身はテニスを嗜《たしな》まないが、試合が終わる六時に来てほかの来客たちと合流するようにと、令夫人が〝親切にも〟招待してくれたのだ。聖職者が顔を出すと、こうした集まりにもある種の格調が添えられるとでも考えたのだろう。それと私が前回と同じ講演を披露するよう仕向けるつもりででもいるのだろう。前回訪問したとき、私は夕食後にピアノのまえでたっぷり一時間十五分をかけて、何世紀にもわたるマドリガルの発展について詳しく説明し、来客たちを愉しませたのだった。

六時ちょうどに自転車で門前まで漕ぎつけると、そのまま邸宅に向かって長い私道を進んだ。六月の第一週で、ピンクと紫のシャクナゲが道の両側いっぱいに咲き乱れていた。いつになく心が浮き立ち、恐れるものなど何もない気分だった。前日のネズミを用いた実験により、もはや誰も私の不意を突くことなどできなくなった。何が起きるかはあらかじめわかっており、そのことに対する心の備えも万全だった。私のまわりには小さなフェンスがすっかり張りめぐらされていた。

「あら、こんばんは、牧師さま」とレディ・バードウェルが声を上げ、両腕を広げて近づいてきた。

私はその場で踏ん張り、まっすぐ彼女の眼を見て言った。「バードウェルはどうしてます？　まだ市《まち》にいるんですかね？」

夫のバードウェル卿が一度も会ったことすらない誰かに、このような言いようをされるなど、令夫人の人生においてはいまだかつてなかったことだったのだろう。彼女はびっくりして立ち止まると、怪訝そうに私を見た。どう答えていいかわからないようだった。

「ご迷惑でなければ坐らせてもらいます」私はそう言って彼女の脇を通り過ぎると、テラスのほうに向かった。そこでは十人ばかりの来客が集まり、くつろいだ様子で籐椅子に坐り、手にした飲みものを口に運んでいた。そのほとんどが女性――いつもの顔ぶれ――で全員そろって白いテニスウェアーを着ていた。そんな彼らの中にはいっていくと、この落ち着いた黒服姿がちょうどいい具合に、私と彼女らとを隔ててくれているように感じられた。

女性たちは笑顔で私に挨拶をした。私はうなずきながら空いた椅子に腰をおろしはしたものの、笑みを返すことはしなかった。

「この話の続きはまた今度にしたほうがよさそうね」とミス・エルフィンストーンが言うのが聞こえた。「牧師さまがお許しくださらないでしょうから」彼女はくすくす笑いながら、いたずらっぽく私を見た。そこで私がいつものようにぎこちなく笑って、自分がいかに寛容な人間であるか、ひとこと述べるのを待っているのだろう。しかし、私は一切そんなことはしなかった。ただ上唇の片側を小さく歪めて侮蔑の表情をつくると（その朝、鏡のまえで練習しておいたのだ）大声でぴしゃりと言ってのけた。「メンス・サーナ・イン・コルポレ・サーノ」

「なんですって？」と彼女は大きな声を上げた。「もう一度おっしゃって、牧師さま」

「健全なる精神は健全なる肉体に」と私は言った。「それがわが家の家訓でしてね」

しばらくのあいだ、なんとも気まずい沈黙が流れた。女性たちは互いに目配せをしながら顔をしかめて首を振った。

「牧師さまは気がふさいでらっしゃるのよ」とミス・フォスターが言った。猫を飼育している女性だ。「一杯おやりになるといいわ」

「それはどうも」と私は言った。「ですが、私は飲酒しない主義なんです。あなたもご存知のように」

「それでは、ひんやりおいしいフルーツカクテルをお持ちしましょうか？」

この最後のやさしいひとことは私のすぐ右うしろから不意に聞こえてきた。心からの気づかいがにじみ出たその声に私は思わず振り返った。

そこにいたのはひと月ほどまえに一度だけ会ったことのある、非凡なまでに美しい女性だった。名はミス・ミルドレッド・ローチといって、初めて会ったときから、私は彼女が並外れてすぐれた人物であるという印象を受けた。とりわけそのおだやかでひかえめな性格に感心したのだ。加えて彼女と一緒にいると心が落ち着いた。その事実が彼女はまちがっても私に迫ってくるような女性ではないことを疑いなく証明していた。

「あれだけの道のりを自転車に乗ってこられて、お疲れになったことでしょう」と彼女は言った。

私は椅子ごとぐるりと向き直ると、とくと彼女を眺めた。つくづく魅力的な人だった——女性にしては珍しくがっしりしており、広い肩幅にたくましい腕、そして見事に盛りあがった両脚のふくらはぎが眼についた。彼女の顔は午後の運動のあとの興奮を今もとどめて、はつらつと紅潮して輝いていた。

「どうもありがとうございます、ミス・ローチ」と私は言った。「しかし、私はいかなる形であれアルコールは摂取しないのです。レモンスカッシュを小さなグラスに一杯なら……」

「フルーツカクテルにはいっているのはフルーツだけです、司祭さま」

私は〝司祭さま〟と呼ばれることをいつもひそかに喜んでいた。どことなく軍隊的な響きがともない、厳しい戒律や高い位といったものを思い起こさせるからだ。

「フルーツカクテル？」とミス・エルフィンストーンが言った。「なんの害もありませんよ」

「ビタミンCしかはいっていませんよ、あなた」とミス・フォスターも言った。

「炭酸入りのレモネードよりよっぽど体にいいものです」とレディ・バードウェルも言った。

「二酸化炭素は胃壁を痛めますからね」

「すぐにお持ちします」ミス・ローチはそう言って、私ににっこりと笑いかけた。感じのいい率直な笑みで、口の端から端にいたるまで、何かを企んでいるような気配は微塵も感じられなかった。

彼女は椅子から立ちあがり、飲みものが置いてあるテーブルへと歩いていった。見ていると、まずオレンジを切り、それからリンゴ、キュウリ、ブドウと次々に切り分けてグラスの中に入れ、その上から壜にはいった液体を大量に注ぎ込んだ。眼鏡をかけていなかったので、壜のラベルの文字ははっきり読み取れなかったが、ジムだかティムだかピムだか、ともかくそんな名前だった。

「まだ充分残ってればいいんだけど」とレディ・バードウェルが呼びかけて言った。「欲ばりの子供たちの大好物なんです」

「たっぷり残ってますよ」ミス・ローチはそう応じると、私のところまで飲みものを持ってきてテーブルの上に置いた。

これが子供たちの大好物だというのは、飲んでみるまでもなくうなずけた。琥珀色がかった深紅の液体に、大きな果物の塊が角氷と一緒に浮かんでいる。そして、そのてっぺんにはミス・ローチの手によってミントの小枝があしらわれていた。このミントは私のために特別に計らってくれたのだろう。私はそう思った。甘さをいくぶん抑え、どう見ても子供向けの飲みものに、大人の雰囲気を添えてくれたにちがいない。

「ちょっと甘すぎじゃありません、司祭さま」

「これはすばらしい」と私はグラスに口をつけて言った。「とてもおいしいです」

ミス・ローチがわざわざつくってくれたことを思うと心惜しかったが、それでもひと息に飲み干さずにはいられなかった。渇いた咽喉にはたまらなくおいしく感じられた。

「ぜひもう一杯つくらせてください」

彼女がグラスを私の手からつかみ取ろうとはせず、私がテーブルに置くまで待っていたのも私には好ましく思われた。

「わたしだったらミントは食べないけど」とミス・エルフィンストーンが言った。

「家の中からもう一壜持ってきたほうがよさそうね」とレディ・バードウェルが言った。「この分だと足りなくなりそうね、ミルドレッド」

「ぜひお願いします」とミス・ローチは言った。「わたし自身も何ガロンも浴びるほど飲むものですから」彼女はさらに私に向かって話しつづけた。「わたしのことを痩せっぽちだなんて絶対おっしゃらないでしょ？」

「もちろんです」と私は熱心な口調で言い、彼女がおかわりをつくってくれているあいだ、また彼女に見惚《と》れた。壜を持ちあげる腕の皮膚の下で波打つ筋肉に眼を奪われていた。うしろから見た首の様子もまた格別に美しかった。いわゆる現代風美人に多く見られる痩せてすじばった首ではなく、太くがっしりしていて、左右の筋肉のふくらんだ部分が肩にかけてなだらかに隆起していた。こうした外見から年齢を言いあてるのはむずかしいが、せいぜい四十八か九、それ以上ということはなさそうだった。

ちょうど大きなグラスで二杯目のフルーツカクテルを飲みおえたとき、それまで経験したことのない奇妙な感覚に襲われた。椅子から体がふわふわと浮かび上がり、下には何百という温かなさざ波が打ち寄せ、その波にどこまでも高く押し上げられていくような感覚だった。自分が泡のように軽く感じられ、まわりのものすべてが上下に浮いたり沈んだり、左右にゆっくりと渦を巻いたりしているように見えた。そんなふうにすっかりいい気分になり、今にも歌いだしたくてたまらなくなった。

「ご機嫌はいかが？」ミス・ローチの声が何マイルもの彼方から聞こえてきた。振り向いて見ようとして、彼女が実際すぐ近くにいるのに驚いた。彼女もまた上下に揺れていた。

「すばらしい」と私は答えた。「最高にすばらしい気分です」

彼女の顔は大きくてピンク色をしていた。そして、両頰をうっすらと覆っている産毛が見えるほど近くにあった。産毛の一本一本に陽の光が照り映え、まるで黄金のようにきらめいていた。不意に私は手を伸ばして指で彼女の両頰を撫でてみたくなった。実を言うと、もし彼女が私に同じことを試みたとしても私はなんの抵抗もしなかっただろう。

「ねえ」と彼女はやさしく言った。「わたしたちふたりでちょっとお庭をお散歩して、ルピナスの花を見にいきません？」

「いいですねえ」と私は答えた。「素敵だ。なんでもあなたのおっしゃるようにします」

レディ・バードウェルの庭園にはクロッケー用の芝生があり、その横にジョージアン様式の小さな東屋が建っている。次に気づいたときには、私はその東屋の中でミス・ローチと並んで長椅子のようなものに坐っていた。私はまだふわふわと揺れていて、彼女も、そして東屋までもが同じように揺れていたが、すばらしい気分に変わりはなかった。私はミス・ローチに歌を歌ってあげましょうかと尋ねた。

「今は駄目よ」彼女はそう言って私の体に両腕をまわすと、私の胸に自分の胸を押しつけ、痛くなるほど強く私を引き寄せた。

「いけません」と私はとろけそうになりながら言った。

「このほうがいいわ」と彼女はかまわず言った。「このほうがずっといいでしょ？」

もし一時間前にミス・ローチやほかの女性が私にこんなことをしようものなら、どうなっていたかわからない。おそらく私は気を失っていただろう。ことによると死んでしまっていたかもしれない。ところがそのとき、私はいつもの私のまま、巨大な剥き出しの腕が私に押しつけられる感触をうっとりと味わっていたのだ！　さらに——これが何より驚くべきことなのだが——彼女に応えたいという衝動に駆られはじめていた。

私は彼女の左の耳たぶを親指と人さし指でつまむと、ふざけてぐいぐいと引っぱった。

「いけない子ね」と彼女は言った。

私はさらに強く耳たぶを引っぱりながら、同時に軽くつねるようにした。これが彼女に火をつけたらしく、まるで豚のように唸ったり鼻を鳴らしたりしはじめた。息づかいが激しさを増し、ぜいぜいと荒くなった。

「キスして」と彼女は言った。

「なんですって？」

「さあ早く、キスして」

その瞬間、私は彼女の口を見た。恐ろしく大きな彼女の口が私の上にゆっくりとのしかかってきた。それが徐々に開き、どんどん広がりながら近づいてきた。突然、私は胃全体が引っくり返ったような感覚に襲われ、恐怖でその場に凍りついた。

「嫌だ！」気づいたときには声をかぎりに叫んでいた。「来ないで！　やめて、ママ、やめて！」

あんなに恐ろしいものを見たことはこれまでの人生で一度もない。私にはそれしか言いようがない。あの口があんなふうに迫ってくることに耐えるなど不可能だった。あれがもし真っ赤に焼けた鉄の焼印で、誰かが私の顔に押しつけようとしたのだとしても、あれほど恐怖で身がすくむこともなかっただろう。それは誓って言える。逞しい両腕が私をとらえ、身動きできないよう押さえつけているうちに、その口はどんどん大きく広がっていった。そして、そのぬらぬらした巨大な洞穴のような口が見るまに私に覆いかぶさったかと思うと、次の瞬間――私はその中にいた。

この途方もなく大きな口の只中で、私の体は舌の長さいっぱいに腹這いになっており、両足はどこか咽喉の奥のほうにあった。すぐにここから飛び出すべきだ。本能がそう告げていた。さもなければ、生きたまま呑み込まれてしまう――あのウサギの赤ん坊のように。すでに脚が咽喉の奥へ吸い込まれようとしているのを感じて、私はすばやく腕を伸ばして下の前歯に必死でしがみついた。頭がちょうど開口部付近にあったので、唇のあいだから外の世界を垣間見ることができた――東屋の中、磨き上げられた板張りの床に陽の光が輝いている。床の上には白いテニスシューズを履いた巨大な足の片方。

私は歯のへりをしっかりと指でつかんだまま、なんとか咽喉の吸引力に抗い、外の光に向かって徐々に這い出ようとした。が、そこへいきなり上の歯が降りてきて私の指を激しく嚙みちぎろうとしたため、やむなく手を放してしまった。私は足を下にしてふたたび咽喉の奥へすべり落ちた。そのさなかにも、やみくもに手を伸ばしてあちこちにすがりつこうとしたが、何もかもがするするしてすべっこく、まるでつかみどころがなかった。最後の奥歯の横をすべっていくとき、左側で金色の光がまぶしく閃き、それから三インチばかり進んだ先に、のどちんこと思われるものが太く赤い鍾乳石のように頭上から垂れ下がっていた。とっさに両手でしがみつこうとしたが、それもまた指のあいだからずるずるとすべり抜け、私はさらに下へと落ちていった。

大声で助けを求めたことは覚えているが、咽喉の持ち主の呼吸によって発生する風の音に掻き消され、自分の声がほとんど聞こえなかった。たえず奇妙な強い風が吹いているのが感じられた。寒風（吹き込んでくるとき）と熱風（再度出ていくとき）がかわるがわる不規則な調子で吹いていた。

どうにか肉のついた突起——喉頭蓋と推定される——に両肘を引っかけることに成功すると、私は束の間そこにぶら下がって、呑み込まれまいと両足でもがきながら、喉頭の内壁に足がかりを見つけようとした。が、そこで咽喉が大きく嚥下した拍子に振り落とされ、私はまた下降を続けた。

そこから先はつかまれるものが何もなく、ひたすら下へ下へと落ちていった。やがて両脚が胃の上層部にぶら下がる恰好になり、ゆっくりと力強い蠕動《ぜんどう》のリズムに足首から引き込まれていくのが感じられた。そうしてさらに奥へ、深く、深く引き込まれていった……。

はるか頭上、体の外ではがやがやと話し合う女性たちの声が遠くから聞こえた。

「まさかこんなことが……」

「可哀そうなミルドレッド、なんておそろしい……」

「あの男は頭がおかしいのよ……」

「こんなひどいお口になってしまって……」

「色情狂だわ……」

「サディスト……」

「誰かが主教に手紙を書くべきよ……」

そこへミス・ローチの声がひときわ大きく、インコのような金切り声で罵りはじめた。

「わたしが殺してやらなかっただけ運がよかったと思いなさい、あのろくでなし！……わたし、あいつに言ってやったのよ、万が一にもわたしが歯を抜きたくなったら、いまいましい牧師なんかじゃなく、ちゃんと歯医者に行くわよって……こっちからそんなことをさせようと思ったわけじゃないんだから！……」

「あの男はどこにいるの、ミルドレッド？」

「知るもんですか。あの忌まわしい東屋にでもいるんでしょうよ」

「ねえ、みんなで行ってあいつの息の根を止めてやりましょう！」

ああ、まったく、なんということだろう。あれから三週間ばかり経って、今こうして振り返ると、いったいどうやって正気を保ったままあの悪夢のような午後を切り抜けられたのか、自分でもわからない。

あのような魔女の集団と戯れるのは非常に危険なことだ。彼女たちが猛り狂っていたあの瞬間にあの東屋で捕えられでもしていたら、おそらく私はその場で八つ裂きにされていただろう。

そうでなければ、あるいは、私はうしろ手に縛り上げられ、警察署へ連れていかれていたにちがいない。レディ・バードウェルとミス・ローチが先頭に立った行列で、村の大通りを無理やり行進させられていたにちがいない。

しかし、もちろん、私は捕まらなかった。

そのときは捕まらなかったし、今もまだ捕まっていない。もしこのまま運がよければ、彼女たちから身を隠していることはそうむずかしくはないだろう——いずれにしろ、数ヵ月ぐらい、彼女たちがこの事件のことをすっかり忘れ去ってしまうまで。

お察しのとおり、現在の私は一切の人づきあいを避け、公共の場とも社会生活とも無縁の暮らしを余儀なくされている。このようなときには執筆に励むのが最も有益な活動だと思われるので、毎日何時間も文章と戯れて過ごしている。私は一文一文を小さな車輪と見なし、最近ではこれを一度に何百と集めて端から端までつなぎ合わせるという壮大な目標を立てている。それぞれ異なる大きさの車輪が異なるスピードでまわりながらも、歯車のように互いに嚙み合うようにするのだ。時々、ものすごく大きいやつをとても小さなやつと隣り合わせて、大きいほうがゆっくりとまわるにつれ、小さいほうがうなりを上げるほどの速さで回転するように試みたりしている。これがなんとも技術を要する。

また、夜にはマドリガルを歌うが、自分のハープシコードを弾けないのが残念でならない。

　それでもやはりここはそうひどい場所ではないし、できるかぎりくつろいで過ごしている。ただ、この小さな部屋が十二指腸の上部に位置していることはほぼまちがいない。右の腎臓の隣り、腸が垂直に下へ向かおうとする手前の場所だ。床はきわめて水平で――実際、ここは私がミス・ローチの咽喉を延々とすべり落ちた挙句に初めてたどり着いた水平な場所だった――私がなんとか止まることができたのもひとえにそのおかげだった。頭上には幽門と思われるどろどろした開口部が見える。胃が小腸につながる部分だ（母がよく私に見せてくれた略図を今でも思い出すことができる）。そして、下のほうの壁には奇妙な小さい穴が口を開けており、ここで膵管が十二指腸の下行部につながっている。

　私のような保守的な感覚の人間には、ここにあるすべてが一風変わって感じられる。個人的な好みを言えば、オーク材の家具や寄木張りの床のほうがいい。それでも、ひとつだけとても気に入っているものがある。それはこの壁だ。うっとりするほど柔らかく、詰めものがしてあるようだ。これのいいところは、痛い思いをすることなく、好きなだけ壁にぶつかることができるという点だ。

　ここにはほかにも何人かの人々がいる。なんとも驚くべきことに。しかし、それがひとり残らず男性なのは実にありがたい。どういうわけか彼らはみな白衣を着ていて、たいそう忙しくしている。そして、自分たちが偉い人間でもあるかのように、始終忙しげに動きまわっている。実際のところ、彼らはどこまでも無知な連中で、自分たちがどこにいるかさえわかっていないようだが。しかし、私が教えてやろうとしても耳を貸そうともしないのだ。彼らに対する怒りと苛立ちがあまりに募ると、時折、私はかっとなって大声で怒鳴りだしてしまう。すると彼らは一様に探るようなずる賢い顔になり、ゆっくりとあとずさりながらこんなことを言う。「まあまあ、そうむきにならないで。落ち着いて、牧師さん。そうそう、それでいい。気楽にやればいいんです」

それはいったいどういう物言いなのか？

それでも、いつも朝食後に私のところへやってくる年配の男だけは、まだいくらか現実に近いところで生きているようだ。彼は礼儀正しく堂々としている。そして、おそらくは孤独なのだろう。この男の何よりの愉しみが私の部屋でじっと坐ったまま私の話に耳を傾けることなのだから。ただひとつ面倒なのは、話題が私たちの居場所に及んだとき、彼が決まって、私がここから出られるように力を貸そうと言ってくることだ。今朝も彼が同じことを言い、そのことで口論になった。

「ですが、おわかりになりませんか」と私は辛抱強く言った。「私はここから出たくないのです」

「牧師さん、それはいったいなぜです？」

「何度も言ってるでしょう――外じゃみんなが私を探しまわってるからです」

「誰がです？」

「ミス・エルフィンストーンとミス・ローチとミス・プラットリーと、あとの全員ですよ」

「そんな馬鹿な」

「いいや、ほんとうなんです！　それにあなたは認めようとしないが、あなただって狙われてるんですよ」

「いいえ、私は狙われてなんかいませんよ」

「じゃあ、お訊きしますが、あなたはこんなところで何をしてるんです？」

これは彼にも難問だったようだ。どう答えていいかわからないふうだった。

「賭けてもいいな、あなたも私と同じように、ミス・ローチとふざけているうちに呑み込まれてしまったんでしょう？　賭けてもいいです。ただ、あなたとしては恥ずかしくて自分からはそのことを認められないんです」

そう言ったとたん、彼が不意に青ざめ、打ちのめされたような表情になったので、私はなんだか気の毒になった。

「歌を歌ってあげましょうか？」

彼は何も言わずに立ち上がると、無言のまま廊下に出ていった。

「元気を出して」と私は彼の背中に呼びかけた。「気を落とすことはありません。聖書にも書かれているように、心を癒すお薬はいつだってどこかにあるものなんですから」

始まりと大惨事—実話—
Genesis and Catastrophe A True Story

「すべては順調です」と医者は言っていた。「ゆっくり休んでください」その声は遠く、まるで何マイルもの彼方から大声で呼びかけられているかのようだった。「男の子ですよ」

「なんですって？」と彼女は訊き返した。

「元気な男の子です。おわかりですね？　元気な男のお子さんです。産声をお聞きになりましたか？」

「あの子は大丈夫なんですか、先生？」

「もちろん大丈夫です」

「会わせてください」

「すぐにお会いになれます」

「ほんとうに大丈夫なんですね？」

「ほんとうですとも」

「まだ泣き声をあげています？」

「体を休めて。何も心配することはありません」

「なぜ泣き声がしないんです、先生？　何があったんです？」

「どうか落ち着いてください。すべては順調ですから」

「この眼で見たいんです。お願いです、あの子に会わせて」

「奥さん」医者は彼女の手をそっと叩いて言った。「元気で丈夫で健康なお子さんです。私の言うことが信じられないんですか？」

「あそこにいる女の人はあの子に何をしてるんです？」

「赤ちゃんをきれいにしてるんです」と医者は言った。「ちょっと体を洗ってあげてるんです。そのあいだぐらいは待ってもらわないと」

「誓ってあの子は大丈夫なんですね？」

「誓って。さあ、横になってゆっくり休んでください。眼を閉じて。さあ、ほら、眼を閉じてください。そう、その調子。そうです……」

「わたし、ずっと祈ってたんです、先生。あの子がちゃんと生きられるようにって」

「もちろん生きられますとも。何をおっしゃってるんです？」

「みんな駄目だったんです」

「ええ？」

「わたしの子はみんな死んでしまったんです、先生」

医者はベッドの脇に立って若い女の疲れきった青白い顔を見下ろした。彼女に会うのはこの日が初めてだった。彼女が夫とともにこの町に引っ越してきたのはごく最近のことだった。出産の手伝いをしに階上《うえ》に上がってきたこの宿屋の女将によると、その夫というのは国境の税関に勤めていて、三ヵ月ほどまえにトランクひとつとスーツケースひとつを手に、夫婦でいきなり宿屋に現われたという。女将が言うには、夫のほうは呑んだくれで、横柄で支配的で、妻をいじめてばかりいる小男だが、若い妻は心やさしく、信心深い女なのだそうだ。ただ、いつもたいそう悲しげで、決して笑わない。宿屋に来てから数週間が経つが、彼女が笑顔を見せたことは一度もない、と女将は言った。また、夫のほうはこれが三度目の結婚だという噂があった。前妻のひとりは死に、もうひとりとはなにやらよからぬ事情で離婚したのだという。もっとも、それはただの噂ではあったが。

医者はベッドの上に身を乗り出すと、患者の胸元のシーツをさらに上へ引き寄せ、やさしく語りかけた。「何も心配することはありません。この赤ちゃんにはなんの異常もありませんから」

「ほかの子供たちのときもそう言われました。でも、みんな生まれてすぐに亡くしました。この一年半のあいだにわたしは三人の子供をみんな失ったんです。だからわたしが不安になるのも当然でしょう？」

「三人も？」

「この子が四人目です……四年間で」

医者は剝き出しの床の上で、落ち着かなげに足を動かした。

「それはいったいどういうことなのか。先生にもおわかりにならないと思います。子供たちをみんな失うというのはどんなことなのか。三人全員を、ゆっくりと、別々に、ひとりまたひとりと失っていくというのはどんなことか。あの子たちの顔がずっと眼に焼きついています。今だってグスタフの顔がはっきり見えます。このベッドで、わたしのそばで寝ているみたいに。グスタフは天使のような男の子でした。でも、ずっと病気ばかりしていました。子供たちが病気ばかりしているのに、どうしてやることもできないなんてつらすぎます」

「わかります」

彼女は眼を開くといっとき医者をじっと見上げた。それからまた眼を閉じて言った。

「娘はイーダという名前でした。クリスマスの数日前に死んだんです。つい四ヵ月前に。あの子を先生にお見せしたかった」

「でも、新しいお子さんができたじゃありませんか」

「でも、イーダはほんとうに可愛らしい子だったんです」

「ええ」と医者は言った。「わかりますとも」

「どうしてあなたにわかるんです？」と彼女は大きな声をあげた。

「それはもうさぞかし可愛いお子さんだったんでしょう。でも、今度のお子さんだって負けてはいませんよ」医者はベッドに背を向けると、窓辺に歩み寄って外を眺めた。雨の降る陰鬱な四月の午後だった。通りをはさんだ向かいには家々の赤い屋根が並び、大粒の雨が屋根瓦を叩いていた。

「イーダは二歳でした、先生……あんまり可愛くて、朝起きて服を着せてから、夜また無事にベッドに寝かしつけるまで、わたしには片時も眼が離せなかった。あの子に何かあってはと、わたしはいつも怯えながら暮らしてたんです。グスタフが逝ってしまって、生まれたばかりのオットーも逝ってしまって、わたしに残されたのはもうあの子だけでしたから。ときには夜中に起き出して、揺りかごにそっと近づいて、あの子の口元に耳を近づけたりもしました。息をしていることを確かめずにはいられなくて」

「休んでください」医者はベッドのところへ戻るとそう言った。「とにかく休んでください」彼女の顔は蒼白で血の気がなく、小鼻と口のまわりがかすかに青みがかった灰色に変色していた。汗に濡れた髪がいくすじか額に垂れ、肌に貼りついていた。

「あの子が死んだとき……わたしはまた身ごもってたんです、先生。イーダが死んだとき、わたしは今度の子を身ごもって、すでに五ヵ月になっていました。〝産みたくない！〟。お葬式のあとでわたしは叫びました。〝産むものですか！　子供が死ぬのはもうたくさん！〟って。すると、夫が……大きなビールのグラスを片手に、お客さんたちのあいだをふらふら歩きまわってたんですが……すぐさまわたしのほうを向いて言ったんです。〝おまえにいい知らせがある、クララ。いい知らせだ〟って。想像できますか、先生？　たった今、三人目の子供のお葬式をしたばかりだというのに、ビールのグラスを片手に、いい知らせがあるだなんて。〝今日、ブラウナウ（ドイツとの国境沿いにあるオーストリアの街）に転任が決まったんだ。すぐに荷造りを始めなさい。おまえにとっても新しい出発になるだろう、クララ〟。夫はそう言ったんです。〝新しい土地に行けば、新しい医者も見つかるさ……〟って」

「どうかもう話さないで」

「あなたがその新しいお医者さまということになりますよね、先生？」

「そのとおりです」

「で、わたしたちは今ブラウナウにいる」

「ええ」

「でも、先生、わたし、怖いんです」

「怖がることは何もありません」

「四人目の子にはどれぐらいのチャンスがあるんでしょう？」

「そんなふうに考えるのはやめなさい」

「どうしようもないんです。わたしの子供たちがこうして死んでいくのには、何か遺伝的な理由があるとしか思えないんです。絶対にあるはずだわ」

「そんな考えは馬鹿げています」

「オットーが生まれたとき、夫がわたしになんて言ったかわかりますか、先生？　部屋にはいってきて、オットーが寝ている揺りかごをのぞき込んで、こう言ったんです。〝おれの子供がそろいもそろって、こんなに小さくて弱っちいのはいったいどういうわけだ？〟って」

「まさかそんなことはおっしゃらなかったと思いますよ」

「まるで小さな虫でも観察するみたいに、揺りかごの中に頭を突っ込んで、こう言ったんです。〝要するに、なぜもっとましなやつが生まれないのかってことだ。おれが言いたいのはそれだけだ〟って。それから三日後にオットーは死にました。生まれて三日目に急いで洗礼を受けさせたのに、その日の夕方には死んでしまったんです。そのあとグスタフが死にました。それからイーダも。みんな死んでしまったんです、先生……家が突然、空っぽになってしまったんです……」

「そんなことは今は考えないことです」

「今度の子もそんなに小さいんでしょうか？」

「正常なお子さんです」

「でも、小さいんでしょう？」

「どちらかといえば小柄かもしれない。しかし、小さな赤ちゃんのほうが大きな赤ちゃんよりはるかに丈夫だったりするものです。想像してみてください、ヒトラー夫人。来年の今頃には、お子さんはもうすぐ歩けるようになってるんですよ。考えただけで愉しくなりませんか？」

彼女はこれには何も答えなかった。

「さらに今から二年も経てば、ひっきりなしにおしゃべりするようになって、そのおしゃべりであなたをすっかり参らせてしまったりすることでしょう。お子さんの名前はもう決めてるんですか？」

「名前？」

「ええ」

「さあ。わたしはまだ決めてませんけど、確か夫は言ってました。もし男の子だったら、アドルフスにしようって」

「ということは、お子さんはアドルフと呼ばれることになるわけですね」

「ええ。夫がアドルフという名前を気に入ってるのは、アロイスに似ているからなんです。自分の名前がアロイスなんです」

「すばらしい」

「まあ、なんてこと！」彼女は不意に大きな声をあげ、枕から上体を起こした。「オットーが生まれたときにも同じことを訊かれたんです！　きっとこの子も死んでしまう！　今すぐ洗礼を受けさせてください！」

「まあまあ、落ち着いて」医者は彼女の肩をやさしく抱いて言った。「あなたはまちがっている。誓って、あなたはまちがっています。私はただ年寄りの常としてあれこれ詮索しただけのことです。ただそれだけのことです。名前の話をするのが大好きなものでね。アドルフス。とてもいい名前じゃありませんか。私自身、お気に入りの名前のひとつです。さあ、ごらんなさい――あなたのお子さんですよ」

宿屋の女将が巨大な胸に高々と赤ん坊を抱え、部屋を横切ってベッドのほうにやってきた。「あなたの小さな王子さま！」と女将は満面に笑みを浮かべて言った。「あなたも抱いてみる？　それとも隣りに寝かせましょうか？」

「しっかりくるんでありますか？」と医者が尋ねた。「この部屋はやけに寒い」

「それはもうしっかりくるんでますとも」

　赤ん坊は白い毛織のショールにしっかりとくるまれ、小さなピンク色の頭だけをのぞかせていた。赤ん坊を母親の横にそっと寝かせて女将が言った。「はい、どうぞ。これであなたも横になって思う存分坊やを眺められるわ」

「可愛くてたまらなくなるんじゃないですか」と医者が笑みを浮かべて言った。「ほんとうに可愛い赤ちゃんだ」

「なんて可愛らしい手なの！」と宿屋の女将も感嘆して言った。「この長くてきれいな指！」

　母親は身じろぎひとつしなかった。顔を向けて見ようとさえしなかった。

「さあ、ご覧なさいな！」と女将が言った。「嚙みつきやしないから！」

「怖くて見られないんです。またひとり子供が生まれて、その子が無事でいられるなんて、とても信じられなくて」

「馬鹿なことを言わないで」

　母親はようやくおもむろに顔を向け、横の枕に寝かせられた赤ん坊の小さくて信じられないほどおだやかな寝顔を見た。

「これがわたしの赤ちゃん？」

「もちろん」

「ああ……ああ……なんてきれいな赤ちゃんなの」

医者は背を向けてテーブルのところへ行くと、仕事道具を鞄にしまいはじめた。ベッドに横たわった母親は赤ん坊をじっと見つめては、笑いかけたり触れたりして、しきりと小さな喜びの声をあげた。「こんにちは、アドルフス」彼女はそっと囁いた。「わたしの小さなアドルフ坊や……」

「しぃっ！」と宿屋のおかみが言った。「聞こえた？　ご主人が帰ってきたみたい」

医者が戸口まで歩いてドアを開けた。そして、廊下に顔を出して言った。

「ヒトラーさんですね」

「そうだが」

「どうぞおはいりください」

深緑色の官服を着た小柄な男が部屋にそっとはいってきて、まわりを見まわした。

「おめでとうございます」と医者が言った。「男のお子さんです」

男は入念に手入れされた、皇帝フランツ・ヨーゼフ気取りの巨大な頬ひげをたくわえ、ビールのにおいをぷんぷんさせていた。「男の子？」

「ええ」

「具合は？」

「元気です。あなたの奥さんもね」

「それはよかった」父親は体の向きを変えると、小刻みに飛び跳ねるようなおかしな足取りで、妻が横になっているベッドまで歩み寄った。そして、頬ひげ越しに笑みを向けて言った。「やあ、クララ。どんな具合だ？」そう言って、赤ん坊を見ようとして身を屈めた。そこからさらに屈み込んだ。引き攣ったようなぎくしゃくとした動きを繰り返して、どんどんまえのめりになり、ついには赤ん坊の頭からほんの十二インチほどのところまで顔を近づけた。妻は枕の上で横向きになっていた。どこか哀願するような顔で夫を見上げていた。

「お子さんはとても丈夫な肺をお持ちですよ」と宿屋の女将が言った。「この世に生まれ出たときの泣き声をお聞かせしたかったわ」

「しかし、まあ、なんてことだ、クララ……」

「なんですか、あなた？」

「こいつはオットーが生まれたときより小さいじゃないか！」

医者が足早に進み出て言った。「お子さんにはなんの問題もありません」

夫はゆっくりと体を起こすと、ベッドに背を向けて医者に向き直った。困惑し、打ちひしがれたような顔になっていた。「嘘をついても無駄だよ、先生。おれにはわかってるんだから。また同じことの繰り返しになる」

「私の話をお聞きなさい」と医者は言った。

「だけど、先生、ほかのやつらがどうなったか、あんたは知ってるのかい？」

「ほかの子たちのことは忘れなさい、ヒトラーさん。この子の将来を考えるんです」

「こんなにちびで弱っちいのに！」

「ご主人、お子さんはたった今生まれたばかりなんですよ」

「それにしたって……」

「どうしようって言うんです？」と宿屋の女将がたまりかねて叫んだ。「この子に死んでくれとでも言いたいの？」

「おやめなさい！」と医者が厳しい口調でたしなめた。

母親は今ではむせび泣いていた。体を震わせ、激しく嗚咽していた。

医者は夫のそばへ歩み寄ると、肩に手を置いて、そっと囁いた。「どうか奥さんにやさしくしてあげてください。これはとても大切なことです」そう言って、夫の肩を強くつかむと、ベッドの端へそれとなく押しやりはじめた。夫がぐずぐずしていると、医者は五本の指によりいっそう力を込め、夫を急き立てた。夫はまた屈み込むと、渋々妻の頬に軽くキスをした。

「よしよし、クララ。もう泣くんじゃない」

「わたし、ずっとずっとお祈りしてたの、アロイス。この子はちゃんと生きられますようにって」

「ああ」

「何ヵ月も毎日教会に行ってひざまずいて、この子が生きることをお許しくださるように神さまにお願いしてたのよ」

「ああ、クララ、わかってる」

「三人も子供が死んで、これ以上はもう耐えられない。わかるでしょ?」

「もちろんだ」

「この子は生きなくちゃいけないのよ、アロイス。何があっても生きてくれなくちゃ……ああ、神さま、どうかこの子にご慈悲を……」

勝者エドワード
Edward the Conqueror

ルイーザは、布巾を片手に持ったまま、家の裏口——台所の戸口——からひんやりとした十月の陽射しの中に出た。

「エドワード！」と彼女は呼ばわった。「エドワード！　お昼の用意ができたわよ！」

彼女はしばらくその場で耳をすました。それから芝生をゆっくりと歩きはじめ、そのまま歩きつづけ——小さな影がついてきた——芝生を横切った。その途中、バラの花壇のへりを通ったときには日時計に指で軽く触れた。背が低く、ぽっちゃりとした体型の女性にしてはなかなか優雅な身のこなしだった。弾むような軽やかな足取り。ひかえめに揺れる肩と腕。彼女はクワの木の下を通り、煉瓦敷きの小径に出て、その小径を進んだ。広い庭の端にある窪地を見下ろせる場所に出た。

「エドワード！　お昼よ！」

そこから八十ヤードほど前方、森のはずれの窪地に彼の姿が見えた。カーキ色のスラックスを穿き、深緑のセーターを着た、やや背の高い細身の人影が大きな焚き火の横で作業をしていた。熊手を両手に持ってイバラの枝を火の中に投げ込んでいた。焚き火は猛々しく燃え盛っており、オレンジ色の炎が舞い、乳白色の煙がもうもうと立ち昇っていた。煙は庭のほうに流れ、燃える枯れ葉の秋らしいなんともいい香りを漂わせていた。

ルイーザは斜面をくだって、窪地にいる夫のもとへ向かった。彼女にその気があれば、もう一度呼びかけて、夫に気づかせることもできただろうが、見事な焚き火には、彼女の心をとらえて引き寄せる何かがあった。その熱を感じて燃え盛る音を聞けるほど間近に近づきたいと思わせる何かが。

「お昼よ」と彼女は夫のほうに歩きながら繰り返した。

「おや、来たのか。わかった――わかった。今、行く」

「焚き火がとてもいい感じ」

「ここをすっかりきれいにしようと思ってね」と彼女の夫は言った。「こういうイバラにはもううんざりだ」その面長の顔は汗でびっしょりと濡れていた。口ひげには小さな玉の汗がまるで露のしずくのようにびっしりとまとわりついていた。汗はさらに咽喉を伝って、セーターのタートルネックまで二本の小さな川のように流れていた。

「あんまり無理しないように気をつけてよ、エドワード」

「ルイーザ、私のことをまるで八十歳の年寄りのように扱うのはいい加減やめてくれ。ちょっとした運動が体に悪いわけがない」

「ええ、あなた、そうよね。あら、エドワード！　ちょっと見て！　ほら！」

彼は振り向き、ルイーザのほうに顔を向けた。彼女は焚き火の反対側を指差していた。

「見て、エドワード！　猫よ！」

焚き火のすぐ近くに――実際に炎に舐められてもおかしくないほどすぐ近くに――見たこともないような奇妙な色をした大きな猫が坐っていた。じっと動かず、首を傾げて、鼻をつんと上に向け、冷ややかな黄色い眼でこの男と女を見ていた。

「火傷しちゃうわ！」とルイーザは叫ぶと、布巾を放り出して、まっすぐ駆け寄り、猫を両手でしっかりとつかんだ。そして、焚き火からさっと引き離すと、炎から充分に離れた芝生に置いた。

「お馬鹿さんな猫ちゃん」と彼女は言い、手から埃を払った。「どうしたの、猫ちゃん？」

「猫というのは自分がしてることをちゃんと理解しているもんだ」と夫は言った。「自分がやりたくないことをしてる猫なんていやしないんだから。猫というのはそうしたもんだ」

「どこのおうちの子かしら？　あなた、この子のこと、見たことある？」

「いや、一度もないね。しかし、なんて変な色なんだ」

猫は芝生に坐ると、ふたりを横目でじっと見ていた。眼のあたりに、ヴェールで覆われたような内に秘めた表情を――奇妙にもなんでもお見通しとでも言いたげな、もの思いに沈んだような気配を――漂わせていた。鼻のまわりにはごくかすかに軽蔑の色が浮かんでいる。

このふたりの初老の人間――小柄でぽっちゃりした体型で血色がいいのがひとり、痩せていて大汗をかいているひとり――が視界にはいったのはいくらか意外ではあったものの、さして重要なことではない、とでもいうかのように。猫にしては確かに珍しい色の毛並みをしていた。銀色がかったグレー一色で、青味がかったところはまったくない。毛足はとても長く、絹糸のようになめらかだった。

屈んで猫の頭を撫でながらルイーザが言った。「おうちに帰らなきゃいけないわ。さあ、いい子だからあなたが飼われているおうちに帰りなさい」

夫妻はゆっくりとした足取りで斜面をのぼり、家へと向かった。猫も起き上がり、ふたりのあとについてきた。最初は距離を取っていたのだが、ふたりが先に進むにつれて、じわりじわりと距離を詰め、やがてふたりに並ぶと、ふたりを追い越し、先頭に立った。そして芝生を横切り、家に向かった。帆船のマストのように尻尾をぴんと立て、この敷地全体の主《あるじ》のような歩き方で。

「うちへ帰れ」とエドワードが言った。「うちへ帰るんだ。ついてくるんじゃない」

しかし、夫妻が家に着くと、猫も一緒に家の中にはいってきた。ルイーザは台所で猫にミルクをやった。昼食が始まると、猫はふたりのあいだの空いている椅子に飛び乗って、食事のあいだじゅうそこに坐り、テーブルの上に頭だけ出して、その暗い黄色の眼で食事の様子をじっと見ていた。女から男へ、男から女へとゆっくりと視線を動かしていた。

「この猫、気に入らないな」とエドワードが言った。

「あら、わたしはきれいな猫だと思うけど。もうちょっとうちにいてほしいと思ってるくらい」

「いいかい、ルイーザ、聞きなさい。こいつをうちに置いておくわけにはいかない。人さまのものなんだぞ。迷い猫じゃないか。午後もぐずぐずしてうちにいるようなら、警察に届けたほうがいい。あとは警察が飼い主のもとに帰してくれるよ」

昼食がすむと、エドワードは庭仕事に戻った。ルイーザはいつものように、ピアノのあるところに行った。彼女のピアノの腕前はなかなかのもので、彼女は心から音楽を愛していた。午後になると、一時間かそこらは自分のためにピアノを弾くのが、彼女のほぼ毎日の日課になっていた。猫はソファの上に寝そべり、彼女はそのまえを通りかかると、立ち止まって撫でてやった。猫は眼を開けて一瞬彼女を見たものの、すぐに眼を閉じてまた眠りについた。

「あなたってほんとうに素敵な猫ちゃんね」と彼女は言った。「それになんてきれいな色の毛並みなの。あなたをうちに置いておければいいんだけど」猫の頭を撫でていると、指先が毛の下に隠れていた小さな瘤《こぶ》に触れた。右眼のすぐ上に小さなふくらみがあるのが感じられた。

「可哀そうに」と彼女は言った。「きれいな顔に瘤なんかできちゃって。きっともうけっこう歳なのね」

彼女はピアノのまえに行くと、ピアノ用の長いベンチに坐ったものの、すぐには弾きはじめなかった。彼女だけのささやかな愉しみのひとつが毎日をいわば公演日にすることだった。だからプログラムは、弾きはじめるまえに細部までよく考え抜いて周到に用意する。次に何を弾こうかと考えるあいだ、演奏をやめていてはせっかくの愉しみが中断されてしまう。それは彼女が絶対に避けたいことだった。彼女の願いはただひとつ。曲と曲のあいだのわずかな間《ま》に、聴衆から熱烈な拍手喝采とともに、もっと聞きたいというリクエストが沸き起こることだ。聴衆を想像すると、一気に気持ちが盛り上がる。ときには演奏中に——つまり幸運な日には——部屋がぐるぐるとまわりはじめ、しだいに薄れていって暗くなり、何列にも連なる座席と彼女を見上げる無数の白い顔しか見えなくなることもあった。うっとりと心を奪われ、熱中して一心不乱に耳を傾けている、そんな聴衆の顔しか見えなくなるのだ。

　記憶を頼りに暗譜で弾くことも譜面を見ながら弾くこともあった。今日は暗譜で弾いてみよう。それが今日の彼女の気分だった。プログラムはどうしよう？　彼女は膝の上で小さな手をしっかりと握り合わせて、ピアノのまえに坐っていた。ぽっちゃりとした体型で、血色のいい肌艶の小柄な容姿。その顔は丸くはなったものの、今でもまだかなり美しかった。髪は頭のうしろできちんと丸くまとめてあった。眼をわずかに右に向けると、ソファの上で丸くなって眠っている猫が見えた。銀色がかったグレーの毛並みがクッションの紫色に美しく映えていた。最初はバッハの曲で始めるというのはどう？　それとも、ヴィヴァルディのほうがいいかしら。バッハがオルガン用に編曲した、ヴィヴァルディの合奏協奏曲《コンチェルト・グロッソ》ニ短調。そう、一曲目はこれで決まりね。その次は可愛らしいシューマンがいいかもしれない。『謝肉祭』とか？　それも愉しいわね。その次は……そう、気分を変えてちょっとリストを入れてもいい。『ペトラルカのソネット』からひとつ。二番目の曲——あれが一番素敵だもの——

ホ長調。それからまたシューマン、これも明るい曲がいい――『子供の情景』。最後はアンコールに応えてブラームスのワルツ。気分が乗ったらアンコールは二曲にしてもいい。

ヴィヴァルディ、シューマン、リスト、シューマン、ブラームス。とても素敵なプログラムになった。これなら楽譜なしで簡単に弾けるし。彼女は体がピアノにもう少し近くなるように坐り直すと、ほんの少しだけ待った。聴衆の誰かが――演奏も始めないうちから、今日も幸運な日になる予感がした――最後の咳ばらいを終えるのを待った。それから、彼女の動作にはほぼいつも見られるゆったりとした優雅さを漂わせて、両手を鍵盤の上にかざすと、弾きはじめた。

その特別な瞬間には猫をまったく見ていなかった。実のところ、その存在すら忘れていたのだが、ヴィヴァルディの最初の荘重な調べが部屋の中に静かに響くと、彼女は片方の眼の端に何かをとらえた。何かが不意に疾風《はやて》のように動いたのだ。右側にあるソファで起きた一瞬の動き。彼女はすぐに演奏をやめた。「何?」そう言って、猫のほうに向き直った。「どうしたの?」

猫はと言うと、ついさっきまで静かに眠っていたのに、今は背すじをまっすぐに伸ばしてソファの上に坐っていた。身をこわばらせ、全身を震わせ、耳をぴんと立て、眼を大きく見開き、じっとピアノを見つめていた。

「怖がらせちゃった?」と彼女はやさしく尋ねた。「音楽を聞くのはこれが初めてだったのね」

いいえ、ちがう、と彼女は自分につぶやいた。そんな感じじゃない。彼女は考え直した。猫のこの態度は恐れからくるものではない。身を縮めたりもあとずさりしたりもしていない。強いて言えば、まえに身を乗り出して、全身に熱意のようなものをみなぎらせている。それからその顔。なんと言うか、その顔にはむしろ奇妙な表情が浮かんでいる。驚きとショックが入り混じったような。もちろん、猫の顔なんて小さくて、表情らしい表情など浮かびようもないのだが、それでも気をつけて観察していると——一緒に動く眼と耳や、特に耳の真下と少し片側に寄ったところにある、わずかな面積のよく動く皮膚を見ていると——時折、強い感情の表われが読み取れることがある。ルイーザは、今度は猫から眼を離さず鍵盤に両手を伸ばし——二度目には何が起きるのか興味津々だった——またヴィヴァルディを弾きはじめた。

今度は猫も心構えができていたらしく、最初は体をわずかにこわばらせただけだった。しかし、音楽が盛り上がり、速度を速めてフーガの序奏へと移るときのあの最初の胸躍るリズムに差しかかると、猫の顔に恍惚と言ってもいいほどの奇妙な表情が浮かんだ。それまではぴんとまっすぐに立っていた耳が徐々にうしろへと倒れ、瞼が垂れ下がり、頭が少しずつ片側に傾いていった。それを見て、ルイーザは誓って言えると思った。この猫はほんとうに作品を鑑賞してるのだ。

彼女が見た（というより、見たと思った）ものは、彼女がそれまでに幾度となく眼にしたことのあるものだった。一心不乱に曲を聞いている人たちの顔に浮かぶ表情だ。人は音楽に完全に心をつかまれ、すっかりその中に浸りきってしまうと、心底恍惚とした表情を自然と浮かべるものだ。そういうときにしか浮かべない表情。笑顔と同じくらい簡単にそれとわかるあの表情。ルイーザが見るかぎり、猫もまさにそれに近い表情を浮かべていた。

ルイーザはフーガを終えるとシチリアーナにはいり、その間もずっとソファの上の猫から眼を離さなかった。猫が演奏を聞いているという決定的な証拠は、曲の最後に、演奏が終わったときに得られた。そのとき猫は眼をしばたたかせて少し身震いをすると、片方の前肢をまえに伸ばして、くつろいだ姿勢になり、部屋の中をさっと見まわしてから彼女のほうに顔を向けたのだ――続きを期待するかのように。それはコンサートにまめに足を運ぶ音楽ファンが、交響曲の楽章と楽章のあいだの切れ目に一瞬、音楽から解放されたときに見せる、まさにあれと同じ反応だった。その猫の振る舞いはあまりに人間に似ていた。彼女は胸に奇妙なざわつきを覚えて猫に尋ねた。

「今のが気に入ったの？　ヴィヴァルディが好きなの？」

猫に話しかけるなり、彼女は馬鹿げていると思った。そう思いながら――彼女自身ちょっと気味の悪いことに――いや、もっと馬鹿げていると思っていいはずなのに、実のところ、そうは思わなかった。

いずれにしろ、今はプログラムの次の曲に移ること以外にすることはなかった。次の曲は『謝肉祭』。弾きはじめるとすぐに、猫はまたも身をこわばらせ、今度はさっきよりぴんと背すじを伸ばして坐った。それからゆっくりと、この上なく幸せそうに音楽で満たされはじめると、またさっきの奇妙な、とろけるような、恍惚とした状態に戻った。見るかぎり、それは音楽に浸りきり、夢見心地になっているせいとしか思えなかった。ソファに坐った銀色がかった猫がこんなふうに恍惚となっているのは、実に突飛な光景——それにかなりコミカルな光景——だ。あまつさえ、何が一番異様かと言うと、猫がいたく愉しんでいるように見える音楽が、実はこの世の人間の大多数にとっては明らかに難解すぎ、古典的すぎて、その真価があまり理解されていない音楽だという事実だ。

いや、とルイーザは思った。ひょっとしたらこの猫は、ほんとうはちっとも愉しんでいないのかもしれない。ひょっとしたら、ヘビのようにちょっとした催眠状態に陥っているのかもしれない。実際の話、音楽でヘビを操れるのなら、猫にも同じことが言えてもいいのではないか。とはいえ、ラジオや蓄音機やピアノから流れる音楽を日々耳にしている猫はごまんといるだろうが、知るかぎり、こんなふうに振る舞う猫というのは聞いたことがない。この猫はまるで音のひとつひとつを追っているかのように見える。とすれば、これは明らかに異様なことだ。

でも、すばらしいことでもあるんじゃないかしら？　そうよ。実際、わたしがとんでもない勘ちがいをしているのでないかぎり、これって奇跡よ。百年に一度あるかどうかもわからない動物にまつわる奇跡よ。

「この曲がとても気に入ったのね。わたしにもわかるわ」曲の演奏を終えると、彼女はそう言った。「でも、ごめんなさいね、今日はあんまりうまく弾けなくて。どっちのほうが好き? ヴィヴァルディ、それともシューマン?」

猫は返事をしなかった。そこでルイーザは聞き手の関心を失ってはいけないと、すぐさまプログラムの次の曲目に進んだ――リストの『ペトラルカのソネット』の二曲目。

このとき信じられないようなことが起きた。三小節か四小節も弾かないうちに、猫がはっきりと見て取れるほどひげをぴくぴく動かしはじめたのだ。そして、ゆっくりと全身をひときわ高く伸ばして四肢をつくと、頭を片側に倒し、次に反対側に倒し、眉間にしわを寄せ、何かに集中するような眼を虚空に凝らしたのだ。「なんの曲だね、これは? 言わないでくれ。よく知ってる曲なのにすぐには思い出せないだけなんだから」とでも言わんばかりに。ルイーザはこれにすっかり心を奪われ、小さな口を半開きにして、口元にはかすかに笑みを浮かべ、ピアノを弾きつづけた。そして、今度はいったい何が起きるのか、ちゃんと自分の眼で確かめようと待ち構えた。

猫は立ち上がり、ソファの端まで歩くと、そこにまた坐ってしばらく音楽を聞いた。そこで突然、床に飛び降りたかと思うと、ピアノ用のベンチに飛び乗り、彼女の横にやってきた。そうしてそのままそこに腰を落ち着け、一心にすばらしいソネットに耳を傾けた。今度は夢見るような様子ではなく、背すじをぴんと伸ばして、大きな黄色の眼でルイーザの指の動きをじっと見つめながら。

「まあまあ!」最後のコードを弾きながら、彼女は言った。「わたしの隣りまでやってきて坐ったのね? ソファよりここのほうが気に入ったの? わかったわ、このままここにいていいわ。でも、じっとしててね、跳ねまわったりしないでね」彼女は片手を伸ばして頭から尻尾まで、猫の背をそっと撫でてさらに続けた。「今のがリスト。念のために言っておくけど、リストってときどき恐ろしく悪趣味に走っちゃうこともあるけど、こういう作品ではほんとにチャーミングね」

気づくと、彼女はこの動物の不思議なパントマイムを愉しんでいた。そこですぐにプログラムの次の曲目、シューマンの『子供の情景』の演奏を始めた。

弾きはじめて一、二分もしないうちに、猫がまた動いたのに気づいた。今度はソファのさっきの位置に戻っていた。そのときには彼女は自分の手元を見ていたのだろう、それで猫が自分から離れたことにさえ気づかなかったのだ。いずれにしろ、猫のその動きはきわめて敏速で静かなものだったにちがいない。猫はなおも彼女をじっと見つめており、熱心に音楽に聞き入っているようだったが、まえのリストの曲のときに見せた恍惚とした熱意はもう感じられなかった。それに、ベンチを離れてソファに戻るという振る舞い自体がやんわりとではあるが、明らかに失望を示すそぶりのようにも思われた。

「どうしたの？」演奏を終えると、彼女は尋ねた。「シューマンの何がいけないの？　リストの何がそんなにいいの？」猫は例の黄色い眼で彼女をまっすぐに見返してきた。眼の真ん中に真っ黒な短いすじが縦にはいっている。

これはほんとうに面白くなってきた、と彼女はひとりつぶやいた。同時に考えてみると、少し気味が悪いとも思った。とはいえ、ソファに坐っている猫は生き生きとして、彼女のほうに注意を向けている。もっと聞きたがっているのは明らかだ。それは一目見ればわかった。彼女はすぐに気を取り直して言った。

「いいわ。これからすることを教えてあげるわね。あなたのためだけにプログラムを変更することにするわ。あなたはリストがいたくお気に入りのようだから、もう一曲弾いてあげるわね」

彼女は少し時間をかけて、ちょうどいいリストの曲はないかと記憶を探ってから、全十二曲からなる『クリスマス・ツリー』の中の一曲を静かに弾きはじめた。今度は猫をよく見ていた。最初に気づいたのはひげがまたぴくぴくと動きはじめたことだ。猫は絨毯に飛び降りると、しばらくじっと立っていた。首を傾げ、やがて興奮に身を震わせると、ゆっくりとしたなめらかな足取りでピアノのまわりを大きな歩幅で歩き、ベンチに飛び乗り、彼女の横に坐った。

そんなことのさなかにエドワードが庭から戻ってきた。

「エドワード！」彼女は声を張り上げ、さっと立ち上がった。「ねえ、エドワード、ダーリン、聞いてちょうだい！　何が起きたか聞いて！」

「今度はなんだい？」と彼は言った。「お茶を飲みたいんだがね」彼は細面で、かすかに赤みを帯びた顔に尖った鼻というよくある顔だちだったが、その顔がしたたる汗でてかてか光っていた。まるで濡れた細長いブドウのように。

「あの猫のことよ！」とルイーザは大きな声で言い、ピアノのまえのベンチに静かに坐っている猫を指差した。「何があったか話すから、それを聞くまでちょっと待ってて！」

「警察に届けるように言ったはずだが」

「でも、エドワード、よく聞いて。とってもわくわくする話なんだから。この猫、音楽がわかる猫なのよ」

「はい？」

「この猫は音楽を鑑賞することができるのよ。しかもちゃんと理解もできてるの」

「やめてくれ、ルイーザ、ばかばかしい。いいからお茶にしよう。イバラを切って、焚き火をしてきたんでね。暑くて疲れてるんだよ、私は」彼は肘掛け椅子に腰をおろすと、そばにあった箱から煙草を一本取り出し、その箱の近くに立ててあった、馬鹿でかい特許品のライターで火をつけた。

「ものすごくわくわくするようなことが」とルイーザは言った。「ここで、このわたしたちの家で、起きたのよ。あなたにはそれがわかってないのよ。あなたが外に出ているあいだのことだったから。ひょっとしたら……そう……途方もなく重要なことなのかもしれないのに」

「それはもうそうに決まってる」

「エドワード、やめて！」

ルイーザはピアノのそばに立っていた。彼女の小さなピンク色の顔がいつも以上にピンク色に染まり、頬には緋色のバラが咲いていた。「あなたが知りたいならの話だけど」と彼女は言った。「わたしの考えを話してあげる」

「ちゃんと聞いてるよ、ルイーザ」

「ひょっとしたら可能性があるかもしれないってことね、今まさにこの瞬間、わたしたちはあの人物の眼のまえに坐って――」彼女はそこからさきを言うのはやめた。そこで初めて自分の考えていることの荒唐無稽さに気づいたかのように。

「はい？」

「馬鹿げてるって思われるかもしれないけど、エドワード、わたしはほんとうにそう思ってるの」

「いったいぜんたいあの人物って誰なんだね？」

「フランツ・リストその人よ！」

夫は煙草を時間をかけてゆっくりと吸うと、天井に向けて煙を吐いた。彼は皮膚がたるみなくぴんと張った、くぼんだ頰をしていた。長年総入れ歯を入れてきたためだ。煙草を吸うたびに、そんな頰はさらにくぼんで、顔の骨が浮き上がって見えた。骸骨さながら。「何が言いたいのか、私にはわからない」と彼は言った。

「エドワード、よく聞いてちょうだい。今日の午後、この眼で見たことから判断すると、これはある種の輪廻転生かもしれない。ほんとうにそう見えるのよ」

「このシラミだらけの猫のことを言ってるのか？」

「そんなふうに言わないで、あなた、お願いだから」

「ルイーザ、きみはどこも具合は悪くないんだよね？」

「これはこれは親切に。わたしはいたって元気よ。ちょっと混乱してるけど――そのことを認めるのはかまわない。でも、あんなことがあったんだもの、混乱しない人なんている？エドワード、誓って言うわ――」

「あんなことっていったい何があったんだ？　ちょっと訊かせてもらいますけど」

ルイーザは夫に話した。夫はと言えば、彼女の話のあいだじゅう、両脚をまえに投げ出してふんぞり返って椅子に坐り、煙草を吸っては天井に向けて煙を吐いていた。口元に嘲るような薄笑いを浮かべて。

「とりたてて珍しいことなどひとつもないよ」彼女の話が終わると、彼は言った。「そういうのは全部――あれが芸を仕込まれた猫だからさ。教わった芸なんだよ、それだけのことだ」

「馬鹿なことを言わないで、エドワード。わたしがリストを弾くたびに、あの子はすっかり興奮して、ベンチまで走ってきてわたしの横に坐るのよ。でも、それはリストのときだけなの。リストとシューマンのちがいを猫に教えられる人なんていやしない。ちがいなんかあなただってわからないでしょ？　でも、この猫には毎回必ずちがいを聞き分けられるのよ。あまり知られていないリストの曲でもわかるのよ」

「二回」と夫は言った。「たったの二回できただけだよ」

「二回で充分」

「だったらもう一度できるかどうか試してみようじゃないか。さあ」

「駄目よ」とルイーザは言った。「絶対に駄目。わたしが思っているように、これがほんとうにリストなら、あるいはリストの魂か何かが復活したものなら、威厳を貶めるような馬鹿げたテストなんかそう何回も受けさせられない。そんなことは断然正しくないし、とても気づかいがあることとも言えない」

「おいおい、私の愛しい奥さん！　こいつはただの猫だ。午前中には庭の焚き火で毛を焼かれちまいそうになった、いささか愚鈍な灰色の猫だ。それよりきみは輪廻転生について何を知ってるっていうんだ？」

「魂が現に存在してるのなら、わたしはそれで充分よ」とルイーザはきっぱりと言った。

「大切なのはそれだけなんだから」

「だったら、よけいにこいつにやらせてみようじゃないか。自分の曲と他人の曲のちがいを当てさせようじゃないか」

「それは駄目、エドワード。さっきも言ったように、サーカスの入団テストのようなくだらないテストはこれ以上させない。そういうのは今日一日もう充分にやったんだから。でも、これからわたしがしようとしてることは教えてあげる。彼の曲をもう少し弾いてみるわ」

「それだけじゃなんの証明にもならないよ」

「まあ、見ててごらんなさい。ひとつ確かなのは、彼は自分の曲だとわかるとすぐに、今坐ってるベンチから梃子でも動こうとしなくなるってことね」

ルイーザは楽譜を入れてある棚に行くと、リストの楽譜集を取り出して、急いで眼を通し、傑作の部類にはいる作品から一曲――ロ短調ソナタ――を選んだ。最初の部分だけ弾くつもりだったのだが、実際に演奏を始めると、猫が文字どおり喜びに身を打ち震わせ、うっとりとして一心に彼女の手元を見つめているのに気づき、途中で演奏をやめるのが忍びなくなって、結局、最後まで弾きとおした。そうして演奏を終えると、顔をちらっと上げて夫を見た。

「ほらね」と彼女は微笑んで言った。「彼がこの曲を大好きじゃないなんて言えないはずよ」

「単純にその音が好きなんだよ。それだけのことだ」

「いいえ、この曲が大好きなのよ。そうよね、ダーリン？」と彼女は言って、猫を両手で抱え上げた。「ああ、まったく。この子にことばが話せさえしたらねえ。そう言えば、あなた――リストは若い頃、ベートーヴェンに出会ってるのよ！　シューベルトにメンデルスゾーン、シューマン、ベルリオーズ、グリーグ、画家のドラクロワにアングル、詩人のハイネに作家のバルザックとも知り合いだった。ええと、それから……まあ、大変、リストはワーグナーの義理の父親でもあったわね！　わたし、ワーグナーの義父を抱っこしてるのよ！」

「ルイーザ！」と彼女の夫はぴしゃりと言い、背すじをまっすぐに伸ばして坐り直した。「しっかりしてくれよ」その声には新たなとげが加わっていた。声も大きくなっていた。

ルイーザはさっと顔を上げて言った。「エドワードったら、やきもちを焼いてるのね！」

「みすぼらしい灰色の猫に？」

「じゃあ、そんなに文句たらたら嫌味を言うのはもうやめて。そんな態度を続けるつもりなら、もう庭仕事に戻ってちょうだい。わたしたちを静かにふたりっきりにしておいてちょうだい。それがあなたにできるせめてものことよ。それがわたしたちみんなにとって一番いいことよ。でしょ、ダーリン？」と彼女は猫に向かって話しかけ、頭を撫でた。「今夜はあとで、あなたとわたしとで、一緒に音楽を――あなたの作品を――またいくつか愉しみましょうね。それから、そうそう」と彼女は言うと、猫の首すじに何度かキスをした。「ショパンも少し入れてもいいかもしれないわね。言わなくても大丈夫よ――わたし、たまたま知ってるんだけど、あなたはショパンを敬愛してるのよね。彼とは親友だったのよね、ダーリン？事実――わたしの記憶が正しければだけど――あなたの生涯最愛の人になったマダムなんとかと出会ったのも、ショパンのアパートメントだったわね。彼女とのあいだには子供を三人もうけたんじゃなかったかしら？　結婚もしてなかったのに。そうよ、そう、あなたったらいけない人ね。否定しようとしても駄目よ。だから、ショパンもやりましょうね」と彼女は言うと、また猫にキスをした。「そうしたら、素敵な思い出もいろいろと甦ってくるかもしれない、でしょ？」

「ルイーザ、すぐにやめてくれ！」

「あらあら、そんな怒らないでよ、エドワード」

「きみは正真正銘の馬鹿女みたいなことをしてる。それよりなにより今夜はビルとベティのところに行って、カナスタ（カードゲームの一種）をすることになってるのを忘れてる」

「あら、でも、もう出かけるなんてとても無理。絶対に無理よ」

エドワードはゆっくりと椅子から立ち上がると、身を屈め、思いきり力を込めて灰皿で煙草の火を揉み消した。そして、静かに言った。「ちょっと教えてくれないか。まさか本気で信じてるわけじゃないよな——そんなたわごとを。そうだよね？」

「いいえ、もちろん信じてるわ。だってもう疑う余地はないんだもの。それからもっと大切なこととして、わたしたちには途方もなく大きな責任があると思うの、エドワード、わたしたちふたりの両方に。もちろんあなたにも」

「私が何を考えているかわかるか」と彼は言った。「きみは医者に診てもらったほうがいい。今すぐ」

そう言うと、彼は彼女に背を向け、大股で部屋から出ていった。フランス戸を抜けて庭に戻った。

ルイーザは、夫が芝生を横切り、焚き火とイバラのところまで歩いていくのを眺めた。彼の姿がそうして視界から消えてしまうのを待ってフランス戸に背を向けると、猫を抱えたまま玄関に走った。

そして、すぐに車に乗り込み、町へと向かった。

町では図書館のまえに車を停め、中に猫を乗せたまま車の鍵をかけると、階段を駆け上がって館内にはいり、閲覧室にまっすぐに向かい、ふたつのテーマ——〈輪廻転生〉と〈リスト〉——に関する本のカードを探した。

〈輪廻転生〉の項目では、『繰り返される地上の生――その方法と理由』という本が見つかった。著者はF・ミルトン・ウィリスなる人物で、発行年は一九二一年。〈リスト〉の項目では伝記が二冊見つかった。彼女はその三冊をすべて借りると、車に戻って家に向かった。

家に帰ると、猫をソファの上におろし、彼女も本を持ってその横に腰を落ち着け、じっくりと読書をする準備を整えた。まずミスター・F・ミルトン・ウィリスの本から読むことにした。その本は薄くて、少し汚れていたが、ほどよい重みが感じられ、著者の名前には権威を思わせる響きがあった。

それにはこう書かれていた。輪廻転生の原則に従えば、霊魂はさらに高等な形態の動物へと次第に移り変わっていくものだ、と。「たとえば、大人がふたたび子供になることがないのとちょうど同じように、人間は動物として生まれ変わることはない」

彼女はもう一度その個所を読んだ。でも、どうしてこの著者にそんなことがわかるの？どうしてそう言いきれるの？　そんなことは不可能だ。そもそも、こんなこと、確信をもって言える人なんていやしないんだから。そう思う一方で、この一文で彼女の自信はだいぶしぼんでしまった。

「人間ひとりひとりの意識の中心を取り巻くように、外側の高密度の肉体以外に人間には四つの体が存在するわけだが、それらは生身の人間の眼には見えない。しかし、必須の発達を経ていれば、超物質的なものを認知する能力を有する人間には、完璧に見えるものであり……」

彼女にはこの一節はまったく理解できなかった。それでもさきへと読み進めた。するとすぐに興味深い一節に出くわした。そこには、魂が別人の肉体に戻ってくるまでには通常、この世をどれくらいの期間離れているのかが書かれていた。タイプによって、その期間はまちまちだという。ミスター・ウィリスは次のような内訳を記していた。

酔っぱらいと雇用不適格者　四〇～五〇年
未熟練労働者　六〇～一〇〇年
熟練労働者　一〇〇～二〇〇年
有産階級《ブルジョアジー》　二〇〇～三〇〇年
上流中産階級　五〇〇年
大地主の最上階級　六〇〇～一〇〇〇年
秘儀参入の道にある者　一五〇〇年～二〇〇〇年

彼女はリストの伝記の一冊にはざっと眼を通し、リストが亡くなってからどれくらい経つのか調べた。リストは一八八六年にバイロイトで亡くなっていた。六十七年前のことだ。ミスター・ウィリスの説に従うと、そんなに早く転生したのでは、リストが未熟練労働者ということになってしまう。これは少しもあてはまらないように思われた。一方、彼女にはこの著者の格づけ方法があまりいいとは思えなかった。著者によれば、「大地主の最上階級」がこの世で一番に次ぐ優れた存在ということになる。赤い上着を着て、馬で出立する人に別れの杯を勧め、血なまぐさいサディスティックなキツネ狩りをする連中なんかが。いいえ、そんなのは正しくない。彼女はそう思って、自分がミスター・ウィリスの説を疑いはじめていることに気づき、そのことに自ら気をよくした。

　その本をさらに読み進めると、比較的よく知られている転生の例が書き連ねてある個所に行きあたった。それによれば、古代ローマの哲学者エピクテトスはラルフ・ウォルドー・エマソン（十九世紀の米国の思想家）として地上に戻ってきた。古代ローマの政治家キケロはグラッドストン（十九世紀後半のイギリス首相）に、アルフレッド大王はヴィクトリア女王に、征服王ウィリアムはキッチナー卿（ボーア戦争で総司令官を務めたイギリスの軍人）にそれぞれ転生していた。紀元前二七二年にインドの王だったアショーカ王は、尊敬すべきアメリカ人弁護士のヘンリー・スティール・オルコット大佐として戻ってきた。ピタゴラスはクートフーミ大師に転生した。この人物は、ロシアの女性神智学者ブラヴァツキー夫人とH・S・オルコット大佐（尊敬すべきアメリカ人弁護士にして、またの名をインドのアショーカ王）とともに〈神智学協会〉を設立した人物だ。ブラヴァツキー夫人が誰の生まれ変わりかは書かれていなかったが、「セオドア・ローズヴェルトはいくつもの生まれ変わりを経ており、人類の指導者として大きな役割を果たした……彼の前世をたどっていくと、古代カルデアの王家にさかのぼることができ、紀元前三万年頃にカルデア総督に任命されているが、任命した人物は当時ペルシアの支配者で、現代の私たちがカエサルとして知る人物にのちに転生する……ローズヴェルトとカエサルは軍事、行政の指導者として何度も何度も一緒になり、何千年もまえには一度ふたりが夫婦だったこともある……」

ルイーザはもうたくさんだと思った。ミスター・F・ミルトン・ウィリスはどう見ても想像だけでものを言っている。彼女は彼の独善的な断定にはまるで感心しなかった。この人の見解は方向としてはたぶん正しいのだろうけれど、あまりにも突飛すぎる。特に最初の動物に関する見解がそうだ。すぐにでも、彼女は〈神智学協会〉全体がまちがっていると証明したいと思った。人間が人間より下等な動物に転生することが実際には可能なのだという証拠を突きつけて。それに百年も経たずに転生しても、前世が未熟練労働者であるとはかぎらないという証拠も添えて。

彼女は、今度はリストの伝記の一冊に取りかかった。ざっと眼を通していると、夫がまた庭から戻ってきた。

「今度は何をしてるんだ？」と彼は尋ねた。

「まあ——ちょっと調べものをしてるだけよ。ねえ、あなた、セオドア・ローズヴェルトがカエサルの奥さんだったことがあるって知ってた？」

「ルイーザ」と彼は言った。「いいか、こんな馬鹿げたことはやめないか。こんなふうにきみが馬鹿な真似をしてるのは見るに堪えない。そのろくでもない猫、こっちに寄越してくれ。私が警察署に届けるから」

ルイーザには彼のことばが耳にはいっていないようだった。口をぽかんと開けて、膝に広げて置いた伝記に載っているリストの写真に見入っていた。「まあ、なんてこと！」声を張り上げた。「エドワード、見てちょうだい！」

「なんだね？」

「見てったら！　彼の顔にあるいぼを！　このことをすっかり忘れてたわ！　リストは顔にいくつも大きないぼがあったの。これは有名な話なのよ。彼の教え子たちは髪の毛を小さな房にして、自分の顔のリストのいぼと同じところに植えるなんてことまでしたそうよ、彼のようになりたい一心で」

「それがなんの関係があるんだ？」

「ないわ。教え子たちにはね。でも、いぼに関係があるのよ」

「おいおい、勘弁してくれよ」と彼は言った。「もういい加減にしてくれ」

「この猫にもいぼがあるのよ！　ほら、これから見せてあげる」

彼女は猫を膝にのせると、顔を検めはじめた。「ここ！　ここにひとつある！　ほらここにも、別なのがひとつ！　ちょっと待って！　絶対リストのいぼと同じ位置よ！　さっきの写真はどこ？」

それは晩年のリストを写した有名な肖像写真だった。長く豊かな白髪に囲まれた端整で力強い顔。髪が耳を覆って首の半ばまで伸びていた。顔も大きないぼがひとつひとつ忠実に写し出されていて、いぼは全部で五つあった。

「さてさて。この写真では右の眉毛の上にひとつある」彼女はそう言って猫の右の眉の上を見た。「あった！　やっぱりあった！　まったく同じ場所に！　もうひとつ別なのは左側、鼻のつけ根ね。これも同じ場所にある！　それからひとつはその下の頬に。あとふたつは顎の下の右側に寄ったところにいぼ同士がかなり近い位置にある。エドワード！　エドワード！　こっちに来て、見てちょうだい！　どれもまるっきり同じ場所にある！」

「そんなことはなんの証明にもならない」

彼女は顔を起こして夫を見た。彼女の夫は緑色のセーターにカーキ色のスラックスという恰好で部屋の真ん中に立っていた。まだ滝のような汗をかいていた。「怖いんでしょ、エドワード？　あなたはあなたのお大切な威厳を失うのが。あなたは馬鹿なことをしてるなんて人から一度でも思われるのが怖いのよ」

「こんなことで私はヒステリックになるつもりはない。ただそれだけだ」

ルイーザは伝記に注意を戻し、さらにさきにいくらか読んで言った。「これはとても興味深いわ。こんなことが書いてある。リストはショパンのすべての作品を愛していたのだけれど、例外が一曲だけあったんですって。それがスケルツォ変ロ短調。どうやら大嫌いだったみたいで、それを〝女家庭教師のスケルツォ〟って呼んで、その職業の人のためだけに取っておいたほうがいいなんて言ったんですって」

「だから？」

「エドワード、聞いてちょうだい。あなたはこのことをどうしても忌み嫌いたいみたいだけど、わたしがこれから何をするか教えてあげる。このスケルツォを今すぐ弾くから、あなたはここにいて何が起きるかその眼で確かめればいい」

「それがすんだら、ひょっとして畏れ多くも夕食の用意をしていただけるのかな」

ルイーザは立ち上がると、棚から大きな緑色の本を取り出した。ショパンの作品がすべて収められている本だった。「あった。そうそう、思い出したわ。確かにどちらかと言えばひどい作品ね。さあ、聞いて――というよりも見てて。あの子がどんなことをするかしっかりと見ていてちょうだい」

彼女はピアノの譜面台に楽譜を置いて腰をおろした。夫のほうは立ったままだった。両手をポケットに突っ込み、煙草をくわえ、見たくもないのに猫を見ていた。猫はソファの上でまどろんでいた。が、ルイーザが演奏を始めると、それが猫に及ぼした最初の効果はさきほど同様、劇的だった。猫はまるで針にでも刺されたかのように飛び起きると、それから一分間は動かずその場にじっとしていた。耳をぴんと立て、全身を震わせて。そのあと落ち着きをなくすと、ソファの端から端まで行ったり来たりしはじめた。そして、しまいには床に飛び降り、鼻と尻尾をつんと高く突き上げて、威厳に満ちた足取りでゆっくりと部屋から出ていった。

「ほら!」とルイーザは声を張り上げると、弾かれたように立ち上がり、走って猫のあとを追った。「これでもう充分ね! これが何よりの証拠よ!」彼女は猫を抱きかかえて戻ってくると、猫をソファに戻した。今や顔全体が興奮に輝いていた。こぶしは指のつけ根の関節が白くなるほどに固く握りしめられ、頭のうしろに小さく丸くまとめてあった髪はほつれて片側に傾きかけていた。「これでどう、エドワード？　どう思う？」彼女は笑いながらしゃべっていたが、見るからに神経が昂ぶっているような笑い方だった。

「なかなか面白かった。それは認めるよ」

「面白かった！　どうしたの、エドワード、今のはこの世でこれまでに起きた一番すばらしいことじゃないの！　これってすごいことじゃないの！」と彼女は大きな声で言うと、猫をまた抱え上げて胸に抱きしめた。「わたしたちのこの家にフランツ・リストが滞在してるのよ。そう考えただけで最高の気分にならない？」

「なあ、ルイーザ。興奮するのはよそう」

「そんなの無理よ。絶対に無理。考えてもみてよ。あのリストがこれからもずっとわたしたちと一緒に暮らすのよ！」

「なんだって？」

「まあ、エドワード！　わたし、もう気持ちが昂ぶっちゃって口を利くのもやっとなんだけど。わたしがこれから何をするか、あなた、わかる？　世界じゅうの音楽家という音楽家が彼に会いたがるわ。それはもうまちがいないわね。で、その音楽家たちは彼に訊くわけ。彼と交流のあった人たちのことを――ベートーヴェンにショパンにシューベルトに――」

「猫はしゃべれないよ」とエドワードは言った。

「ううん……それは、まあ、いいわ。それでも彼らは彼に会いたがるはずよ。彼を一目見て、彼に手で触れるためにね。自分のつくった曲を――彼が耳にしたこともない現代音楽を

――演奏してみせるために」

「リストはそれほど偉大な作曲家じゃないよ。これがバッハとかベートーヴェンだったら……」

「話の腰を折らないで、エドワード、お願いだから。わたしはこれから何をするかということだけど、あらゆる場所にいる存命中の一流の作曲家全員に知らせるのよ。これはわたしの義務よ。リストがここにいることを知らせて、彼のもとを訪ねるように勧めるの。そうしたらどうなると思う？　世界のいたるところから、作曲家が飛行機でうちにやってくるのよ！」

「灰色の猫を見るために？」

「ダーリン、猫であっても同じことよ。その猫が彼なんだから。彼の見た目がどうかなんて誰も気にしない。ねえ、エドワード、これって前代未聞の大事件になるはずよ！」

「彼らはきみの頭がどうかしてると思うだけさ」

「まあ、見てなさいって」彼女は両手で猫を抱えてやさしく撫でていた。が、視線は少し離れて立っている夫に向けられていた。夫はフランス戸のところまで歩いてそこに立ち、庭を眺めていた。日が暮れはじめ、芝生の色は緑から黒へゆっくり変わろうとしていた。彼がおこした焚き火から立ち昇る煙が遠くに白い柱のように見えた。

「嫌だね」と彼は振り返りもせずに言った。「そんなのはごめんだ。この家でそんなことは許さない。そんなことをしたら私たちは世間のいい笑いものだ」

「エドワード、何を言ってるの？」

「今言ったとおりだ。こんな馬鹿げたことをあちこちに触れまわるなんて。断固許さない。きみはたまたま芸を仕込まれた猫を見つけた。それはそれでいいよ。うちに置いておけばいい。それできみが満足するなら。私はかまわない。でも、それ以上のことは一切やってほしくない。わかってもらえたかな、ルイーザ？」

「それ以上のことって？」

「こんないかれた話はもうこれ以上聞きたくないということだ。気の触れた人間と変わらないぞ、きみのやってることは」

ルイーザは猫をゆっくりとソファにおろすと、ゆっくりと身を起こした。そして、小さいながら、目一杯背すじを伸ばして一歩前に出ると、床を踏み鳴らして叫んだ。「なんて情けない人なの、エドワード！　わたしたちの人生で初めてほんとうにわくわくすることが起きたっていうのに、あなたはそのことに関わり合うのを死ぬほど怖がってる！　ただ人に笑われるかもしれないということで！　そうなんでしょう、ちがう？　それは否定できないでしょう？　できるの？」

「ルイーザ」と夫は言った。「もうこのくらいでいいだろうが。心を落ち着けて、こんなことは今すぐやめるんだ」そう言ってテーブルまで歩き、箱から煙草を一本取り出すと、あの馬鹿でかい特許品のライターで火をつけた。妻は突っ立ったまま夫を見ていた。その眼のふちから涙があふれ出し、二本の輝く小川となって、白粉をはたいた頬を伝った。

「ルイーザ、私たちには最近こういうことが多すぎる」と彼は言った。「いや、黙って聞きなさい。よく聞くんだ。今はきみにとって人生のむずかしい時期なのかもしれないということは重々わかっているつもりだ。それだけじゃない――」

「信じられない！　この馬鹿！　この勿体ぶった馬鹿！　このことは尋常じゃないって――これは奇跡みたいなことだってわからないの？　ほんとうにそれがわからないの？」

ここでエドワードは部屋を横切った。彼女に近づくと、彼女の肩をきつくつかんだ。口には火をつけたばかりの煙草をくわえていた。肌にはかすかなすじができていた。大汗をかいたあとがまだらに乾いた跡だ。「いいか」と彼は言った。「私は腹がへってる。ゴルフをあきらめて、一日じゅう庭で働きどおしだったんだ。疲れて腹がへってるから夕食にしたい。それはきみも同じだ。さあ、今すぐ台所へ行って、何か食べるものを用意してくれ」

ルイーザはあとずさりすると、両手を口にあてて大声を上げた。「まあ、いけない！　すっかり忘れてた。彼もきっともうお腹ぺこぺこね。彼がうちに来てから何も食べものをあげてないのよ、ちょっとミルクをあげた以外」

「彼？」

「もちろん彼よ。すぐに何かつくらなくちゃ。とっておきの特別料理を。彼の好物がなんだったのか、わかればいいんだけど。彼は何が一番好きだと思う、エドワード？」

「いい加減にしろ、ルイーザ！」

「ねえ、エドワード、お願い。一度ぐらいわたしのやり方でやらせてちょうだい。あなたはここにいて」彼女はそう言って屈み込み、指先でそっと猫に触れた。「すぐつくるから」

ルイーザは台所へ行くと、しばらく佇んで、どんな特別料理をつくればいいか考えた――スフレは？　おいしいチーズ・スフレ。そう、それなら多少は特別な感じがする。エドワードがあんまり好きじゃないことはわかってるけど、でも、それはしかたのないことよ。

彼女の料理の腕前はまあまあといったところで、スフレを必ずうまくつくれるという自信はなかった。それでも、今回は特別な手間をかけ、オーヴンの中が充分に温まって、適温になったことが確認できるまでたっぷり時間もかけた。スフレが焼けているあいだに、つけ合わせにできる食材を探した。そこでふと思いあたった。リストはたぶんアヴォカドもグレープフルーツも生涯食べたことがないのではないか。このふたつはサラダにして一緒に出すことにした。彼の反応を見るのが愉しみだった。もう待ちきれないほど。

料理がすべてできあがると、彼女はそれをトレーにのせて居間に運んだ。居間にはいると、ちょうどエドワードもフランス戸を抜け、庭から戻ってきた。

「彼の夕食が用意できたわ」と彼女は言ってテーブルにトレーを置き、ソファのほうに顔を向けた。「彼はどこ？」

夫は庭に面したフランス戸をうしろ手に閉めると、部屋の中を横切って煙草を取った。

「エドワード、彼はどこ？」

「彼って？」

「わかってるでしょ」

「ああ、はいはい。そうそう……それじゃあ、まあ、聞いてくれ」彼は煙草に火をつけようと、上体を屈め、両手をお椀のような形にして、あの馬鹿でかい特許品のライターを囲った。ちらりと眼を上げると、ルイーザは彼を見ていた——丈の高い芝生を歩いたせいで濡れている靴とカーキ色のスラックスの裾のあたりを見ていた。

「焚き火がどんな按配か見てきたんだ」と彼は言った。

彼女の視線はゆっくりと上がっていき、彼の手にひたと注がれた。

「まだよく燃えてる」と彼は続けた。「夜じゅうずっと燃えつづけるんじゃないかな」

彼女の見つめ方には彼の気持ちを落ち着かなくさせるものがあった。

「どうした?」と彼は言ってライターを置いた。そのとき下を見て、彼自身初めて気づいた。指のつけ根の関節から手首にかけて、引っ掻き傷が細く長くはっきりと手の甲を斜めに走っていた。

「エドワード!」

「ああ」と彼は言った。「わかってる。あのイバラはほんとに厄介だ。触っただけでずたずたにされてしまう。おいおいおい、待ってくれ、ルイーザ。いったいどうしたんだ?」

「エドワード!」

「おいおいおい、いい加減にしてくれ。さあ、おまえ、坐って、落ち着くんだ。興奮しなきゃならないようなことは何もないんだから、ルイーザ! ルイーザ、坐りなさい!」

豚
Pig

1

昔々、ニューヨーク市でひとりの可愛い男の赤ちゃんがこの世に生を享《う》けた。喜んだ両親は息子をレキシントンと名づけた。

母親はレキシントンを抱いて病院から家に戻るなり、夫に言った。「ねえ、あなた、今からとびきり豪華なレストランへ連れていってちょうだい。ディナーを食べながら、跡継ぎ息子の誕生を祝いましょう」

夫は妻をやさしく抱きしめ、レキシントンのような可愛い子を産んでくれた女性はどこへでも好きなところへ連れていってあげるよ、と言った。でも、夜遅くに市《まち》に繰り出そうだなんて、もうそんな体力があるのかい？

「ないけど」と妻は言った。実際、そうだった。しかし、そんなことはどうでもよかった。

で、その夜、ふたりは洒落た服に着替え、乳児専門の保育士——おまけにスコットランド人——に日当二十ドルを払って、生まれたばかりのレキシントンの世話を頼み、市《まち》で一番豪華なレストランに出かけた。そして、ふたりで大きなロブスターを食べ、シャンパンのボトルを一本空けたあと、ナイトクラブに移ってさらにもう一本シャンパンを空けた。その店ではずっと手をつなぎ、生まれたばかりの可愛いわが子の顔のひとつひとつの造作《ぞうさく》について語り合い、自画自賛の数時間を過ごした。

ふたりは午前三時頃マンハッタンのイーストサイドにある自宅に戻った。タクシーの運転手に料金を払い、玄関の鍵を取り出そうとポケットに手を入れ、ひとしきり探したあと夫が言った――どうやらほかのスーツのポケットに鍵を入れたままにしたらしい。玄関の呼び鈴を鳴らして、保育士に中に入れてもらおう。日当二十ドルの乳児保育士なら、たまには夜中にベッドから引きずり出されることぐらい覚悟してるよ。

そう言って、夫は呼び鈴を鳴らした。ふたりは待った。が、何も起こらなかった。夫はもう一度呼び鈴を鳴らした。今度は長く大きな音で。夫婦はさらに一分待った。それからうしろにさがり、道端から三階の子供部屋の窓に向かって、保育士の名前（マックポトルといった）を大声で呼ばわった。それでも、なんの反応もない。家の中は暗く、静まり返っている。次第に不安になった妻が自分に言い聞かせるように言った――赤ちゃんが閉じ込められてしまった。マックポトルとふたりっきりで。だいたいマックポトルって誰？　ふたりがマックポトルと知り合ったのは二日前のことだった。たった二日前の。いずれにしろ、薄い唇に、非難がましい小さな眼に、いかにも硬そうな、糊付けしたような胸元をしたその保育士に、ぐっすり眠り込む習慣があるのは明らかだった。それも子供の安全に関わるぐらいぐっすりと。呼び鈴でも聞こえないのに、どうして赤ん坊の泣き声くらいで眼を覚ます？　妻は言った――今この瞬間にも、わたしたちの可哀そうなレキシントンは舌を呑み込んだり、枕で窒息したりしてるかもしれない！

「あの子は枕は使ってないよ」と夫は答えた。「心配は要らない。でも、きみが望むなら中に入れてあげるよ」シャンパンを何杯も飲んだあとで、彼は少しばかり気が大きくなっていた。身を屈めて、黒いエナメルの片方の革靴のひもをほどくと靴を脱いだ。そして、靴の爪先をつかんで一階のダイニングルームの窓に勢いよく叩きつけた。

「さあ、どうぞ」彼はにっこり笑った。「修理代はマックポトルの賃金から差し引くとしよう」

そう言って、窓に近づくと、細心の注意を払ってガラスの穴に手を入れ、掛け金をはずして窓を押し上げた。

「まずはきみを持ち上げようか、可愛いママさん」夫は妻の腰に腕をまわして抱き上げた。彼女の大きな赤い唇が彼の唇の高さまで上がり、さらに間近に迫ってきた。夫は妻にキスをしはじめた。経験から知っていたのだ。女というのはこんなふうに――きつく抱き合って、足が宙に浮いた状態で――キスされるのが大好きだということを。だから、彼はじっくりと時間をかけてキスした。彼女が足を小刻みに震わせ、咽喉の奥でごくりと大きな音を立てるまで。そこでようやく夫は妻の体の向きを変え、開いた窓から妻の体をダイニングルームの中にやさしく押し込みはじめた。この時点ですでに一台のパトカーが夫婦のほうに向かって静かに通りを走っており、そのパトカーは三十ヤードばかり離れたところで停まった。中から三人のアイルランド系の警官が飛び出してきた。そして、リヴォルヴァーを振りかざし、夫婦のほうに向かって走ってきた。

「手を上げろ!」と警官たちは叫んだ。「手を上げるんだ!」しかし、夫がこの命令に従うには妻から手を離さなければならなかった。もしそんなことをしたら、妻は地面に落ちるか、体の半分が外に、もう半分が家の中にはいったままという、どっちつかずの不安定な状態になる。それは女性にとって実に不愉快な体勢と言える。で、夫は引き続き、やさしく妻を持ち上げ、窓から家の中に入れようとした。警官たち――三人とも過去に泥棒を射殺して勲章を授与された経験があった――は即座に発砲した。走りながらの発砲だったにもかかわらず、加えて妻のほうはことさら小さな標的だったにもかかわらず、警官たちは夫婦のそれぞれの体に何発かずつ命中させた。その弾丸《たま》の数は結果的にふたりの命を奪うのに充分なものだった。

かくして幼いレキシントンは生後わずか十二日目で孤児となったのである。

2

この夫婦殺害の知らせは――三人の警官は後日、裁判所に召喚された――仕事熱心な新聞記者たちによって、亡くなった夫婦の親類全員に届けられた。それを受け、親類の中でもより近しかった者たちは、翌朝、葬儀屋二名、弁護士三名、神父一名とともにタクシーに乗り込み、窓ガラスの割れた家に向かった。そして、居間に集まると、男も女もソファや肘掛け椅子に坐って輪になり、煙草を吸い、シェリー酒をちびちびやりながら、階上《うえ》で寝ている孤児のレキシントンをこれからどうすべきか話し合った。

赤ん坊の養育をことさら引き受けたい者など、親類の中にひとりもいないことはすぐに明らかになり、話し合いと言い争いが丸一日つづけられた。レキシントンを引き取ることについては、誰もがほとんど抗しがたいほどの強い思いを表明し、それができたらどんなに嬉しいかと強調しつつも、残念ながら、と続けるのだった。わが家は狭すぎるからとか、赤ん坊がすでにひとりいて、ふたりも育てる余裕はなさそうだからとか、夏に外国へ行くとき小さな赤ん坊をどうすればいいのかわからないからとか、老いさきが短いのでレキシントンが成人したときに不憫だからとか。あれやこれや。要するにみんな知っていたのだ、もちろん。レキシントンの父親は多額の負債を長年抱えており、家も抵当にはいっていたので、レキシントンを引き取ったところで、一セントの得にもならないということを。

夜の六時になっても彼らはまだ言い合っていた。そんな真っ只中に、亡くなった父親の年老いた伯母（名はグロスパンといった）が突然ヴァージニア州からやってきた。帽子もコートも脱がず、坐ってひと息入れることさえせず、マティーニやウィスキーやシェリーの勧めもすべて無視して、彼女は集まった親類に向かってきっぱりと宣言した――あの子の面倒はわたしが今後ひとりでみます、と。さらに、と彼女は続けた。教育費を含めたあらゆる経済的な責任もすべて引き受けます。だから、あなたたちはもうそれぞれの家へ帰って、良心の呵責から解放されるといい。そう言って、グロスパンは階段を駆け上がると、子供部屋へ行き、揺りかごからレキシントンを抱え上げた。そして、両腕でしっかり抱きしめ、家から出ていった。親戚一同は坐ったままただぽかんとなりゆきを眺めていたが、やがてほっとしたように笑みを浮かべた。階段の上では、保育士のマックポトルが口を真一文字に結び、糊付けしたような胸元のまえで腕を組んで、不服そうに突っ立っていた。

かくして乳児のレキシントンは生後十三日でニューヨーク市を発ち、ヴァージニア州で大伯母グロスパンと暮らすため、南へ旅立ったのである。

3

レキシントンの保護者になったとき、グロスパン大伯母はもう七十歳近かった。が、当時彼女を見ても、すぐに実年齢を言いあてられた人はまずいなかっただろう。彼女は彼女の半分の年齢の女性にも負けないほどエネルギッシュで——さすがに皺はあったが——その小さな顔もまだまだ美しく、きらきらとした愛らしい茶色の眼で人を見るまなざしはどこまでもやさしかった。独身だったが、そのことを言いあてられた人もまたいなかっただろう。彼女にハイミスらしさはまるでなかった。気むずかしくもなく、陰鬱でも短気でもなく、鼻の下にうっすらとひげが生えてしまっているようなこともなかった。また、他人を羨むことがまったくない人だった。それはハイミスだけでなく処女にもめったに見られない特長である。もっとも、グロスパン大伯母はそのどちらにも当てはまる女性なのかどうか、確かなところは誰にもわからなかったが。

いずれにしろ、彼女がいささか型破りな老婦人であることに疑問の余地はなかった。それまで三十年、ブルーリッジ山脈の中腹に建てた小さな小屋で、まわりから隔絶され——一番近くの村からでも数マイル離れていた——たったひとり、風変わりな暮らしを送っていたのだから。所有地は五エーカーの牧草地と野菜を育てる小さな畑と花畑。飼っていたのは三頭の乳牛、十羽ばかりの雌鶏、それに一羽の立派な雄鶏。

そこに小さなレキシントンも加わることになったわけだ。

彼女は厳格なヴェジタリアンで、動物の肉を食することは不健康でおぞましいだけでなく、恐ろしく残酷な行為と見なしていた。牛乳、バター、卵、チーズ、野菜、木の実、ハーブに果物といった穢れのないきれいな食物だけで暮らし、自分のためには小エビ一匹たりと生きものを殺さないという信念を貫いていることに喜びを感じていた。まだ若い茶色の雌鶏が卵づまりで死んだことが以前あったのだが、そのときにはとても落ち込み、卵を食べることすらやめようとしたほどだった。

彼女は赤ん坊のことなど何ひとつ知らなかったが、まったく不安は抱いておらず、ニューヨークの駅ではヴァージニアに戻る列車を待っているあいだに、哺乳瓶六本とオムツ二ダース、安全ピン一箱、道中用のミルクを一カートン、それに紙のカヴァーのついた『乳児の子育て』という小さな本を買った。このほかに何が要るというのか。列車が発車すると、赤ん坊にミルクを与え、なんとかオムツを替え、座席の上に寝かしつけた。そして、『乳児の子育て』を表紙から裏表紙まで通読すると、自分につぶやいた。

「問題はないみたいね」そう言って、本は窓から投げ捨てた。「まったくなんの問題もないわね」

不思議なことに、ほんとうにそれでなんの問題もなかった。山小屋に戻ってもすべてがこれ以上ないほどスムーズに運んだ。小さなレキシントンはミルクを飲んではげっぷをし、泣いては眠った。いかにも健康な赤ん坊らしく。そんなレキシントンを見るたび、グロスパン大伯母は顔を喜びで輝かせ、一日じゅう彼にキスの雨を降らせるのだった。

4

六歳になる頃には、レキシントンはとびきり美しい少年に成長していた。黄金色の長い髪に、矢車草のような深いブルーの眼。聡明で朗らかなこの少年は、すでに山小屋暮らしのさまざまな仕事で、年老いた大伯母を手助けしていた。鶏小屋で卵を集めたり、バターをつくる攪拌器《かくはんき》のハンドルをまわしたり、野菜畑でジャガイモを掘り出したり、山の斜面で野草のハーブを探したり。そんなある日のこと、グロスパン大伯母は自分につぶやいた——そろそろあの子の教育のことを考えないと。

　しかし、彼女は彼を遠くの学校にやるという考えには耐えられなかった。今ではレキシントンが愛おしくてならず、少しのあいだ離れて暮らしただけでも死んでしまいそうだった。もちろん、谷までおりれば村の学校もあったが、なんともみすぼらしい学校で、そんなところにかよわせたら、レキシントンが登校初日に肉を食べさせられるのは眼に見えていた。

「ねえ、坊や」ある日、グロスパン大伯母はレキシントンに言った。彼は台所のストゥールに腰かけ、大伯母がチーズをつくるのを見ていた。「わたしが自分でおまえを教えるのも悪くないんじゃないかと思うんだけれど」

　少年は大きな青い眼で大伯母を見上げ、信頼しきった愛らしい笑みを向けると言った。

「それがいいよ」

「それなら、まずは料理から教えないとね」

「面白そうだね、グロスパン大伯母さん」

「面白かろうとなかろうと、世の中には学ばなくちゃならないことがあるんだよ」と大伯母は言った。「わたしたちヴェジタリアンは、普通の人たちみたいにいくらでも選ぶ食材があるわけじゃないから。食べられる食材のことは、普通の人の倍は知っておかなくちゃね」

「ねえ、大伯母さん」と少年は尋ねた。「普通の人たちはほかにどんなものを食べてるの？」

「動物だよ」と彼女は不快そうに首を振って言った。

「それって生きてる動物ってこと？」

「いいや」と彼女は言った。「死んだ動物だよ」

少年は少し考えてから言った。

「それってほかの人たちは動物が死んだとき、埋めるんじゃなくて食べるってこと？」

「死ぬまで待ったりもしない。殺すんだよ、坊や」

「どうやって殺すの、グロスパン大伯母さん？」

「たいていナイフで咽喉を切り裂くんだ」

「でも、どんな動物を食べるの？」

「だいたいは牛や豚だね。それから羊も食べる」

「牛！」と少年は大きな声を上げた。「それってデイジーやスノードロップやリリーみたいな牛のこと？」

「そのとおりだよ、坊や」

「でも、牛をどうやって食べるの、グロスパン大伯母さん？」

「小さく切って、それを料理するんだ。真っ赤で血だらけで、骨つきの肉が何より好きなのさ。血がしたたってる牛肉の塊《かたまり》を食べるのがたまらないんだそうだ」

「豚も？」

「豚も大好物だね」

「血だらけの豚の肉の塊」と少年は言った。

「信じられないな。ほかにはどんなものを食べるの、グロスパン大伯母さん？」

「鶏だね」

「鶏！」

「何百万羽と食べてるよ」

「羽とか全部食べるの？」

「いいや、羽は食べない。さあさあ、ちょっとひとっ走りして、わたしのためにチャイブをひと束摘んできてもらえるかい、坊や」

それからまもなく家庭学習が始まった。学ぶ教科は、読み・書き・算数、地理、それに料理の五つで、最後の科目が先生にも生徒にも一番人気のある科目だった。実際のところ、この方面で幼いレキシントンには真に驚くべき才能のあることがすぐに明らかとなる。彼は生まれながらの料理人だった。器用で手ぎわがよく、曲芸師《ジャグラー》のようにフライパンを扱うことができた。彼には大伯母がジャガイモの皮を剝きおえるより早く、一個のジャガイモを紙のように薄い二十枚のスライスに切り分けることができた。味覚はきわめて繊細で、濃厚なオニオンスープの鍋の中に小さなセージの葉がたった一枚はいっていることを即座に言いあてることができた。ただ、彼はまだあまりに幼く、そのため大伯母は彼のそうした才能にいささか戸惑いを覚えた。正直なところ、それをどうすればいいのかわからなかった。とはいえ、彼女にとってそれがどこまでも誇らしいことに変わりはなかった。だから、レキシントン少年の輝かしい未来をよく思い描いた。

「なんとありがたいことなの」と彼女は言った。「こんなすばらしい子に老後の面倒をみてもらえるなんて」彼女は数年後には台所仕事からいっさい手を引き、家の食事の支度はすべてレキシントンがひとりでするようになった。そのときレキシントン少年は十歳、グロスパン大伯母は八十歳近くになっていた。

5

台所を独占するようになると、レキシントンはすぐに独自の新しい料理の創作を始めた。昔の好物はもはや彼の興味を惹かなかった。激しい創作意欲に掻き立てられた彼の頭の中には何百もの斬新なアイディアが詰まっていた。「まずチェスナット・スフレから始めよう」完成した新作料理はその日の夕食に供された。すばらしい出来映えだった。「おまえは天才だよ！」グロスパン大伯母は感嘆の声を上げ、椅子から跳び上がって彼の両頬にキスをした。「おまえは今に歴史に名を残すことになるよ！」

それからというもの、食卓に新しい絶品創作料理が並ばない日はまずなかった。ブラジルナッツのスープ、ひきわりトウモロコシのコロッケ、野菜の煮込み《ラグー》、タンポポのオムレツ、クリームチーズのフリッター、中身にびっくりするロールキャベツ、枯れ草のシチュー、エシャロットおばさん風《ア・ラ・ボン・ファム》、ビートルートのムース・ピリ辛風味、プルーン・ストロガノフ、オランダ風チーズトースト、カブの馬乗り、トウヒ針葉タルトの炙り、まだまだほかにも多くのすばらしい料理が編み出された。そのたびにグロスパン大伯母は言ったものだ——これまで生きてきて、こんな料理を食べたのは初めてだよ。そんなわけで、朝は昼食の時間になるずっとまえから、彼女はポーチに出てロッキングチェアに坐り、台所の窓から漂ってくるにおいを嗅いで舌なめずりしながら、今日の料理はなんだろうと考えて過ごすようになった。

「今日は何をつくってるんだい、坊や」と彼女は台所のレキシントンに声をかける。

「当ててみて、グロスパン大伯母さん」

「サルシファイのフリッターのようなにおいがするけど」と彼女は鼻をひくひくさせて言う。

　レキシントンは——まだ十歳の子供だ——勝利の笑みを小さく浮かべて台所から出てくる。両手で抱えた大きな鍋からは湯気が立っており、その中にはパースニップとラビッジだけを煮込んだ極上のシチューがはいっている。

「おまえがやるべきことはなんだかわかるかい？」と彼女は咽喉を鳴らしてそのシチューを食べながら言った。「今すぐ紙と鉛筆を持って椅子に腰を落ち着けることさ。料理本を書くんだよ」

　レキシントンはゆっくりとパースニップを咀嚼しながら、テーブルの向かいに坐る大伯母を見た。

「ぜひそうしなさい！」と大伯母は大きな声で言った。「わたしはおまえに文章の書き方を教えたし、料理のしかたも教えた。次におまえがやるべきことは、そのふたつを合体させることだ。料理本をお書き、わたしの可愛い坊や。そうすればおまえは世界じゅうで有名になるよ」

「うん、わかった」と彼は答えた。「そうするよ」

そして、まさにその日から、レキシントンは生涯をかけて取り組むことになる記念碑的作品の最初の一ページを書きはじめた。本の題は『おいしく食べて健康に』と名づけた。

6

七年後、十七歳になる頃には、レキシントンのレシピの数は九千以上にも達していた。そのすべてが独創的で、そのすべてが絶品だった。

が、彼の不断の努力は、突然、グロスパン大伯母の悲しい死によって中断される。ある夜のことだ。彼女はひどい発作に襲われ、苦しみはじめた。その物音を聞きつけたレキシントンが慌てて大伯母の寝室に飛び込むと、彼女はベッドに横たわったまま叫び、毒づき、悶え、身をよじって、体の恰好をありとあらゆる複雑な縄結びの形にしていた。実際、見るに堪えない状態で、動揺した若者はパジャマ姿のまま、いったい何をしたらいいのかと手を揉み、おろおろと動きまわるしかなかった。大伯母を落ち着かせようと、牧場の池からやっとバケツに水を汲んできて頭からかけてみたものの、かえって発作を悪化させただけだった。老婦人はそれから一時間も経たないうちに息を引き取った。

「これはほんとうに困ったぞ」哀れな少年はそう言いながら、大伯母が死んだことを確かめようと何度か彼女をつねってみた。「こんないきなり！　こんな急にこんないきなりこんなことになるなんて！　つい数時間前にはものすごく元気そうだったのに。ぼくの最新レシピの激辛特大マッシュルームバーガーを三つも食べて、とってもジューシーだって誉めてくれたのに」

何分か激しくむせび泣いたあと——彼は大伯母をとても愛していた——気持ちを静めると、彼は大伯母の遺体を外に運び出して牛小屋の裏に埋めた。

翌日、遺品を整理していると、グロスパン大伯母の筆跡で書かれた彼宛ての封筒が見つかった。封を開けると、二枚の五十ドル札と手紙がはいっていた。

可愛い坊や（とその手紙は始まっていた）、おまえは生まれて十三日目から一度も山をおりたことがなかったね。でも、わたしが死んだらすぐに、靴を履いてきれいなシャツを着て、歩いて村まで行って、お医者を訪ねなさい。そして、お医者に頼んで、わたしが死んだことを証明する死亡診断書を書いてもらいなさい。そのあとその診断書をわたしの弁護士のところに持っていきなさい。弁護士はミスター・サミュエル・ザッカーマンという人で、ニューヨーク市に住んでいて、その人がわたしの遺言書を持っています。必要なことは彼が全部処理してくれるはずです。この封筒にはいっているお金は、お医者への死亡診断書代と、ニューヨークまでの旅費につかいなさい。向こうに着いたら、ミスター・ザッカーマンがもっとお金をくれます。そのお金を使って、料理やヴェジタリアンの研究をいっそうきわめて、どこから見ても完璧だとおまえが満足できるような、すばらしい料理本を完成させるために励んでちょうだい。それがわたしの願いです。おまえを愛する大伯母、グロスパンより。

常に大伯母の言いつけを守ってきたレキシントンは、お札をポケットに入れて靴を履き、きれいなシャツを着ると、山をくだって医者の住む村へ行った。

「あのグロスパン婆さんが？」と医者は言った。「なんとなんと。死んじゃった？」

「確かに死にました」と若者は答えた。「ぼくと一緒に山に来てくれれば、掘り出して見せられますけど」

「どのくらいの深さに埋めた？」

「六、七フィートくらい、ですね」

「それはどれくらいまえのことだ？」

「そう、八時間くらいまえかな」

「なら、きっと死んでるね」と医者は言った。「これが死亡診断書だ」

7

かくして、われらがヒーローはミスター・サミュエル・ザッカーマンを探してニューヨーク市に向かった。ひたすら歩き、生け垣の下で眠り、食べものは木の実や野草に頼る旅だったので、大都会にたどり着くまで十六日もかかった。

「うわあ、ここはなんてすごい場所なんだ！」五番街五十七丁目の角に立ってあたりを見まわすと、彼は感嘆の声を上げた。「牛も鶏もどこにもいない。女の人もグロスパン大伯母さんとは似ても似つかない」

ミスター・サミュエル・ザッカーマンにしても、レキシントンがまるで見たことのない人種だった。

土気色の顎に、赤紫色の巨大な鼻。ぶよぶよした小男で、笑みを浮かべると、不思議なことに口の中のいろいろな場所から小さな金《きん》がきらきらと光って見えた。事務所も豪華なところで、ミスター・ザッカーマンはレキシントンの手を温かく握ると、レキシントンの大伯母が死んだことについて祝いのことばを述べた。

「あなたの最愛の後見人がかなりの財産を持っていたことは知ってるでしょう？」

「牛や鶏のことですか？」

「いや、五十万バックスのことです」とミスター・ザッカーマンは答えた。

「それっていくらのことです？」

「五十万ドルのことですよ、お若い方。大伯母さまはそのすべてをあなたに遺されたんです」ミスター・ザッカーマンは椅子の背にもたれ、ぶよぶよした太鼓腹の上で両手を組んだ。それと同時に、こっそり右手の人差し指をチョッキの中にすべりこませ、シャツの下の臍《へそ》のまわりを掻きはじめた。これは彼のお気に入りの居ずまいで、そうしているとえもいわれぬ悦びが得られるのだった。

「もちろん、私が手数料として五十パーセントをいただくことになりますが」とミスター・ザッカーマンは言った。「それでも、まだ二十五万ドルはあなたのものです」

「ぼくって金持ちなんだ！」とレキシントンは叫んだ。「すごい！　そのお金は早ければいつもらえるんです？」

「まあ」とミスター・ザッカーマンは言った。「あなたにとっては運のいいことに、私はたまたまこのあたりの税務署の役人と親しくしておりましてね。私が頼めばきっと相続税をすべて免除して税金を返してくれるはずです」

「それはどうもご親切に」とレキシントンはぼそぼそと言った。

「当然、誰かにちょっとした謝礼はせねばなりませんが」

「おっしゃるとおりにします、ミスター・ザッカーマン」

「十万ドルもあれば充分でしょう」

「ええっ！ ちょっと高すぎやしませんか？」

「税務署の役人と警官に与える袖の下は絶対にケチってはいけません」とミスター・ザッカーマンは言った。「これは覚えておくといい」

「でも、そうしたらぼくの手元にはいくら残るんでしょう？」と若者は神妙に尋ねた。

「十五万ドルです。もっとも、そこから葬儀代を払うことになりますが」

「葬儀代？」

「葬儀店への支払いですよ、もちろんご存知ですよね？」

「でも、ぼくは自分で埋めたんですよ、ミスター・ザッカーマン、牛小屋のうしろに」

「そうでしょうとも」と弁護士は言った。「でも、だから？」

「葬儀屋さんには頼んでません」

「いいですか」とミスター・ザッカーマンは辛抱強く言った。「あなたはご存知ないかもしれないが、この州にはいかなる遺産相続人も葬儀店にいっさいの支払いをすますまで、一セントたりと遺産を受け取れないという法律があるんです」

「そんな法律があるんですか？」

「もちろん。実際、これはまことにいい法律です。葬儀店というのはわが国の偉大な国家施設のひとつですから。いかなる犠牲を払ってでも保護されなければなりません」

ミスター・ザッカーマン自身、公徳心豊かな医師たちと共同で、市《まち》に九つの立派なチェーン葬儀店を持つ会社を経営していた。ブルックリンには棺桶工場、ワシントンハイツには遺体防腐処理の専門学校。それらについては言うまでもなく。そんなわけで、ミスター・ザッカーマンの眼には死を祝うことが深遠なる宗教儀式として映っているのだった。実際、こうしたビジネスのすべてが彼に多大な影響を与えていた。その大きさは、キリストの誕生がさまざまな商店主に与えた影響の大きさとほぼ変わりないと言っていいだろう。

「あなたにはそんなふうに大伯母さんを勝手に埋める権利はないんです」とミスター・ザッカーマンは続けた。「まったくないんです」

「ほんとうにすみません、ミスター・ザッカーマン」

「いやはや、それはまさに反社会的行為です」

「全部あなたのおっしゃるとおりにします、ミスター・ザッカーマン。ぼくが知りたいのは、支払いを全部すませたら最後にはぼくにいくら残るのかということだけです」

いっとき沈黙ができた。ミスター・ザッカーマンはため息をついて顔をしかめた。こっそり指先を臍のまわりで動かしつづけながら。

「一万五千ドルといったところでしょうか？」とミスター・ザッカーマンは満面の笑みを浮かべてようやく言った。「それでもかなりの額です」

「そのお金、今日もらって帰れますか？」

「もちろん」

そうしてミスター・ザッカーマンは主任会計係を呼び、小口現金からレキシントンに一万五千ドルを払って、領収書を書くように言った。若者は——そのときにはもういくらだろうと喜んでもらうつもりになっていた――そのお金をありがたく受け取ると、ナップサックに仕舞いこんだ。そして、心を込めてミスター・ザッカーマンの手を握りしめ、彼の援助に礼を言うと、事務所を出た。

「全世界がぼくの眼のまえにある！」われらがヒーローは通りに出るとそう叫んだ。「料理本が出版されるまでの生活費が一万五千ドルもあるんだから。そのあとはもちろん、もっともっと手にするんだから」レキシントンは歩道に立って、どちらに行こうか考えた。とりあえず左に向かい、市《まち》の光景を眺めながらぶらぶらと通りを歩きはじめた。

「なんて嫌なにおいなんだ」と彼はあたりのにおいを嗅いで言った。「こんな悪臭には耐えられない」彼の繊細な嗅覚は、とびきり美味しい料理をつくる台所のにおいだけに向けられてきたので、バスの後部から吐き出されるディーゼルガスのにおいはまさに拷問だった。

「鼻がひん曲がってしまうまえにここから離れないと。でも、まずは何か食べないと。お腹がすいて死にそうだ」哀れな若者はそれまでの二週間、木の実と野草しか食べておらず、彼の胃は固形食を欲して悲鳴を上げていた。美味しいひきわりトウモロコシのコロッケが食べられるといいんだけど、と彼は自分につぶやいた。それとも、ジューシーなサルシファイのフリッターをいくつか。

レキシントンは通りを渡って小さなレストランにはいった。店の中は暑く、暗く、ひっそりとしていて、調理油とキャベツの茹で汁の強烈なにおいがした。ほかの客は茶色い帽子をかぶった男がただひとり、背中を丸めて夢中で料理を食べていた。レキシントンが店にはいってきても顔も上げなかった。

われらがヒーローは角のテーブルに坐り、ナップサックを椅子の背にかけた。すごくわくわくする。彼は自分にそうつぶやいた。この十七年間、ぼくはふたりの人間のつくった料理しか食べたことがないんだから。グロスパン大伯母さんとぼくだけがつくった料理しか。マックポトルさんを数に入れなければ。ぼくが赤ん坊のときにはあの保育士さんがきっと何度かはミルクを温めただろうから。つまり、ぼくは今初めて見ず知らずの料理人がつくった料理を食べようとしているわけだ。運がよければ、ぼくの本のためのアイディアがいくつか拾えるかもしれない。

ウェイターが奥の暗がりから出てきて、テーブルの脇に立った。

「はじめまして」とレキシントンは言った。「特大のひきわりトウモロコシのコロッケをお願いします。しっかり熱したフライパンで、両面二十五秒ずつ調理したものを。それにサワークリームを添えてね。持ってくる直前にラビッジをひとつまみ振ってください――もちろん、そちらのコックさんがもっと独創的な方法をご存知なら、喜んでそれをいただきます」

ウェイターは首を一方に傾げ、客をじろじろ眺めて言った。「ローストポークとキャベツはどうかな？　今それしか残ってないんだよ」

「ローストなんとかとキャベツ？」

ウェイターはズボンのポケットから汚れたハンカチを取り出すと、鞭を鳴らすような仕草で乱暴に振って広げた。それから大きな音を立てて鼻をかんだ。

「食べるんですかい？　それとも食べないのかい？」そう言って、水っ洟《ぱな》を拭いた。

「それがいったいどういうものなのか、全然見当もつかないんですけど」とレキシントンは言った。「でも、ぜひ試してみます。あの、実はぼく、料理本を書いてまして……」

「ポークとキャベツ一丁！」とウェイターは声を張り上げて言った。レストランの奥のほうから――暗がりのずっと向こうから――返事が返ってきた。

ウェイターがさがるのを待って、レキシントンはナップサックの中に手を入れ、自分専用のナイフとフォークを取り出した。グロスパン大伯母からの贈りもので純銀製だった。六歳のときにプレゼントされてからというもの、彼はそれ以外のものを使ったことがなく、食事ができるのを待つあいだ、柔らかいモスリンの布でさも愛おしそうにそのナイフとフォークを磨いた。

すぐにウェイターがいかにも熱そうな灰白色の何かの厚切りをのせた皿を持って戻ってきた。皿が眼のまえに置かれると、レキシントンは不安そうな顔で、においを嗅ごうと身を乗り出した。両の小鼻を大きく広げ、ひくひくと震わせて。

「すごい、まるで天国みたいだ！」と彼は叫んだ。「なんていい香りなんだ！　すばらしい！」

ウェイターは一歩さがると、客をしげしげと眺めた。

「こんなに豊かですばらしいにおいを嗅ぐのは生まれて初めてだ！」とわれらがヒーローはナイフとフォークを握りしめて声を張り上げた。「いったいこれは何でできてるんだろう？」

その声に茶色の帽子をかぶった客が顔を起こした。そして、あたりを見まわし、レキシントンのほうをじっと見てから、また自分の食事に戻った。ウェイターのほうは厨房のほうへあとずさりしていた。

レキシントンは肉を小さく切って、純銀のフォークで突き刺すと、鼻のそばまで持ち上げてもう一度においを嗅いだ。それから口の中に放り込むと、両眼を閉じ、体をこわばらせてゆっくりと咀嚼しはじめた。

「すばらしい！」と彼はまた感嘆の声を上げた。「まったく知らない味だ！　ああ、グロスパン！　愛しの大伯母さん！　大伯母さんもここにいたらどんなによかったか！　大伯母さんもこのすばらしい料理を味わえるのに！　給仕さん！　ちょっと来てください！　すぐ来て！」

ウェイターは店の反対側の隅に立っていた。さきほどからレキシントンの言動に驚かされどおしで、それでじっと彼を観察していたのだが、近づくのはあまり気乗りがしないようだった。

「こっちに来てください。話をしてくれたら、いいものをあげますから」とレキシントンは百ドル札をちらつかせて言った。「さあ、どうかここに来て、話をしてください」

ウェイターは慎重にゆっくりとレキシントンのテーブルに戻ると、紙幣をひったくった。そして、顔の近くに持っていくと、ためつすがめつ眺めてから、すばやくポケットに突っ込んだ。

「どういうご用件かな、お客さん？」

「いいですか」とレキシントンは言った。「この美味しい料理が何でできていて、どうやって調理するのか正確に教えてくれたら、もう百ドルあげます」

「もう言ったけど」とウェイターは言った。「ポークだよ」

「で、正確なところ、ポークとはいったいなんなんです？」

「お客さん、ローストポークを食べたことがないのかい？」とウェイターは客をじろじろ見ながら尋ねた。

「お願いだから、そんなふうにじらすのはやめて、なんなのか教えてください」

「豚だよ」とウェイターは言った。「豚をただオーブンに放り込めばいいだけのことだ」

「豚!?」

「ポークは全部豚だよ。そんなことも知らなかったのかい？」

「これが豚の肉？」

「それは保証するよ」

「でも……でも……そんなこと……ありえない」と若者は口ごもりながら言った。「グロスパン大伯母さんは、世界じゅうの誰より食べもののことに詳しかった。その大伯母さんが言ってたんだ、肉というのはどんな肉も、汚らわしくて、胸くそ悪くて、忌まわしくて、ぞっとして、吐き気がして、獣くさいものだって。それなのに、この皿にのっているのはまぎれもなく、ぼくが今まで味わった中で一番美味しいものだ。いったいどういうわけなんです？胸くそ悪くなんかないものを胸くそ悪いだなんて、大伯母さんが言うわけがないんだから」

「たぶんあんたの大伯母さんはポークの料理のしかたを知らなかったんだよ」とウェイターは言った。

「そんなことってありえます？」

「だってそれしか考えられないだろうが。なにしろポークだからね。ポークはよく焼かないと、食えたものじゃないんだよ」

「わかった！」レキシントンは大きな声を上げた。「きっとそうだったんだ！　大伯母さんは調理法をまちがえてたんだ！」彼はもう一枚、百ドル札をウェイターに手渡すと言った。「厨房に連れていって、この肉を調理した天才を紹介してください」

レキシントンはすぐに厨房に案内され、首の片側に発疹が出ている年配のコックに紹介された。

「これでもう百ドルだな」とウェイターは言った。

レキシントンは喜んで従ったが、今回は紙幣をコックに渡して言った。「聞いてください。たった今給仕さんの話を聞いて、ぼくはすっかり頭の中がこんがらがってしまいました。ぼくが今食べた美味しい料理が豚の肉を調理したものだというのは、ほんとうなんですか？」

コックは右手を上げると、首の発疹をぼりぼりと掻きながら言った。

「そうさな」そう言って、ウェイターを見やると、意味ありげな目配せをした。「おれに言えるのは、豚の肉だと思うってことだけだな」

「それはつまり、絶対そうとは言いきれないということ？」

「人間、絶対言いきれるなんてことはないんだよ」

「じゃあ、ほかにはどんなものが考えられるんです？」

「そうさな」とコックは実にゆっくりと言った。なおもじっとウェイターを見つづけたまま。

「ひょっとしたら、そう、人間の肉だったとかね」

「男の肉？」

「ああ」

「まさか」

「それとも女の肉か。どちらも可能性がある。どっちもおんなじ味だからね」

「へえええ——あなたの話には心底驚かされます」と若者は言った。

「人間、生きてりゃ、そりゃいろいろ学ぶもんさ」

「ほんとうにそうですね」

「実際の話、つい最近もポーク専門の食肉解体業者からどっさり仕入れたところでね」とコックは言った。

「ほんとうですか？」

「ただ、厄介なのはどっちがどっちなのか言い当てるのがほぼ不可能なところだね。どっちもすごくいい味だからね」

「さっきぼくが食べた肉は実にすばらしかった」

「気に入ってもらえたのは嬉しいけど」とコックは言った。「ほんとに正直に言うと、あれは豚の肉だったと思う。実際の話、これぱっかりはほぼ言いきれるね」

「ほんとうに？」

「ああ、ほんとうに」

「そういうことなら、きっとあなたの言うとおりなんでしょうね」とレキシントンは言った。「だったらもうひとつ教えてくれませんか――お手間を取らせるぶん、もう百ドルどうぞ――正確な調理方法を教えてくれませんか？」

コックは金をポケットにしまうと、豚の腰肉をローストするやり方についていきいきと説明を始めた。若者はその偉大なレシピを片言隻句聞き逃すまいと、厨房のテーブルの椅子に坐り、詳細にノートに書きとめた。

「それで終わりですか？」コックが話しおえると、レキシントンは尋ねた。

「それで終わりだ」

「でも、もっとほかにも何かあるはずですよね、ちがいますか？」

「そうさな。何はともあれ、良質な肉を手に入れなきゃな」とコックは言った。「それでもう味の半分は決まったようなもんだ。質のいい豚でなきゃ駄目だ。正しく解体されたものでないとな。さもなきゃ、どんなふうに調理しようと、ろくなものにはならない」

「やってみせてくれませんか」とレキシントンは言った。「実際に一頭解体してみせてもらえれば、ぼくも覚えられる」

「厨房じゃ豚の解体はしないんだよ」とコックは言った。「あんたがさっき食べた肉はブロンクスの食肉加工工場から仕入れたものだ」

「じゃあ、そこの住所を教えてください！」

コックはレキシントンに住所を教えた。われらがヒーローはふたりの親切に何度も礼を言うと、店の外に駆け出し、タクシーに飛び乗ってブロンクスへと向かった。

8

食肉加工工場はレンガ造りの大きな四階建ての建物で、そのまわりにジャコウのように甘く濃厚なにおいを漂わせていた。そして、正面の入口には〈見学者常時歓迎〉と書かれた大きな看板が掲げられていた。その看板に勇気づけられ、レキシントンは門を抜け、中にはいった。建物のまわりの敷地には玉砂利が敷きつめられていた。それからいくつもの表示板（ガイド付見学ツアーはこちらへ）に従って進み、ようやく本館からずいぶんと離れた場所にある、トタン板を張った小さな小屋（見学者待合室）にたどり着いた。彼は行儀よくドアをノックしてから、中にはいった。

待合室には先客が六人いた。肥った母親と九歳と十一歳くらいの息子。ハネムーンの最中らしい眼をきらきらさせた若いカップル。それに白い長手袋をはめた青白い顔の女性。その女性は背すじをぴんと伸ばし、膝の上で手を組んで、まっすぐにまえを見すえていた。全員が黙り込んでいた。レキシントンはこの人たちも自分のように料理本を執筆しているのだろうかと思い、声に出して訊いてみた。が、まともに返事をした者はひとりもいなかった。大人たちは謎めいた笑みを浮かべて互いに顔を見合わせ、ただ首を振っただけだった。ふたりの子供はじろじろとレキシントンを見つめた。まるで気のふれた人間でも見るかのように。

やがてドアが開き、男が薄いピンク色の顔をのぞかせて言った。「次の方、どうぞ」母親と息子たちが立ち上がり、出ていった。

約十分後、同じ男が戻ってきて、「次の方、どうぞ」とまた言った。新婚夫婦が勢いよく立ち上がり、男のあとについていった。

新たにふたりの見学者が待合室にやってきて坐った。中年の夫婦で、妻は食料品を入れた枝編み細工の買いものかごを持っていた。

「次の方、どうぞ」とガイドが言うと、今度は白い長手袋の女性が立ち上がって出ていった。さらに数人が待合室にやってきて、それぞれ硬い背もたれの木の椅子に坐った。

やがてガイドが三度目に戻ってきて、ようやくレキシントンが出ていく番になった。

「こちらへどうぞ」そう言って、ガイドは庭を横切り、彼を本館のほうに案内した。

「わくわくします！」とレキシントンは飛び跳ねるように歩きながら大きな声を上げた。「大好きなグロスパン大伯母さんも一緒に見学できたらよかったのに」

「私は途中までのご案内になります」とガイドが言った。「そのさきは別の者に引き継ぎます」

「なんでもおっしゃるとおりに」と有頂天の若者は言った。

彼らはまず本館の裏にある柵で囲われた広い敷地に向かった。その柵の中では数百頭の豚が動きまわっていた。「まずはここに入れまして、それからあそこの中へ入れます」とガイドは言った。

「どこです?」

「あそこです」ガイドは工場の外壁沿いに立つ細長い木の小屋を指差した。「私どもは〝枷小屋〟と呼んでいます。どうぞ、こちらへ」

レキシントンとガイドが行ったときには、ゴムの長靴を履いた三人の男たちがちょうど十頭ほどの豚を枷小屋に追い込んでいるところで、ふたりは彼らと一緒に小屋にはいった。

「さて」とガイドは言った。「どのように豚に枷をつけるかご覧ください」

その小屋に屋根はなく、中は剝き出しの木で囲まれた空間だった。フックのついた鋼鉄製のケーブルがひとつの壁に沿って、地面から三フィートほどの高さのところをゆっくりと動いていた。そのケーブルは小屋の端まで行き着くと、そこからは急に進行方向を変えて垂直にのぼり、屋根のない上部を通過して本館の最上階に向かっていた。

十頭ばかりの豚は小屋の奥に一塊になり、どこか不安そうにじっとしていた。長靴を履いた作業員のひとりが一本のチェーンを壁から取ると、一番近くの豚にうしろから近づいた。

そして上体を屈め、豚の後肢にすばやくチェーンの一方の端を巻きつけた。もう一方の端は動いているケーブルの手近なフックに引っかけられた。その間もケーブルはずっと動きつづけており、チェーンがぴんと張った。豚の肢がうしろに引っぱり上げられ、続いて豚の体も後方に引きずられはじめた。それでもその豚は倒れなかった。なかなか敏捷な豚で、三本の肢で跳ねてなんとかバランスを保ち、チェーンの牽引力に抗った。それでも、ずるずると小屋の端まで引きずられ、そこでケーブルが進行方向を変えて垂直に上昇しはじめると、その豚もぐいと足をすくわれ、上へと運ばれた。甲高い抗議の鳴き声があたりに響いた。

「とても興味をそそられる仕掛けですけど」とレキシントンは言った。「でも、上にのぼっていったときに聞こえた、あのボキッていう妙な音はなんだったんです？」

「たぶん肢でしょう」とガイドは言った。「それか骨盤ですね」

「でも、それで何も問題はない？」

「どうして問題になるんです？」とガイドは訊き返した。「骨を食べるわけじゃないんだから」

長靴の作業員たちはあとの豚に枷をはめるのに忙しかった。豚たちは次々と動くケーブルに引っかけられて吊り上げられ、抗議の声を上げながらのぼっていった。

「このレシピどおりにしようとすると、ただハーブを摘むだけじゃなくて、もっとたくさんのことをしなきゃならない」とレキシントンはつぶやいた。「グロスパン大伯母さんには無理だったろうな」

最後の豚が上へ上へとのぼっていくのをレキシントンが眺めていると、そこへ長靴の男がそっと背後から近づいてきた。そして、チェーンを彼の足首に巻きつけると、もう一方の端を動くケーブルのフックに引っかけた。次の瞬間——何が起こったのかもわからなかった——われらがヒーローは足をすくわれ、小屋のコンクリートの床を奥のほうへ引きずられはじめた。

「待った！」とレキシントンは叫んだ。「止めてくれ！　足が引っかかった！」

しかし、彼の叫び声は誰にも聞こえないようだった。五秒後、この不幸な若者は床から引っぱり上げられ、垂直に上昇し、屋根のない上部を通過していった。片方の足首を固定されて逆さまにぶらさげられ、魚のように身をくねらせながら。

「助けて！」と彼は叫んだ。「助けてくれ！　とんでもないミスが起きた！　エンジンを止めろ！　ぼくを降ろしてくれ！」

ガイドは葉巻を口から取ると、するすると上昇していく若者をのんびりと見上げた。が、何も言わなかった。ゴム長靴の作業員たちは次の豚を集めるため、もう出口に向かって歩きだしていた。

「おい、助けてくれ！」われらがヒーローは叫んだ。「降ろしてくれ！　頼むから降ろしてくれ！」しかし、彼はもう本館の最上階に差しかかっていた。そこからケーブルはヘビのようにくねくねと曲がり、壁にあいた大きな穴——扉のない戸口のような場所——に吸い込まれていた。その入口でまるで天国の門を守る聖ペテロのように彼を待ち受けていたのが、黒い染みのついたゴム製の黄色いエプロンをつけた作業員だった。

　レキシントンは逆さまになったままその男を見た。そして、ほんの一瞬のことながら、男の顔に完璧なまでの平安と慈悲の表情——にこやかな眼のきらめき、ものほしそうな小さな笑み、両頰にできたえくぼ——が浮かんでいるのに即座に気づいた。それらすべてがこの若者に希望を与えた。

「やあ」と作業員は笑みを浮かべて言った。

「早く！　助けてください！」とわれらがヒーローは叫んだ。

「喜んで」作業員はそう言うと、左手でレキシントンの耳をそっとつまみ、右手を上げ、包丁で若者の頸静脈をぱっくりと切り裂いた。

　ケーブルは動きつづけ、レキシントンはそのまま運ばれていった。眼に映るすべてが逆さで、咽喉からあふれ出た血が眼に流れ込んだ。それでも、まだかろうじて見ることはできた。どうやら縦長の巨大な部屋にいるらしいことがぼんやりとわかった。その部屋の奥には巨大な釜があり、湯気が立っていた。いくつもの黒い人影——半分は湯気に隠れていたが——が釜のまわりで長い棒を動かしていた。ケーブルはまっすぐ釜の上に向かっているらしく、豚は煮え立つ湯の中に次々と落とされているみたいだった。その中の一頭は前肢に白い長手袋をはめていた。

　われらがヒーローはいきなりひどい眠気に誘われた。が、彼がこの世から——天の配剤の賜物である最良の世界から——あの世へと送られていったのは、彼の丈夫な心臓が一滴残らず彼の血を外に搾り出したあとのことだった。

世界チャンピオン
The Champion of the World

　われわれは給油所の客の応対をしなくていいときには、一日じゅう事務所のテーブルにへばりつき、レーズンの準備をした。水に浸しておいたレーズンは丸々とふくらんで柔らかく、剃刀《かみそり》で切り込みを入れると皮がぱっくりと開いて、いともたやすく中身の果肉を取り出すことができた。

　それでも、レーズンは全部で百九十六個もあり、すべての準備を終えた頃には、日が暮れかかっていた。

「見事じゃないか！」とクロードは両手を強くこすり合わせながら大きな声で言った。「今、何時だ、ゴードン？」

「五時すぎだ」

　ステーションワゴンが給油ポンプ脇に停まるのが窓越しに見えた。運転席には女性が坐っていて、そのうしろで八人くらいの子供がアイスクリームを食べていた。

「そろそろ出かけないとまずいな」とクロードは言った。「わかってるだろうが、日が暮れないうちに着かないと、全部おじゃんになるからね」彼はそわそわしはじめていた。ドッグレースの直前か、夜にクラリスとデートの約束があるときみたいに顔を紅潮させ、眼をぎょろつかせていた。

ふたりで外に出た。女性のステーションワゴンに注文量のガソリンを入れ、ワゴンが行ってしまっても、クロードは私道の真ん中に立ったまま、眼を細めて心配そうに太陽を見上げていた。太陽は谷の向こうの尾根に生える木々の上から片手ひとつぶんの高さまで沈みかかっていた。

「よし」と私は言った。「鍵をかけよう」

クロードは給油ポンプから給油ポンプへとすばやく動き、ノズルをホルダーに固定して小さな南京錠をかけてまわった。

「その黄色いセーターは脱いだほうがいいよ」と彼は言った。

「どうして？」

「月の光があたったらろくでもない標識みたいにきらきら光っちまう」

「大丈夫だよ」

「大丈夫じゃない」とクロードは言った。「頼むから脱いでくれ、ゴードン。それじゃ、三分後にね」そう言って、彼は給油所の裏手にある自分のトレーラーの中に姿を消した。私は事務所の中にはいって、黄色のセーターを青いセーターに着替えた。

また外で会ったとき、クロードは黒のズボンを穿き、深緑のタートルネックのセーターを着て、つばのある茶色の布製の帽子を目深にかぶっていた。ナイトクラブから出てきた映画の悪役みたいだった。

「服の下に何を入れた？」彼の胴まわりがずいぶんふくらんでいるのを見て、私は尋ねた。

クロードはセーターを引っぱり上げた。腹のまわりに、布地は薄いがやたら大きな白い綿袋が二枚、きっちり巻きつけてあった。「荷物を運ぶためだ」と彼は秘密めかして言った。

「なるほど」

「じゃあ、行こう」と彼は言った。

「やっぱり車で行ったほうがいいんじゃないかな」

「危険すぎる。車が停まってるところを見られちまう」

「でも、あの森まで三マイル以上もある」

「確かに」と彼は言った。「だけど、もし捕まったら半年は食らうってことはわかってるんだろうね」

「そんなこと、きみは言わなかったよ」

「言わなかった？」

「私は行かない。そんなんじゃ、割りに合わないよ」

「歩いていれば気も変わるさ、ゴードン。いいから行こうぜ」

静かなよく晴れた夜で、空には白く輝く雲がいくつかぽっかりと浮かんでいた。谷はひんやりとして静かだった。われわれは肩を並べて、丘と丘のあいだを走る道路の脇の草むらをオックスフォードのほうに向かって歩きはじめた。

「レーズンは持ってきたよね？」とクロードが訊いてきた。

「ポケットにはいってる」

「よし」と彼は言った。「すばらしい」

十分後、われわれは幹線道路を左に曲がり、両側に高い生け垣のある細い小径にはいった。そこから先はずっとのぼり坂だった。

「森には番人が何人いるんだ？」

「三人だ」

クロードは半分だけ吸った煙草を捨てた。その一分後、新しい煙草に火をつけた。

「普通なら、おれは新しい方法を認めたりはしないんだ」と彼は言った。「この手の仕事ではね」

「だろうね」

「それがどうだ、ゴードン。今度ばかりは名案だと思ったね」

「ふうん」

「まちがいないね」

「そうだといいけど」

「これは密猟の歴史を塗り替える画期的な方法になる」とクロードは言った。「だけど、いいね、どんな手を使ったかは誰にも言っちゃいけない。このことが洩れたが最後、この地区に住んでるやつらがどいつもこいつも同じことをやって、キジが一羽もいなくなっちまうからね」

「絶対言わないよ」

「でも、あんたはもっと自分を誇るべきだよ」とクロードは続けた。「何百年ものあいだ、頭のいいやつらがこの問題にずっと取り組んできたのに、誰ひとりあんたのこの巧妙なアイディアを思いつかなかったんだから。そのアイディアの四分の一もね。なんでもっと早く言わなかったんだ？」

「私の意見なんて訊こうとしなかったじゃないか」と私は言った。

それはほんとうだった。実際、つい昨日までクロードは密猟という神聖な話題について私と話し合おうとしたことなど一度もなかった。仕事を終えた夏の夜、私はしょっちゅう、クロードが帽子をかぶってトレーラーをこっそり抜け出し、森へ向かう坂道に姿を消すのに気づいては、給油所の窓から彼を眺めて思ったものだった。クロードはいったい何をしてるんだろうかとか、真夜中に森の中にひとりではいっていってどんなずる賢い手を使ってるんだろうかとか。彼は夜がすっかりふけるまでめったに戻ってこず、戦利品を持ち帰ったことも一度も――たったの一度も――なかった。なのに翌日の午後には必ず給油所の裏手にある食事をするための小屋に――どんなふうにしているのか私には想像もつかなかったが――いつのまにかキジやら野ウサギやらヤマウズラのつがいやらが吊るされているのだ。

今年の夏はいつにもまして頻繁に出かけていた。ここ二ヵ月はさらに頻度が増し、週に四日、ときには五日も出かけるようになっていた。それだけではなかった。最近は、彼の密猟に対する態度そのものがかすかに謎めいた変化を遂げたように見えるのだ。以前より目的意識を持って取り組み、口数も少なく、気持ちを集中させるようになっていた。もはやただのゲームというより、聖戦を戦っているような印象さえ受けた。クロードがたったひとりで、眼に見えない憎むべき敵との個人的な戦いに挑んでいるかのような。

しかし、誰を相手に？

確信があるわけではないが、その敵とはほかならぬ森とキジの所有者、あの有名なミスター・ヴィクター・ヘイゼルその人ではないかと私は薄々疑っていた。ミスター・ヘイゼルは信じがたいほど横柄な態度の地ビール醸造会社の社長で、言語に絶するほどの金持ちで、その所有地は谷の両側に沿って何マイルにもわたっている。一代で財を成し、魅力はゼロ、徳もほとんどないという人物で、身分の低い人間を毛嫌いし――かつては自分もその一員だったというのに――自分が適切と思う人種の中に溶け込むのに必死になっていた。で、洒落たヴェストを着て、猟犬を連れて馬に乗って狩りをしたり、狩猟の会を催したりしているのだ。平日は、巨大な黒いロールスロイスを運転し、給油所のまえを通って醸造所に出勤する。ロールスロイスがあっというまに通り過ぎるとき、たまにわれわれは運転席に坐るその偉大なるビール会社の社長の脂ぎった顔をちらりと眼にした。ハムのようなピンク色で、ビールの飲みすぎで腫れぼったく、見るからにしまりのない顔だった。

いずれにしろ、昨日の午後、クロードがだしぬけに私に言ったのだ。「今夜またヘイゼルの森に行こうと思うんだけど。あんたも一緒に来ないか？」

「誰？　私？」

「今年はそろそろ最後のチャンスだ」と彼は言った。「猟の解禁は土曜で、そうなったらキジは森じゅうに散らばってしまう——まだ残っていればの話だけど」

「どうして突然誘うんだ？」と私は大いに怪訝に思って訊き返した。

「特に理由はないけど、ゴードン。いや、まったくないけど」

「危険じゃない？」

クロードはそれには答えなかった。

「きみは銃か何かを森に隠してるんだろ？」

「銃！」彼はうんざりしたように大きな声を上げた。「キジを撃つやつなんてひとりもいないよ。知らなかったのかい？　ヘイゼルの森じゃ、オモチャのピストルを鳴らしただけで番人がすっ飛んでくる」

「じゃあ、どうやってやるんだ？」

「それなんだけど」クロードのまぶたが垂れて両眼がふさがれた。

長い間《ま》ができ、ようやく彼が口を開いて言った。「これからおれがひとつふたつ話をしたとしても誰にも言わないでいられる？」

「もちろん」

「これは今まで誰にも話したことがないことなんだよ、ゴードン」

「それはとても光栄だ。私のことは全面的に信用してくれていいよ」

クロードは顔を私のほうに向けると、色の薄い眼で私を見すえた。大きくて潤んだ、牛のような眼で。そんな眼が間近に迫り、左右の眼の中心に逆さまに映る自分の顔が見えた。

「これから世界屈指のキジの密漁法を三つ教えよう」と彼は言った。「あんたはこのささやかな旅の客人となるわけだから、今夜どの方法を使うかはあんたに選んでもらおう。どうだい？」

「何か裏があるんだね」

「裏なんてないよ、ゴードン。それは誓うよ」

「わかった。じゃあ、言ってくれ」

「じゃあ、言うぞ」とクロードは言った。「最初のはとびきりの秘密だ」そこでことばを切ると、彼は煙草をゆっくりと吸ってから声をひそめて言った。「キジっていうのはな。レーズンに目がないんだ」

「レーズン？」

「ただの普通のレーズンだ。どうも病みつきになっちまうらしいんだよ。このことはおれの親父が四十年以上もまえに発見したんだ。これから説明する三つの秘策はぜんぶ親父の発見なのさ」

「親父さんは飲んだくれだったって言ってなかったっけ」

「だったかもしれない。でも、偉大な密猟者でもあったんだ、ゴードン。イギリス史上最も偉大な密猟者だったかもしれない。親父は密猟を科学者のように研究したんだ」

「ふうん」

「ほんとだって。これはほんとの話だ」

「信じるよ」

「なにしろ」と彼は言った。「純粋に実験のためだけに裏庭で立派な若い雄鶏をわんさか飼っていたくらいだからね」

「雄鶏を？」

「そう。キジを捕まえる妙案を思いついたときには、いつもまず雄鶏でうまくいくかどうか試したんだよ。レーズンのこともそうやって突き止めたんだ。同じように、馬の毛を使う秘策もそうやって編み出した」

クロードはことばを切り、誰も聞いていないことを確かめるかのように、ちらりと背後を見やった。「やり方はこうだ」そう言って続けた。「まずレーズンをいくつか用意して、ひと晩水に浸けておくんだ。すると、翌朝にはふっくらふくらんでみずみずしくなる。次に、質がよくて硬い馬の毛を手に入れて、半インチの長さにカットする。そしたら、その小さくカットした馬の毛を一本、レーズンの真ん中に突き刺すんだ。そうやってレーズンの両側から馬の毛が八分の一インチくらいずつ突き出るようにする。おれの言ってる意味、わかるよね？」

「ああ、わかる」

「さて――われらがキジがやってきて、このレーズンをひとつ食べるとする。いいか？　こっちは木の陰からキジを見てる。するとどうなると思う？」

「馬の毛が咽喉に刺さるような気がするけど」

「そりゃ明らかなことだ、ゴードン。それだけじゃなくて、もっと驚くべきことが起こるんだ。それを親父が発見したんだ。いいかい、そのレーズンを食べると、キジは一歩も足を動かせなくなるんだよ！　完璧にその場に釘づけになって、まぬけな首をピストンみたいに上下に動かすことしかできなくなるんだ。こっちは隠れ場所から悠々と出ていって、両手でキジを取り上げればいいだけなのさ」

「それはにわかには信じがたいな」

「嘘じゃないって」彼は言った。「馬の毛を呑み込んだら、耳元でライフルを撃ってもキジは飛び上がることすらできないんだ。世の中には説明のつかないことがいろいろあるもんだけど、これもそのひとつだな。だからと言って、誰にでも発見できることじゃない」

クロードはそこで口をつぐんだ。偉大なる発明家である父親の記憶にいっとき思いを馳せたのか、彼の眼は誇らしげに光っていた。

「まあ、これが秘策その一だ」と彼は続けた。「秘策その二はもっとずっと単純だ。釣り糸を用意するだけでいい。糸の先にレーズンを引っかけて、魚を釣るみたいにキジを釣るのさ。釣り糸を五十ヤードくらい伸ばしておいて、茂みの中で腹這いになってあたりが来るまで待つ。それから釣り糸を手繰り寄せるだけのことだ」

「その方法はきみの親父さんが編み出したわけじゃない。そんな気がする」

「これは釣り好きにえらく人気のある方法だ」彼は私が言うことにはもう耳を貸さないことにしたようだった。「いつでも好きなときに海辺まで行くわけにはいかない根っからの釣り好きにね。キジの密猟でも釣りと同じスリルを味わえるというわけだ。ただ、問題がひとつだけあって、この方法はものすごくうるさいんだよ。糸を引っぱるとキジが死に物狂いでわめくから、森の番人がひとり残らず駆けつけてきてしまう」

「秘策その三は？」と私は尋ねた。

「ああ」とゴードンは言った。「その三は実に美しい方法だ。親父が死ぬまえに編み出した最後の方法でね」

「親父さんの最後の傑作なんだ？」

「そのとおりだ、ゴードン。あの日のことは今でも覚えてる。あれは日曜の朝だった。親父が突然、〝こりゃ大発見だぞ！〟って言って台所に現われたんだ。でかくて白い雄鶏を両手に抱えてた。ちょっとにやけた顔をして、誇らしげに眼を輝かせてもいた。そっと静かにはいってきて、テーブルの真ん中にその雄鶏を置くと、〝今度という今度はすごいことを見つけたかもしれん〟と言った。おふくろは、シンクから顔を上げて〝何がすごいのよ？　ホレス、その汚い鶏をあたしのテーブルからどけてちょうだい〟って迷惑そうに言ってたけど。その雄鶏は頭に変な紙の帽子をかぶってた。アイスクリームのコーンをひっくりかえしたような形の帽子だ。そんな鶏を指差して、親父は得意そうに言った。〝撫でてみろ。一インチも動かないぞ〟って。雄鶏は紙の帽子を払い落とそうと片肢で引っ掻きはじめたんだが、糊でくっつけてあるみたいに帽子はちっとも取れない。〝目隠しさえしちまえば、どんな鳥も逃げない〟って親父は言って、指で雄鶏をつついたり押したりしはじめた。なのに、雄鶏は気にもとめてないみたいなんだ。親父はおふくろに向かって言った。〝この鶏はおまえにやる。捌《さば》いて夕食に出してくれ。今夜はおれの大発見祝いだ！〟って。それから、すぐにおれの腕を引っぱって外に連れ出すと、畑を越えて、ハッデンハムの向こうにある大きな森まで行った。昔、バッキンガム公爵の所有地だったあたりだ。二時間もしないうちに、親父とおれは丸々と肥ったキジを五羽も捕まえた。店に行って買ってくるぐらいの手間しかかからなかった」

　クロードは息をついた。大きな両眼が潤んでうっとりとしていた。若き日のすばらしい世界がいっとき眼に浮かんだのかもしれない。

「どうにも腑に落ちないんだけど」と私は言った。「森の中で親父さんはどうやってキジの頭に紙の帽子をかぶせたんだ？」

「あんたにはわかりっこないだろうな」

「お手上げだ」

「じゃあ、教えてあげるよ。まず地面に小さな穴を掘る。次に一枚の紙をコーンの形にしたら、穴の中に入れて形を整える。口の開いたほうを上にして、カップみたいにするんだ。そしたら、その紙のカップの内側に隈なく鳥餅を塗って、レーズンをいくつか入れておく。さらに、地面にはレーズンを並べて穴の淵まで続く道をつくっておく。するとどうなる？　われらがキジがレーズンの道をつつきながらやってきて、穴の淵まで来ると、頭を突っ込んで、レーズンをぱくぱく食らう。次の瞬間、気づいたときにはもう、紙の帽子が眼までかぶさって、なんにも見えなくなってる。こんなことを考えつく人間がいるなんてすごいことじゃないか、ゴードン？　あんたもそう思わないか？」

「きみの親父さんは天才だね」と私は言った。

「じゃあ、選んでくれ。この三つの秘策のうちあんたが気に入ったのをどれでもいいから選んでくれ。今夜はそれでいくことにするから」

「ううん、でも、どれもちょっと単純すぎると思わないか？」

「単純だって！」クロードはあきれ顔で大声を上げた。「おいおいおい！　この半年一ペニーも払わないで、ほとんど毎日、うちのキジのローストを食ってたやつはどこのどなたなんですかね？」

彼は私に背を向けると、仕事場の戸口のほうに歩き出した。私のことばで彼が深く傷ついたことはよくわかった。

「ちょっと待ってくれ」と私は言った。「行くなよ」

「来る気があるのかないのか、どっちだ？」

「あるよ。でも、そのまえに訊いておきたいことがある。私にもちょっとしたアイディアがあるんだ」

「だったらそういうものは胸にしまっておいてくれ」と彼は言った。「あんたは密猟のことなんか端《はな》からなんにも知らないんだから」

「先月、腰を痛めたとき、私が病院で睡眠薬をもらってきたことは覚えてる？」

「それがどうした？」

「睡眠薬がキジに効かないという法はないんじゃないかな？」

クロードは眼を閉じると、哀れむように首を振った。

「待ってくれ」と私は言った。

「そんなのは話す価値もない」とクロードは言った。「どこの世界にあんな赤いカプセルを呑み込むキジがいるっていうんだ。それよりいくらかでもましなことは考えつけない？」

「きみはレーズンのことを忘れてる」と私は言った。「いいから聞いてくれ。レーズンを用意して、ふくらむまで水に浸ける。それから剃刀で片側に小さな切り込みを入れる。そうして中身を取り出したら、赤いカプセルの中身を出して、粉を全部レーズンの中に入れるんだ。あとは切り込み部分を針と綿糸で丁寧に縫う。そうすれば……」

クロードの口が次第に開いていくのが眼の端に見えた。

「そうすれば」と私は続けた。「二・五グレインのセコナール入りのきれいで美味しそうなレーズンができあがる。それからもうひとつ言わせてもらえば、あの薬を飲んだら大の男でも気を失うくらいだからね。鳥ならいちころだよ！」

私は十秒間《ま》を置くと、このアイディアの衝撃が充分伝わるのを待ってから続けた。

「さらに、この方法ならずっと大規模に罠をかけられる。なんならレーズンを二十個用意してもいい。あとは日没に餌場のまわりに撒いて、立ち去ればいいだけだ。三十分経ったら戻る。そろそろ薬が効きはじめる頃だ。キジはもう木の上で寝てるだろう。キジはふらふらしはじめて、よろめいてバランスを取ろうとする。やがてレーズンをたった一粒食べたキジは残らず気を失い、ひっくり返って地面に落ちてくる。あら不思議、まるで木からリンゴが落ちるみたいに、キジが次々と落ちてくるというわけだ。われわれはただ落ちたキジを拾って歩くだけでいいのさ！」

クロードはうっとりとして私を見つめていた。

「たまげた」と彼はぼそりとつぶやいた。

「それに番人に捕まる心配もない。われわれはただ森の中を歩きながら、あちこちにレーズンを撒くだけなんだから。たとえ番人がわれわれを見ていたとしても、何をやってるのかはわかりっこない」

「ゴードン」クロードは私の膝に片手を置くと、ふたつの星みたいにきらきらした大きな眼で私を見つめて言った。「それがうまくいったら、密猟に革命を起こすことになる」

「そう言ってくれて嬉しいよ」

「薬はあといくつ残ってる？」

「四十九錠。壜には五十錠はいってたけど、ひとつしか飲まなかったんだ」

「四十九錠じゃ足りないな。少なくとも二百は欲しい」

「頭がいかれた？」と私は大きな声を上げた。

クロードはゆっくりと歩いて戸口で立ち止まると、私に背を向けたまま空を見上げておもむろに言った。

「最低でも二百だ。二百用意できなきゃ、やる意味がない」

どういうことだろう、と私は思った。クロードはいったい何をしようとしてるんだろう？

「狩りのシーズンが始まるまえのこれが最後のチャンスなんだから」と彼は言った。

「これ以上薬を手に入れるのはたぶん無理だよ」

「手ぶらで帰ってきたくはないだろ？」

「でも、なんでそんなにたくさん要るんだ？」

クロードは顔を私のほうに向けると、邪気のない大きな眼で私を見て静かに言った。「いいじゃないか。あんたに何か不都合でもある？」

なんてこった。私にもそのときいきなりわかった。この狂ったいかれ頭は解禁日におこなわれるミスター・ヴィクター・ヘイゼルの狩猟の会をめちゃくちゃにするつもりなのだ。

「カプセルを二百、手に入れてきてくれよ。それならやる価値がある」

「無理だよ」

「試すだけはできるだろうが」

ミスター・ヘイゼルの狩猟の会は毎年十月一日に開催されるとても有名な年中行事で、その日はツイードのスーツを着た耄碌《もうろく》した紳士たちが――肩書きのある人やら単に金があるだけの人やら――銃持ちと犬と細君を引き連れて、何マイルも離れた場所から車でやってきて、一日じゅう射撃の音を谷間に轟かせる。そして、その日ばかりは毎年、充分な数のキジが森をうろついている。夏のあいだに途方もない費用がかけられ、何百というキジのヒナがぬかりなく補充されるからだ。私が聞いたところでは、撃たれる瞬間までのキジ一羽の飼育費用は、優に五ポンドを超えるそうだ（ほぼパン二百斤分の値段）。それでも、ミスター・ヘイゼルにとってその投資は一ペニーたりと無駄ではないのだろう。このときばかりは――たとえほんの数時間にしろ――ささやかな世界の重要人物になれ、州知事が別れぎわに背中を叩いて、ファーストネームを思い出そうとさえしてくれるのだから。

「薬の量を減らしたらどうだ？」とクロードが言った。「ひとつのカプセルの中身を四つのレーズンに分けて入れればいい」

「それならできなくはなさそうだな」

「でも、一カプセルの四分の一の量でもキジ一羽に充分な量なんだろうか？」

この男の度胸だけは誉めてやらなければならない。この時期は、一年の中でもあの森で一羽のキジを密猟することさえ大いに危険だというのに、彼はとんでもない数のキジを昏睡させようと企てているのだ。

「四分の一でも多いくらいだよ」と私は言った。

「それはほんとうかい？」

「計算してみたらいい。薬の量は体重で決まる。四分の一でも必要量の二十倍を与えることになる」

「だったら、薬は四等分だ」彼は両手をこすり合わせて言うと、そのあといっとき黙って暗算した。「それで百九十六個のレーズンが用意できる！」

「それがどういう意味だかわかってるのか？」と私は尋ねた。「準備だけでも何時間もかかるぞ」

「それがどうした！」彼は大声を上げた。「今日はやめて明日行くことにしよう。今晩レーズンを浸しておいて、明日の朝から夕方まで使って準備するんだ」

それがまさに今日われわれがしたことだった。

その会話から二十四時間後、われわれは出発した。四十分間休まず歩きつづけ、ようやく小径が右にカーヴする地点に近づいた。小径はそこから丘の稜線に沿って、キジのいる大きな森まで延びている。その森まであと一マイルばかり。

「ひょっとして番人が銃を持ってたりなんてことはないよね？」と私は言った。

「番人というのは銃を持ってるもんだよ」とクロードは言った。

そのことを私はずっと恐れていた。

「だいたいはキツネやイタチを撃つためだ」

「ああ」

「もちろん、密猟者相手に撃ちまくることはないという保証はどこにもないけど」

「冗談だろ」

「全然。でも、やつらはうしろからしか撃ってこない。こっちが逃げ出したときだけだ。五十ヤードばかりの距離から脚を撃つのが好きなんだ」

「そんなことできるわけがない！」と私は叫んだ。「そんなのは犯罪だ！」

「密猟もね」とクロードは言った。

われわれはしばらく黙って歩きつづけた。太陽が右側の高い生け垣の下に沈むと、小径は暗くなった。

「でも、三十年前じゃなくてまだよかったと思えばいい」と彼は続けた。「当時は見つけられたらもう撃たれてたんだから」

「そんな話を信じてるのか？」

「知ってるんだよ」と彼は言った。「子供の頃、夜に台所に行ったら、親父がテーブルに顔を突っ伏していて、おふくろが細いジャガイモ用の包丁で親父のケツからブドウ弾を取り出してるなんてことがしょっちゅうあったんだ」

「やめてくれ」と私は言った。「そんなことを言われるとビビっちまう」

「だったらあんたも信じた？」

「ああ、信じるよ」

「しまいには親父のケツは小さな白い傷痕だらけになって、まるで雪が降ってるみたいだったよ」

「ああ、そうだろうとも」

「〝密猟者の尻〟——そんなことばもあったな」とクロードは言った。「でもって、程度の差こそあれ、密猟者の尻をしてない男は村にひとりもいなかった。でも、おれの親父がチャンピオンだったたな」

「親父さんに幸運を」

「親父が今ここにいてくれたらとつくづく思うね」とクロードは切なそうに言った。「今夜この仕事に行くためなら、親父は世界じゅうのどんなものだって差し出してただろうな」

「親父さんが生きていたら、私がいくらでも代わってあげたのに」と私は言った。「喜んで」

われわれは丘の稜線までたどり着いた。前方に巨大な暗い森が見えていた。太陽はすでに森の向こうに沈み、木々の透き間から陽の金色のきらめきが洩れていた。

「レーズンを貸してくれ」とクロードは言った。

私が紙袋を渡すと、彼はズボンのポケットに丁寧にしまって言った。

「森にはいったら、口を利かないように。静かにおれのあとについてきてくれ。枝を踏んで音を立てたりしないように」

その五分後、われわれは森に着いた。小径は森までまっすぐ延び、さらにそこから森の周辺に沿って三百ヤードほど続いていた。森と小径のあいだには低い生け垣があるだけで、クロードはその生け垣を四つん這いになってくぐり抜けた。私もあとに続いた。

森の中は暗くひんやりとしていた。陽の光はまったくはいってこなかった。

「気味が悪いな」と私は言った。

「しぃっ！」

クロードは神経を尖らせていた。高く上げた足をそっと湿った地面におろして、私のすぐまえを歩きながらも、ひっきりなしに頭を動かし、危険に備えて視線をゆっくり左右に向けていた。私も同じことをしようとしたが、どの木のうしろにも番人の幻が見えはじめ、すぐにやめた。

やがて森の木々の屋根も途切れ、頭上に大きな空が現われた。これがいわゆる空所にちがいないと思った。そういう空所に七月初旬、若いキジが放されるのだとクロードが言っていたのだ。キジたちはそこで番人に餌と水を与えられ、守られもするので、そのときの習慣から、狩猟が始まるまで多くのキジがその空所にとどまるのだ、と。

「空所にはいつもキジがわんさかいる」

「それはつまり番人もそこにいるってことだよね」

「そうだ。でも、空所のまわりには濃い茂みがあるからなんとかなるはずだよ」

今やわれわれは姿勢を低くしてダッシュを繰り返していた。中腰になって木から木へ走り、木陰で立ち止まってはあたりをうかがい、耳をすまし、また走るということを。空所の端にある大きなハンノキの木立の陰までようやく無事に到着すると、ふたりとも膝をついた。クロードがにやりと笑い、私の脇腹をつついて、枝のあいだから見えるキジを指差した。

そこには夥しい数のキジがいた。少なくとも二百羽はいただろう。キジたちは木の切り株のあいだを気取って歩きまわっていた。

「おれの言ったとおりだろ？」とクロードは囁いた。

それは実に驚くべき眺めだった。密猟者の夢が叶ったような光景とも言えた。おまけにその場所のなんと近いこと！　われわれが膝をついているところから十歩と離れていないところにいるキジもいた。雌のキジは淡い茶色の毛並みで、丸々としていた。あまりに肥っているせいで、歩くと胸の毛が地面につきそうだった。雄のキジはほっそりとして美しかった。尾は長く、眼のまわりに真っ赤な模様があり、緋色の眼鏡をかけているみたいに見えた。クロードをちらりと見ると、その場に釘づけにされたようになって、牛みたいな大きな顔を恍惚とさせていた。口をかすかに開き、とろんとした眼でキジをじっと見つめていた。

獲物を見たときの密猟者というのは、だいたい誰も彼と似たような反応をするものなのだろう。宝石店のウィンドウで大きなエメラルドを見た女たちと同じように。ちがうのは、女のほうは狙った獲物を品位に劣る方法で手に入れようとする点だけだ。獲物をせしめるために女が喜んで耐える苦痛に比べたら、密猟者が尻に受ける苦痛など物の数にもはいらない。

「ははあ」とクロードが低く声を上げた。「番人が見えるかい？」

「どこだ？」

「向こう側のあの大きな木のそば。注意深く見てくれ」

「なんてこった！」

「大丈夫だよ。あいつにはおれたちが見えてないから」

われわれは地面にできるかぎりうずくまって、番人を見つめた。帽子をかぶった小柄な男で、小脇に銃を抱えていた。ぴくりとも動かず、小さな柱みたいに突っ立っていた。

「もう行こう」と私は小声で言った。

番人の顔は帽子のつばの陰になって見えなかったが、私にはまっすぐこちらを見ているように思えた。

「ここにはいたくない」と私は言った。

「しっ」

彼は番人をじっと見つめたまま、ゆっくりとポケットに手を入れると、レーズンを一粒取り出して、右の手のひらに置いた。それからすばやく手首のスナップを利かせ、レーズンを宙高く放り投げた。レーズンが茂みを越え、古い切り株のそばに一緒にいた二羽の雌キジから一ヤードと離れていないところに落ちるのが見えた。レーズンの落下に気づくと、二羽ともすばやく頭を向けた。そのうちの一羽が跳ねるようにしてレーズンに近づき、すばやく地面をつついた。レーズンをつついたのにちがいない。

私は番人のほうをちらりと見た。じっと立ったままだった。

クロードはふたつ目のレーズンを空所に投げた。それから三つ、四つ、五つと。

そのとき、番人がうしろを向いて背後の森の様子をうかがった。

クロードはすかさずポケットから紙袋を引っぱりだすと、中身をあけて右の手のひらに大盛りのレーズンの山をつくった。

「よせ」と私は言った。

彼は腕を大きく振って、山盛りのレーズンを茂みから空所へ高く放り投げた。レーズンは、枯れ葉の上に落ちる雨粒のように、ぱらぱらと音を立てて地面に落ちた。空所にいたすべてのキジが、レーズンが落ちるのを見たか、その音を聞きつけたにちがいない。羽のはばたく音がしたかと思うと、お宝を見つけようと殺到した。

番人の頭がくるりとこっちを向いた。まるで首の中にバネでも仕込まれているかのように。キジたちは狂ったようにレーズンをついばんでいた。番人はすばやく二歩前に出た。調べにくるにちがいない。私はそう思った。が、番人はそこで立ち止まった。それから顔を上げ、空所と茂みの境をゆっくりと見まわしはじめた。

「ついてこい」とクロードが囁いた。「体を伏せて」そう言って、四つん這いになり、猿にでもなったみたいにすばやく這いはじめた。

私も彼のあとを追った。彼は鼻を地面に近づけ、引きしまった大きな尻を空に向けて突き出していた。密猟者の尻が同業者のあいだで職業病となったのもむべなるかな、だ。

そんなふうにして、われわれは百ヤードほど進んだ。

「ここからは走るぞ」とクロードは言った。

われわれは立ち上がって走った。数分後、生け垣をくぐり抜け、広々とした心地よい安全な小径に出た。

「すごくうまくいったね」荒い息をしながらクロードが言った。「完璧じゃなかったか?」大きな顔が紅潮して勝利の喜びに輝いていた。

「最悪だよ」と私は言った。

「ええっ!」と彼は大きな声を上げた。

「だってそうだろうが。われわれはもう戻れなくなったんだから。誰かがいたことがあの番人にばれちゃったんだから」

「ばれちゃいないよ」とクロードは言った。「あと五分で森の中は真っ暗になる。そしたらあいつは森からいなくなる。夕食を食べに家に帰る」

「私もその仲間入りがしたいもんだ」

「あんたは偉大な密猟者だろうが」とクロードは言うと、生け垣の下の草むらの土手に坐って、煙草に火をつけた。

太陽はもう沈んでいた。空はくすんだ薄いブルーにうっすらと黄色の釉薬《ゆうやく》をかけたような色に染まっていた。われわれの背後の森の中では、木陰や木と木のあいだの空間が灰色から黒に変わろうとしていた。

「睡眠薬っていうのは何時間くらい効いてるものなんだい?」とクロードが訊いてきた。

「しっ」と私は言った。「誰か来る」

その男は薄暗がりから音もなくいきなり現われ、私が気づいたときには、あと三十ヤードのところまで近づいていた。

「さっきのとは別の腐れ番人だ」とクロードは言った。

われわれはそろってその番人を見た。番人は小径をわれわれのほうに近づいてきていた。小脇にショットガンを抱え、黒いラブラドール犬を連れていた。そいつがわれわれから数歩離れたところで立ち止まると、その背後で犬も立ち止まり、飼い主の脚のあいだからわれわれをじっと見つめた。

「こんばんは」とクロードがにこやかに愛想よく声をかけた。

その番人は歳は四十くらい、背が高く骨ばった男で、眼をきょろきょろと動かしていた。頬はいかつく、両手はいかにも頑丈で危険そうだった。

「おまえらのことは知ってるぜ」と番人は私たちのほうに近づきながら低い声で言った。「ふたりとも知ってる」

クロードはこれには答えなかった。

「おまえらは給油所のやつだろ、だろ？」

番人の唇は薄くてかさついており、茶色っぽいかさぶたに覆われていた。

「カベージとホーズ。幹線道路沿いにある給油所のやつだろ、だろ？」

「なんの遊びだよ？」とクロードは言った。「『二十の質問』ごっこかい？」

番人は大きな痰を吐き出した。痰は宙を漂い、クロードの足元から六インチしか離れていない乾いた土の上にぽとんと落ちた。なんだか牡蠣の赤ちゃんが寝ているみたいだった。

「さあ、帰れ」と番人は言った。「さっさと行け。失せろ」

クロードは土手に坐って煙草をふかしながら、吐き出された痰を見つめた。

「行きやがれ」と番人は繰り返した。「とっとと失せろ」

番人がしゃべると上唇が歯茎の上までめくれ、変色した小さな歯が並んでいるのが見えた。そのうちの一本は真っ黒で、ほかの歯は黄褐色か黄土色をしていた。

「ここは天下の公道なんだけど」とクロードは言った。「おれたちを困らせないでほしいな」

番人は銃を左手から右手に移して言った。

「おまえらがここでぶらぶらしてるのは重罪を犯そうとしてるからだ。それだけでおまえらを豚箱にぶち込めるんだぞ」

「いや、そんなことはできないね」とクロードは言った。

そういうやりとりを聞いているだけで、私はすっかりちぢみ上がってしまった。

「おまえにはずっとまえから目をつけてたんだ」と番人はクロードに眼を向けたまま言った。

「もう遅くなってきたし」と私は言った。「行かないか？」

クロードは煙草をぽいと投げ捨てると、ゆっくりと立ち上がって言った。「わかった。じゃあ、行こう」

われわれは小径を来た方向に向かって歩きはじめた。番人はそこにじっと立っていた。やがて薄闇の中、その姿が見えなくなった。

「あれが番人頭《かしら》だ」とクロードは言った。「名前はラベッツ」

「さっさと帰ろう」と私は言った。

「こっちに来るんだ」とクロードは言った。

左手に畑に通じる門があった。われわれはそれをよじ登り、生け垣の陰に腰をおろした。

「ラベッツ先生もこれから夕食のご予定だ」クロードは言った。「あいつのことは心配要らないよ」

われわれは生け垣の陰に黙って坐り、番人が家に帰るために通り過ぎるのを待った。星がいくつか現われ、四分の三の大きさの明るい月がわれわれの背後の東の丘の向こうからのぼりはじめた。

「来た」とクロードが声を落として言った。「じっとして」

番人は小走りに走る犬を従え、小径を音もなく駆けてきた。われわれは生け垣の隙間から番人と犬が通り過ぎるのを見守った。

「あいつは今夜は帰ってこない」とクロードは言った。

「どうしてそんなことがわかる？」

「番人というのは、密猟者がどこに住んでるのかわかってれば、森で待ち伏せしたりしない。そいつの家まで行って、外のどこかに隠れて、帰ってくるところを見張るのさ」

「だったらよけいにまずいじゃないか」

「いや、そんなことはない。戦利品は家に帰るまえにどこかよそに置いておけばいい。そしたら番人も手出しはできない」

「もうひとりの空所にいた番人は？」

「あいつももう帰ったよ」

「そんなことわからないじゃないか」

「おれはあいつらを何ヵ月も観察してたんだよ、ゴードン？　すごく真剣に。だから、やつらの習慣なら全部知ってる。心配ないって」

私は不承不承彼のあとをついて森に戻った。森の中は真っ暗で、とても静かだった。われわれは用心深く奥へ進んだ。まるで大聖堂の中を歩いているかのように、われわれの足音が森の壁にあたって反響しているみたいに思えた。

「レーズンをばらまいたところまで来た」とクロードは言った。

私は茂みの隙間からのぞいて見た。

空所は月明かりに闇が薄まり、乳白色をしていた。

「ほんとに番人は帰ったんだね？」

「請け合うよ」

帽子のつばの下のクロードの顔がどうにか見えた。唇には血の気がなく、ふっくらとした頰は青ざめていた。ただ、大きな眼の中では興奮の小さな火花がスローなダンスを踊っていた。

「キジは木の上にいるのか？」

「そうだ」

「どのあたりに？」

「このあたり一帯にだよ。遠くへは行かない」

「次は何をする？」

「ここでじっと待つのさ。ほら、懐中電灯を持ってきた」そう言って、彼は万年筆みたいな形の小さな小型懐中電灯をひとつ私に渡した。「あとで必要になるから」

私はいくらか気分が落ち着いてきた。「どの木にとまっているかわかったら、その姿が見える？」

「いや」

「どんなふうに木にとまって眠ってるのか見てみたいな」

「自然観察に来たわけじゃないんだからね」とクロードは言った。「静かにしててくれ」

われわれは長いあいだそこに立って、何かが起こるのを待った。

「あんまりよくないことを思いついたんだけど」と私は言った。「眠ってるときに枝の上でバランスが取れるんだとしたら、睡眠薬を飲んだからって、キジは落ちてこないんじゃないかな？」

クロードはすばやく私を見た。

「結局のところ」と私は続けた。「死んでるわけじゃないんだし。ただ眠っているだけなんだから」

「でも、薬が効いてる」

「でも、それはただ眠りが深いだけだ。眠りが深いだけで、どうして落ちることになる?」

陰鬱な沈黙ができた。

「まず鶏で試してみるべきだった」とクロードは言った。「親父ならそうしたはずだ」

「きみの親父さんは天才だった」私は言った。

そのとき、背後の森からどさっというかすかな音が聞こえてきた。

「おい!」

「しぃっ!」

われわれは立ったまま耳をすました。

どさっ。

「また聞こえた!」

砂袋を肩の高さから落としたみたいに低くくぐもった音だった。

どさっ!

「あれはキジだよ!」と私は声を上げた。

「待て!」

「絶対にキジだ!」

どさっ! どさっ!

「あんたの言うとおりだ!」

われわれは走って森に戻った。

「どこにいるんだろう？」

「こっちだ！　二羽こっちにいる！」

「私はこっちと思ったけど」

「探すんだ！」とクロードは叫んだ。「この辺にいるはずだ」

われわれは一分ほど探しまわった。

「ここにもう一羽いた！」彼が呼ばわった。

クロードのところへ行くと、彼は見事な雄キジを両手に抱えていた。われわれは懐中電灯の光をあててキジを調べた。

「すっかり薬が効いてる」とクロードは言った。「まだ生きてる。鼓動が感じられる。でも、とことん薬が効いてる」

どさっ！

「もう一羽！」

どさっ！　どさっ！

「さらに二羽！」

どさっ！

どさっ！　どさっ！　どさっ！

「すごいぞ！」

どさっ！　どさっ！　どさっ！　どさっ！

どさっ！　どさっ！

われわれのまわりで、大量のキジが木の上からぼたぼたと落ちはじめた。暗闇の中、懐中電灯で地面を照らして、われわれは夢中になって駆けまわった。

どさっ！　どさっ！　どさっ！　この三羽はもう少しで私の頭を直撃するところだった。キジが落ちてきた木のすぐ下にいたのだ。おかげですぐに三羽とも見つけることができたわけだが。二羽の雄と一羽の雌で、だらりとして温かかった。手に触れた羽はすばらしく柔らかかった。

「これ、どこに置けばいい？」私はキジの肢をつかんで呼ばわった。

「ここに置いてくれ、ゴードン！　ここに積み上げていこう。ここなら光があたるから！」

クロードは全身に月の光を浴びて空所の端に立っていた。両手にそれぞれ大量のキジを持っていた。彼の顔は輝き、大きな眼がきらきらと愉しそうに光っていた。まわりを眺めるそのさまは、まさにチョコレートでできた世界を発見した子供だった。

どさっ！

どさっ！　どさっ！

「なんだかあまり喜べない気がしてきた」と私は言った。「多すぎるよ」

「見事じゃないか！」とクロードは叫び、抱えていたキジをどさりと落とすと、次を探しに走っていった。

どさっ！　どさっ！　どさっ！　どさっ！

どさっ！

こうなるとキジを見つけるのはいたって簡単だった。どの木の下にも一羽や二羽は落ちていた。私はすばやくまた六羽拾い集めると、片手に三羽ずつ持って走り、キジの山に積み上げた。それから六羽。そのあとさらに六羽。

それでもキジはまだ落ちつづけた。

クロードは有頂天になり、狂った幽霊のように木々の下を駆けずりまわった。暗闇の中で揺れる彼の懐中電灯の光が見えた。キジを一羽見つけるたび、勝利の小さな雄叫びが聞こえた。

どさっ！　どさっ！　どさっ！

「ヘイゼルのクソ野郎、この音を聞くがいい！」とクロードは大声で叫んだ。

「叫ぶなよ」と私は言った。「怖くなる」

「それが何か？」

「叫ばないでくれ。番人がいるかもしれないだろうが」

「はっ、番人の野郎ども！」と彼は叫んだ。「やつらはみんな晩飯の最中だって！」

それから三、四分、キジは落ちつづけた。そして、ぷつりと音がやんだ。

「まだまだ探すぞ！」とクロードは大声を上げた。「地面にはまだわんさかいるはずだ！」

「まずいことにならないうちに引き上げたほうがよくないか？」

「駄目だ」と彼はにべもなく言った。

われわれはさらにキジを探しつづけた。ふたりで分担して、空所から東西南北、それぞれ百ヤード以内にあるすべての木の下を見てまわった。結局、ほとんどのキジを見つけたのではないだろうか。収集場所にはかがり火のように大きなキジの山ができあがった。

「奇跡だ」とクロードがぼそりと言った。「奇跡そのものだ」そう言って、恍惚とした表情でキジの山を見つめた。

「半分ずつ持って、さっさとここを出たほうがいい」と私は言った。

「おれは数を数えたい、ゴードン」

「そんな暇はないよ」

「数えないわけにはいかないよ」

「駄目だ。さあ行こう」

「一……」

「二……」

「三……」

「四……」

ゴードンはとても慎重に数えはじめた。一羽ずつ持ち上げては、片側に丁寧に置いていった。すでに真上にまで昇った月が空所を明るく照らしていた。

「こんなところには立っていたくないね」と私は言って数歩さがり、陰の中に身を隠して彼が数えおえるのを待った。

「百十七……百十八……百十九……百二十！」彼は叫んだ。「百二十羽だ！　史上最高記録だ！」

　そりゃそうだろう。

「親父がひと晩で一番多く捕まえたときでも十五羽でね。親父はそれから一週間ぶっ通しで飲んでたよ」

「今やきみが世界チャンピオンだ」と私は言った。「さあ、もういいかな？」

「ちょっと待った」とゴードンは言って、セーターを引っぱり上げると、腹のまわりからふたつの大きな白い綿袋をはずしはじめた。「これはあんたの分」そう言って袋のひとつを私に渡した。「急いで詰めてくれ」

　月の光はとても明るく、私は袋の底に印字された小さな文字まで読むことができた。そこには〈J.W.クランプ、ケストン製粉所、ロンドンSW17〉と書かれていた。

「たった今この瞬間にもどこかの木陰からあの茶色の歯の男が見てるんじゃないか？」

「そんなことあるわけないだろうが」とクロードは言った。「あいつは今頃、給油所でおれたちの帰りを待ってるはずだ」

　われわれはキジを袋に詰めはじめた。キジは柔らかくて、首をだらりと垂らしていた。羽の下の皮はまだ温かかった。

「小径にタクシーを待たせてある」とクロードがだしぬけに言った。

「えっ？」

「おれはいつもタクシーで帰るんだ。知らなかったのかい？」

知らなかったと私は答えた。

「タクシーは隠れ蓑になるからだ」とクロードは言った。「運転手以外は中に誰が乗ってるのか誰にもわからない。これも親父の教えだ」

「運転手は？」

「チャーリー・キンチ。いつでも喜んで手を貸してくれる」

キジを詰めおえ、運ぶのに袋を肩に担ごうとした。私の袋には六十羽ほどのキジが詰まっていた。重さは少なくとも百五十ポンドはあったにちがいない。「こんなの、重くて運べないよ」と私は言った。「少しここに置いていかないと」

「引きずればいい」とクロードは言った。「引きずって歩けばいい」

われわれはキジの袋を引きずりながら真っ暗な森を歩きはじめた。「こんなふうにして村まで戻るのは絶対無理だ」と私は言った。

「チャーリーがおれを裏切ったことなんてこれまで一度もないから」とクロードは言った。

森のきわまでたどり着き、生け垣の隙間から小径をのぞいた。「おい、チャーリー」とクロードがそっと呼びかけた。五ヤードと離れていないところにタクシーが停まっていた。運転席にいた年老いた男が月明かりの中へ頭を突き出し、歯のない口でにっと笑ってみせた。われわれは袋をずるずると引きずりながら生け垣を通り抜けた。

「おお！」とチャーリーは声を上げた。「なんだ、そりゃ？」

「キャベツだ」とクロードは答えた。「ドアを開けてくれ」

二分後、われわれは無事にタクシーに乗り込み、村に向かってゆっくりと丘をくだった。すべてが終わり、あとは勝利の雄叫びを上げるだけだった。クロードは得意満面で、興奮もし、勝利に酔い痴れてもいて、身を乗り出すと、チャーリー・キンチの肩を叩いて言った。「どう思う、チャーリー？　これが丸ごと戦利品だとしたら？」チャーリーは眼を丸くして、ちらちらとうしろを向き、私とクロードの足元に置かれた、大きくふくらんだ袋を見て言った。「おいおいおい、ほんとかよ。どんな手を使ったんだ？」

「つがい六組はあんたのもんだ、チャーリー」とクロードは言った。チャーリーは言った。「おれが思うに、今年のミスター・ヴィクター・ヘイゼルの狩猟会の解禁日は、キジの数がちっとばかし淋しいもんになるんじゃないか」クロードは返した。「おれもそうじゃないかと思うね、チャーリー。あくまで想像だけどさ」

「百二十羽ものキジをいったいどうするつもりなんだ？」と私はクロードに尋ねた。

「冬のあいだは冷凍庫に入れておく」とクロードは答えた。「給油所にある急速冷凍庫に犬の餌用の肉と一緒にな」

「まさか今夜入れるわけじゃないだろうね？」

「ああ、ゴードン。今夜じゃない。今夜はベッシーの家に置いておく」

「ベッシーってどこの？」

「ベッシー・オーガン」

「ベッシー・オーガン！」

「ベッシーはいつもおれの獲物を運んでくれるんだ。知らなかったのか？」

「私はなんにも知らないようだ」私はあっけに取られていた。オーガン夫人というのは地元の教区牧師、ジャック・オーガン師の奥さんなのだ。

「獲物の運び屋には絶対評判のいいご婦人を選ばないとな」とクロードは言った。「だろ、チャーリー？」

「ベッシーはうってつけで、賢い人だよ」とチャーリーは言った。

タクシーは村の中を走っていた。まだ街灯がついていて、パブを出た男たちがふらふらと家路についていた。魚屋のウィル・プラトリーが自分の店の裏口からこっそり中にはいろうとしているのが見えた。その真上の窓からミセス・プラトリーが頭を突き出していることにはまるで気づいていなかった。

「牧師はキジのローストに目がないんだよ」とクロードは言った。

「十八日も吊るしておくんだそうだ」とチャーリーが言った。「それから何度か強く振って、羽をぜんぶ払い落とすんだとさ」

タクシーは左に折れ、大きくカーヴしながら牧師館の門を通り抜けた。牧師館の明かりはもう消えており、誰にも会わずにすんだ。クロードと私は裏の石炭小屋にキジの袋を置いた。それからチャーリー・キンチと別れると、月明かりの中、手ぶらで給油所に歩いて戻った。中にはいるわれわれを番人頭のラベッツが見ていたかどうかはわからない。それらしい姿は見かけなかった。

「ほら、来たぞ」翌朝、クロードが言った。

「誰が？」

「ベッシーだ。ベッシー・オーガン」彼はその名前を誇らしげに言った。自分の部下の中で最も勇敢な士官について語る将軍さながら。

私はクロードのあとについて外に出た。

「あそこだ」と彼は指差した。

道路のはるか向こうから女性らしい小さな人影がこっちに向かってくるのが見えた。

「彼女は何を押してるんだ？」と私は尋ねた。

クロードは意味ありげな眼つきで私を見て言った。

「獲物を安全に運ぶ方法がたったひとつだけある。赤ん坊の下に隠すことだ」

「なるほど」と私はつぶやいた。「確かに、ああ、確かに」

「あの中には一歳半の小さなクリストファー・オーガンが乗ってる。これが可愛い子でね、ゴードン」

赤ん坊らしい小さな点がどうにか見えた。フードを折りたたんだ乳母車にちょこんと坐っていた。

「あの小さな子供の下には少なくとも六、七十羽のキジがいる」とクロードはいかにも愉しそうに言った。「想像できる？」

「乳母車の中に六、七十羽もキジを入れられるわけがない」

「深さが充分あれば入れられるんだ。マットレスをはずして、乳母車のへりぎりぎりまでぎっしり詰めたら。あとはシートで覆うだけだ。ぐったりしてるキジがどんなに場所を取らないものか、見たらきっとあんたも驚くと思う」

われわれは給油ポンプの横に立って、ベッシー・オーガンが到着するのを待った。風のない生暖かい九月の朝で、空が暗くなりかけていて、雷のにおいが宙に漂っていた。

「しかし、村の真ん中を堂々と歩いてくるとは」とクロードは言った。「さすがはベッシーだ」

「私にはなんだか急いでるみたいに見えるけど」

クロードは煙草の吸いさしで、新しい煙草に火をつけた。「ベッシーは決して急がない」

「どう見ても歩き方が普通じゃないよ」と私は彼に言った。「きみも見てみろ」

彼は煙草の煙越しに眼を細め、そのあと煙草を口から離してもう一度見た。

「どう？」と私は言った。

「確かにちょっとばかし急いでるように見えるな」と彼は慎重に言った。

「ものすごく急いでる」

沈黙が流れた。クロードは眼を凝らし、近づいてくる女性を一心に見つめはじめた。

「たぶん雨に降られたくないんだよ、ゴードン。きっとそのせいだ。雨が降りそうだから、子供を濡らしたくないんだよ」

「じゃあ、なんでフードを広げない？」

彼はこれには答えなかった。

「走ってる！」私は大声を上げた。「見てみろ！」ベッシーは突然、全力疾走しはじめた。

クロードは身じろぎひとつしないでベッシーを見つめつづけた。そのあとできた沈黙の中、私は赤ん坊の泣き声を聞いたような気がした。

「どうしたんだろう？」

クロードは答えなかった。

「赤ちゃんに何かあったんじゃないかな」と私は言った。「ほら」

その時点でわれわれとベッシーの距離は二百ヤードほどあったが、すごい勢いで狭められていた。

「今のはきみにも聞こえただろ？」と私は言った。

「ああ」

「ぎゃあぎゃあ泣き叫んでる」

遠くから聞こえるかすかな甲高い泣き声が徐々に大きくなった。耳をつんざくような、ほとんど半狂乱の尋常ならざるその泣き声は一瞬もやむことなく続いた。

「ひきつけを起こしたんだ」とクロードはきっぱりと言った。

「かもしれない」

「ベッシーはだから走ってるんだよ、ゴードン。一刻も早くここに連れてきて、冷たい水をかけてやりたいんだ」

「きっとそうだね」と私は言った。「そうとしか思えない。あの声を聞いてみろよ」

「ひきつけじゃないとしたら、命を賭けてもいいね。似たような病気のせいだ」

「まったく同感だ」

砂利を敷いた私道に立ち、クロードは足踏みでもするように落ち着かなげに足の位置を換えていた。

「ああいう小さな赤ん坊には、毎日何かしら起こるものだからね。その多さと言ったら、千と一個じゃ足りない」

「そのとおり」

「乳母車の車輪のスポークに手がはさまっちまった赤ん坊もいたな。それで片手の指を全部失ったんだ。ばっさり切り落とされて」

「そうなんだ」

「原因はともかく」とクロードは言った。「走るのはやめてくれないかな」

レンガを積んだロングボディのトラックがベッシーのうしろからやってきた。そのトラックの運転手がスピードを下げ、窓から顔を突き出してベッシーをじろじろと見た。ベッシーは無視して、すっ飛びつづけた。われわれとの距離がだいぶ縮まり、彼女の大きな赤い顔が見えてきた。口を大きく開けて荒い息をしていた。手にはとても優美で上品な白い手袋をはめ、その手袋に合わせて、小さな白い一風変わった帽子を頭のてっぺんにちょこんとのせていた。マッシュルームみたいに。

突然、乳母車の中から一羽の巨大なキジがまっすぐ空へ飛び立った！

クロードの口から恐怖の叫び声が発せられた。

ベッシーの横を走っていたトラックの運転手の馬鹿たれがげらげらと笑いだした。

キジは数秒、酔っぱらったようにふらふらと旋回していたが、やがて高さを失い、道路脇の草むらに着地した。

トラックのうしろから食料品店のヴァンもやってきて、乳母車を追い越そうとしてクラクションを鳴らした。それでもベッシーは走りつづけた。

それから――ビューン！――二羽目のキジが乳母車から飛び立った。

続いて三羽目、四羽目と。さらに五羽目も。

「なんてこった！」と私は叫んだ。「薬だ！　薬が切れてきたんだ！」

クロードは何も言わなかった。

ベッシーは最後の五十ヤードを鬼気迫る勢いで走りきり、給油所の私道にすべり込んだ。

乳母車からはキジが四方八方に飛び立っている。

「いったいなんなのよ、これ？」と彼女は怒鳴った。

「裏にまわって！」と私は叫んだ。「裏にまわって！」しかし、彼女は並んだ給油ポンプの最初のポンプのまえでぴたりと乳母車を停めると、われわれが制止するまもなく、泣き叫ぶ赤ん坊を乳母車から抱き上げた。

「駄目だ！　やめろ！」そう叫びながら、クロードが彼女に向かって突進した。「赤ん坊を抱き上げるんじゃない！　もとに戻すんだ！　シートを押さえるんだ！」彼女は聞いてさえいなかった。赤ん坊の重しがはずされたとたん、巨大な雲のようなキジの大群が乳母車から飛び出した。少なくとも五十羽、いや、六十羽はいただろう。高く舞い上がろうと猛烈な勢いではばたく巨大な茶色の鳥で、頭上の空が埋め尽くされた。

クロードと私は私道を駆けずりまわり、腕を振ってキジを脅し、敷地から追い払おうとした。「あっちへ行け！　シッシッ！　あっちへ行くんだ！」しかし、まだ薬の効き目が完全に切れたわけではないキジたちは、われわれに気づきもせず、三十秒後には戻ってきて、給油所の正面のあちこちに集まった。イナゴの大群のように。敷地はキジで埋め尽くされた。キジは屋根の端や、ポンプの上に張り出したコンクリートの庇の上にも羽と羽をくっつけてびっしりと並んでいた。事務所の窓敷居には少なくとも十羽ほどのキジがしがみついていた。エンジンオイルの罎をしまってある棚の上に降り立つキジや、展示してある中古車のボンネットの上で足をすべらせているキジもいた。給油ポンプの上に立派な尾羽を持つ雄キジが一羽、堂々ととまっていたが、多くは——薬がまだ効いていて空を飛べないキジたちは——われわれの足元の私道で、羽をふくらませ、小さな眼をぱちくりさせ、ただうずくまっていた。

道路の反対側では、レンガを積んだトラックと食料品店のヴァンのうしろに、車の列ができつつあった。その車の中から人々が出てきていた。車のドアを開け、外に出て、もっとよく見ようと道路を横切っていた。私は腕時計をちらりと見た。九時二十分前。村のほうからいつ巨大な黒い車が猛スピードでやってきてもおかしくない時間だ。車種はロールスロイス、運転席には、偉大なるビール会社社長、ミスター・ヴィクター・ヘイゼルの顔。

「キジにつつかれて、赤ちゃんが穴だらけになるところだったじゃないの！」泣きわめく赤ん坊を胸にしっかりと抱いて、ベッシーが怒鳴った。

「家に帰ったほうがいい、ベッシー」とクロードは言った。真っ青な顔をしていた。

「ポンプに鍵をかけるんだ」と私は言った。「看板を出そう。今日はもう店じまいだ」

訳者あとがき

『飛行士たちの話』『あなたに似た人』に続くロアルド・ダールの第三短篇集『キス・キス』の新訳版をお届けする。

このあとがきを書く段になって遅ればせながら気づいたのだが、ダールの大人向けの短篇には夫婦が登場するものが多い。『あなたに似た人』では十五篇のうち九篇、本書では十一篇のうち六篇がそうだ。そしてまさに夫婦百景、そのどれもがタイプの異なるカップルである。ただ、「わが愛しき妻、可愛い人よ」一作以外はみな、O・ヘンリーの名短篇「賢者の贈り物」に出てくるような仲睦まじくも麗しい夫婦とは言えない夫婦ばかりで、そのあたり、いかにもダールである。実際、たとえ「賢者の贈り物」と同じアイディアを得たとしてもダールが書いていたら、まちがいなくまったく異なる作品になっていたはずだ。あの心温まるラストがいったいどんな意地悪なオチになっていたか。想像すると、ちょっと可笑しい。

さて、一作一作見ていくと――

まず巻頭の「女主人」。ダールの代表作のひとつに挙げるダール・ファンも少なくない佳作である。「ヘンゼルとグレーテル」の森の中の魔女の家にしろ、日本のおとぎ話の山姥の住処にしろ、〝不気味な宿〟というのは、もちろんダールの発明ではない。そういえば、グリム童話にもベッドの長さに合わせて客の脚をちょん切る宿屋の話があったような。しかし、本篇を特色づけ、不気味さをより色濃く醸し出しているのは、そういう宿がバースというのどかで風光明媚なリゾート地にあるところだろう。加えて、オウムと犬という小道具の使い方の巧みさ。オチは最初からわかっているようなところがあるのに、それでも最後の一行にはぞっとさせられる。

次の「ウィリアムとメアリー」は『あなたに似た人〔新訳版〕II』収録の「サウンドマシン」や「偉大なる自動文章製造機」に並ぶSF風味の作品で、当時は斬新な発想だったのかもしれないが、さすがに半世紀前のこと、そのあたりは今読むと古色蒼然として見える。しかし、そういうことより、この作品の読みどころはやはりこの夫婦像の可笑しさだろう。〝横暴な夫〟に〝従順な妻〟。まさに夫唱婦随。そんな夫婦の妻が次の「天国への道」同様、最後に夫に意趣返しをするお噺である。ウィリアムにしてみればちょっと考えが甘かった、妻を舐めていた、ということになるのだろうが、いつまで続くかもわからない今後のことを考えると、ウィリアムがいささか気の毒に思えなくもない。

逆に、「天国への道」の夫に同情を覚える読者は少ないのではないだろうか。この夫、妻に対する思いやりのかけらもない。というか、明らかにサディストである。そんな夫が受ける報いが短篇のオチとしても実に見事に決まっている。また、妻が最後にのんびりと待つところ、思わずにやりとさせられる。

「牧師の愉しみ」は、なだらかな丘を這う〝ザ・ロング・アンド・ワインディング・ロード〟が眼に浮かぶようなイギリスの田舎を舞台に繰り広げられる、一幕物の軽演劇のような作品。策士が自らの策にはまる皮肉なお噺ながら、ダールの冷やかさが本作では鳴りをひそめ、読後〝にやり〟ではなく、心おきなく笑える。なお、ここに登場するクロード、ラミンズ、バートは『あなたに似た人〔新訳版〕II』収録の「クロードの犬」と「ああ生命の妙なる神秘よ」にも登場する三人組で、クロードには本書の掉尾を飾る「世界チャンピオン」でもまたお目にかかれる。

「ミセス・ビクスビーと大佐のコート」も夫婦ものだが、さきの二作の逆パターン。よくある話で、よくあるオチながら、冒頭でこれは〝よくある話〟だと断わっているところがいかにも気が利いている。ただ、知人に教えられて知ったのだが、作風はまったく異なるものの、実はアイディアが本作とそっくりのフランス映画がある。ジャック・リヴェット監督の *Le Coup du Berger*（邦題《王手飛車取り》）という三十分たらずの短篇映画だ。この便利なネット時代、英語字幕付きのものが全篇見られる。ご関心の向きはぜひどうぞ（http://vimeo.com/21534760）。いずれにしろ、この映画の製作年が一九五六年、本作の発表年が一九五九年、ダールのほうが三年遅い。もちろん、偶然の一致ということもあるだろう。しかし、冒頭で、これは〝よくある話〟で、しかも実話だとまでわざわざ断わっているのは、ひょっとして……はい、余計な詮索でした。

「ロイヤルゼリー」はホラーの佳作。ここにも夫婦が登場するが、横暴な夫と従順な妻というわけではない。やっと授かった子宝をめぐり、子育て法が若い夫と妻とのあいだで食いちがうという筋立てで、それ自体はことさら珍しいものではないが、どう考えてもこの夫、変である。ところが、そんな夫の試みたことに効果があった。実のところ、ありすぎた。果たしてこの赤ん坊はこのさきどうなるのかという不安を掻き立てつつ、最後に夫に言わせる能天気なひとことが効いている。

「ジョージー・ポージー」はマザーグースからタイトルを取った作品で、行動障害のフロイト的な理由づけは今やジョークのネタにさえなりそうだが、それよりなによりこのイマジネーションの豊かさ。哀れな神経症患者に対する同情のかけらもないところ。まさにダールの独壇場である。ついでながら、タイトルの「ジョージー・ポージー」だが、ロックバンドのTOTOにも同名のヒット曲があり、その曲では〝ポージー〟ではなく〝ポーギー〟と発音されていて、ほかにもそれと同じ発音をしているものもあったが、マザーグースでは圧倒的に〝ポージー〟だったので、そっちに従った。因みにマザーグースの歌詞は〝ジョージー・ポージーが女の子たちにキスをしてみんな泣かせてしまった〟という、ま、他愛のないものである。

「始まりと大惨事」では歴史上のある人物の誕生の様子が描かれる。子供が生まれるというのは概してめでたいことだ。喜ばしいことだ。キリスト教では人はみな原罪なるものを背負って生まれてくるそうだが、あまり信心深くない者にはどんな赤ん坊もただ可愛いだけでなく、どこまでも無垢に思える。あらゆる罪から遠く離れているように見える。そんな赤ん坊の正体が作品半ばで明かされる。それを知って、読者はみな複雑な気持ちになるはずだ。読後感もなにやらもやもやとしたものになりそうな気がする。答の出ない難題を突きつけられたような気分にさせられる。こういうのも〝イヤミス〟と言えるかもしれない。

これほどまでに趣味も性格も合いそうにない夫婦がよくこんなに長く一緒にいるな、と思わせるのが「勝者エドワード」。これで夫にも音楽の素養があれば、まったく別の展開になっていたものと思われるが、それにしてもちょっとありえないようなこの一気の結末。こんな夫に感情移入できる読者は圧倒的少数派だろうが、一方、ピアノを弾く以外これといって能のないお嬢さんがそのまま歳をとってしまったみたいな妻のほうも、なんだかなあ、といった感じである。これまた〝男に対しても意地が悪いが、しばしばそれ以上に女に対して意地が悪い〟ダールの面目躍如といったところか。

この短篇集で一番さきが読めないのが「豚」だろう。深読みかもしれないが、物語前半に〝生涯をかけて取り組むことになる〟などという一文をしれっとまぎれ込ませているあたり、そもそもそういうさきの読めない作品にしようという意図が著者ダールにあったのではないだろうか。成金やスノッブといった俗物を毛嫌いしたダールだが、同時に、度しがたい無垢や無知にも容赦がなかった。主人公レキシントン少年は今後いったいどんな人生を歩むのだろう、と読者は否応なしに思わせられ、巧みなストーリーテリングでぐいぐい物語世界に引っぱり込まれながら、最後は、やっぱりダールだ、と納得させられる。ただ、ちょっとせつない話ではある。

「世界チャンピオン」はクロードとゴードン（私）の悪だくみの顛末をユーモラスな筆致で描いた作品。この二人組は「クロードの犬」にも登場し、「クロードの犬」ではドッグレースでずるをして、一山あてようと企むわけだが、今回挑むのは密猟で、ゴードンが考えた〝密漁の歴史を塗り替える画期的な方法〟によって密猟には成功するものの、思わぬ（あるいは、案の上と言うべきか）結末が待っていて、笑わせられる。ただ、「クロードの犬」とのちがいはクロードの動機が大儲けすることではないことだ。猟場の持ち主であるビール会社の社長に一泡吹かせること。クロードはそれしか考えておらず、この社長というのが上流階級入りを狙ってへいこらしている実にぶざまな男として描かれる。ダールという人は成金がよほど嫌いだったようだ。

以上、どれもがダール・ワールドだ。だいたいが今から半世紀もまえに書かれた作品だが、人間の業《ごう》を肯定も否定もせず、ぶっきらぼうに放り出すように示してみせる彼の手腕とセンスは少しも古びていない。ただ、第四短篇集『来訪者』の訳者、故永井淳氏はそのあとがきに次のように書いておられる——〝現代の猥雑さはダールにそぐわない気がする〟。氏がそのように書かれてからでもすでに四十年近くが経つ。

猥雑さに加えて何もかもがめまぐるしいのが現代である。イノヴェーションとやらで多くの仕事が便利にはなっても、決して楽にはなっていないのが現代である。そんな時代はもしかしたらダールにはますますそぐわなくなっているのかもしれない。それでも、いや、むしろそれだからこそ、イマジネーション豊かで、ゆったりとした時間が流れるこのダール・ワールド、より得がたいものになっているのではないだろうか。

新装なったダール・ワールドのヴァラエティに富むアトラクション。世の喧騒をいっとき忘れて存分に愉しみ、命の洗濯をしてもらえればと思う。おひとりでも多くのご来場、お待ちしております。

新訳者敬白。

二〇一四年四月

本書は、一九六〇年十二月に〈異色作家短篇集〉、一九七四年九月に同・改訂新版、二〇〇五年十月に同・新装版として刊行された『キス・キス』の訳を新たにし、文庫化したものです。

ロアルド・ダールは優れた小説を執筆するだけにとどまらない…

この書籍に関する著者印税の10%が〈ロアルド・ダール・チャリティーズ〉の活動に利用されていることはご存知でしょうか。

〈ロアルド・ダール・マーベラス・チルドレンズ・チャリティー〉
ロアルド・ダールは長短篇小説の書き手としてだけでなく、重病の子供たちを援助していたということでよく知られています。現在〈ロアルド・ダール・マーベラス・チルドレンズ・チャリティー〉はダールがひどく気にかけていた、神経や血液の疾患に悩む何千もの子供たちを手助けするという彼の偉大な事業を引き継いでいます。この事業では、英国の子供たちを看護したり、必要な設備を整えたり、一番大切な遊び心を与えたりして、先駆的な調査を行なうことであらゆる地域の子供たちを助けています。

子供たちの援助に是非とも一役買いたいという方は、以下のウェブサイトをご覧ください。
www.roalddahlcharity.org

〈ロアルド・ダール・ミュージアム・アンド・ストーリー・センター〉は、ロアルド・ダールがかつて暮らしていたバッキンガムシャーの村グレート・ミッセンデン（ロンドンのすぐ近く）に位置しています。この博物館の中核をなすのは、読書や執筆を好きになってもらうことを目的とした、ダールの手紙や原稿を集めたアーカイブです。またこの博物館には楽しさでいっぱいの二つのギャラリーのほかに、双方向型のストーリー・センターがあります。こちらは家族や教師とその生徒たち向けに作られた場所で、エキサイティングな創造性の世界や読み書きの能力を発見するところです。

www.roalddahlmuseum.org

Roald Dahl's Marvellous Children's Charity の慈善団体番号：1137409
The Roald Dahl Museum and Story Centre (RDMSC) の慈善団体番号：1085853
新設された The Roald Dahl Charitable Trust は上記二つの慈善団体を支援しています。

＊寄付された印税には手数料が含まれています。

あなたに似た人〈新訳版〉I

ロアルド・ダール
田口俊樹訳

常軌を逸した賭けの行方や常識人に突然忍び寄る非常識な出来事などを、短篇の名手が残酷かつ繊細に描く11篇。名作短篇集の新訳決定版。【収録作品】味／おとなしい凶器／南から来た男／兵士／わが愛しき妻、可愛い人よ／プールでひと泳ぎ／ギャロッピング・フォックスリー／皮膚／毒／願い／首

ハヤカワ文庫

特別料理

Mystery Stories

スタンリイ・エリン

田中融二訳

美食家が集うレストラン。常連たちの待ち望む「特別料理」が供されるとき、明らかになる秘密とは……不気味な読後感に包まれる表題作を始め、アメリカ探偵作家クラブ賞受賞作「パーティーの夜」など、語りの妙とすぐれた心理描写を堪能できる十篇を収めた。エラリイ・クイーンが絶賛する作家による傑作短篇集！

ハヤカワ文庫

ママは何でも知っている

Mom's Story, The Detective

ジェイムズ・ヤッフェ

小尾芙佐訳

毎週金曜はママとディナーをする刑事のデイビッド。捜査中の殺人事件に興味津津のママは〝簡単な質問〟をするだけで犯人をつきとめてしまう。用いるのは世間一般の常識、人間心理を見抜く目、豊富な人生経験のみ。安楽椅子探偵ものの最高峰〈ブロンクスのママ〉シリーズ、傑作短篇八篇を収録。解説／法月綸太郎

ハヤカワ文庫

くじ

The Lottery: Or, The Adventures of James Harris

シャーリイ・ジャクスン
深町眞理子訳

毎年恒例のくじ引きのために村の皆々が広場へと集まった。子供たちは笑い、大人たちは静かにほほえむ。この行事の目的を知りながら……。発表当時から絶大な反響を呼び、今なお読者に衝撃を与える表題作をふくむ二十二篇を収録。日々の営みに隠された黒い感情を、鬼才ジャクスンが容赦なく描いた珠玉の短篇集。

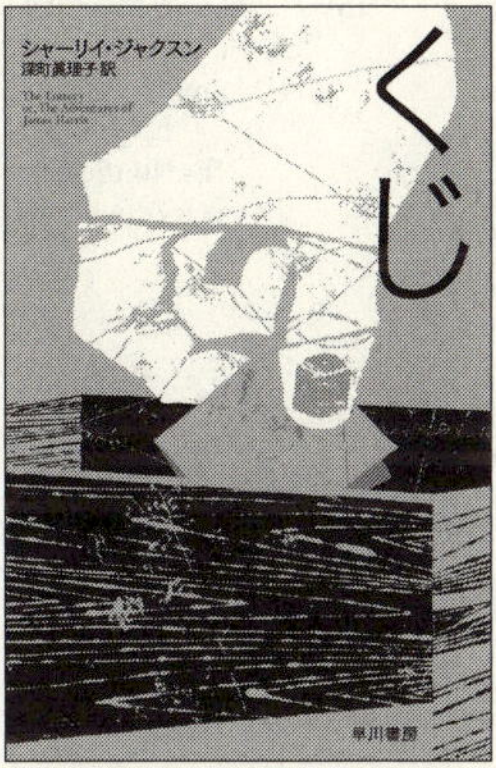

ハヤカワ文庫

訳者略歴　1950年生，早稲田大学文学部卒，英米文学翻訳家　訳書『八百万の死にざま』ブロック，『卵をめぐる祖父の戦争』ベニオフ，『刑事の誇り』リューイン（以上早川書房刊）他多数

HM=Hayakawa Mystery
SF=Science Fiction
JA=Japanese Author
NV=Novel
NF=Nonfiction
FT=Fantasy

キス・キス
〔新訳版〕

〈HM㉒-11〉

二〇一四年五月十五日　発行
二〇二二年八月二十五日　三刷
（定価はカバーに表示してあります）

著者　ロアルド・ダール
訳者　田《た》口《ぐち》俊《とし》樹《き》
発行者　早川浩
発行所　株式会社　早川書房
郵便番号　一〇一 - 〇〇四六
東京都千代田区神田多町二ノ二
電話　〇三 - 三二五二 - 三一一一
振替　〇〇一六〇 - 三 - 四七七九九
https://www.hayakawa-online.co.jp

印刷・株式会社亨有堂印刷所　製本・株式会社フォーネット社
Printed and bound in Japan
ISBN978-4-15-071261-7 C0197

本書は活字が大きく読みやすい〈トールサイズ〉です。